人文社科
高校学术研究论著丛刊

文学理论初探

梁建平 著

中国书籍出版社
China Book Press

图书在版编目(CIP)数据

文学理论初探 / 梁建平著. -- 北京：中国书籍出版社，2022.7
ISBN 978-7-5068-9110-3

Ⅰ.①文⋯ Ⅱ.①梁⋯ Ⅲ.①文学理论－研究 Ⅳ.①I0

中国版本图书馆 CIP 数据核字(2022)第 133746 号

文学理论初探

梁建平 著

丛书策划	谭　鹏　武　斌
责任编辑	李　新
责任印制	孙马飞　马　芝
封面设计	东方美迪
出版发行	中国书籍出版社
地　　址	北京市丰台区三路居路 97 号(邮编：100073)
电　　话	(010)52257143(总编室)　(010)52257140(发行部)
电子邮箱	eo@chinabp.com.cn
经　　销	全国新华书店
印　　厂	三河市德贤弘印务有限公司
开　　本	710 毫米×1000 毫米　1/16
字　　数	194 千字
印　　张	12.25
版　　次	2023 年 3 月第 1 版
印　　次	2023 年 3 月第 1 次印刷
书　　号	ISBN 978-7-5068-9110-3
定　　价	80.00 元

版权所有　翻印必究

目 录

第一章　文学理论与文学流派 ··· 1
   第一节　对"文学"概念的阐释 ····································· 1
   第二节　文学史与文学流派 ·· 12
   第三节　现代文学理论的生成与发展 ······························ 34

第二章　文学文体与文学体裁 ·· 41
   第一节　神话传说与诗歌、小说 ··································· 41
   第二节　散文与戏剧文学 ·· 62
   第三节　影视文学与纪实文学 ····································· 78

第三章　文学创作与心理现象 ·· 82
   第一节　文学创作的主客体统一 ··································· 82
   第二节　文学创作的基本过程 ····································· 92
   第三节　文学创作思维与心理现象 ································ 104
   第四节　文学创作个性与文学风格 ································ 112

第四章　文学欣赏与文学批评 ······································· 119
   第一节　文学的传播与接受 ······································· 119
   第二节　文学欣赏的过程与效果 ·································· 121
   第三节　文学批评的过程、功能与态度 ··························· 129
   第四节　文学与审美 ··· 133
   第五节　文学与抒情 ··· 137

第五章　文学活动与文化建设 ······································· 141
   第一节　文学活动的文化功能 ···································· 141

第二节　文学活动与文化创造 …………………………… 151
　　第三节　文学接受与文化阐释 …………………………… 156

第六章　文学作品与社会关系 …………………………… 161
　　第一节　文学与社会的关系 ……………………………… 161
　　第二节　社会心理与艺术文体 …………………………… 164
　　第三节　文学创作主体与社会心理 ……………………… 167
　　第四节　文学艺术形式与社会心理 ……………………… 169

第七章　文学发展与网络文学 …………………………… 172
　　第一节　文学文体与网络传播 …………………………… 172
　　第二节　网络文学的特征与价值 ………………………… 177
　　第三节　网络文学的语言分析 …………………………… 179

参考文献 ……………………………………………………… 186

第一章 文学理论与文学流派

第一节 对"文学"概念的阐释

一、"文学"作为现代的概念

明天启三年(1623),意大利传教士艾儒略在其刊印的中文著作《职方外纪》和《西学凡》里,率先使用汉语固有的"文学"一词来称呼当时欧洲的人文学术和教育;至1934年,作为中国现代文学主要奠基人的鲁迅写道:"……'文学',这不是从'文学子游子夏'上割下来的,是从日本输入,他们是对于英文 Literature 的译名"。在两者之间的三个世纪里,作为这个世界所发生的巨大变化的一部分,现代的"文学"概念——从西方到中国——得以确立。

现代的"文学"概念是启蒙(enlightenment)的产物,它的形成深刻地根源于启蒙的历史和逻辑。"启蒙"既是一个历史名词,又是一个哲学概念。作为历史名词,它指的是欧洲18世纪的"一场重大的思想、文化运动,这场运动的特征是深信人类知识能够解决现存的基本问题";作为哲学概念,它指的是"人从他自己造成的未成年状态中走出"。这两重意义之间的联系在于:只有通过传播知识,发展文化,培育理性,尤其是理性的批判精神,人才能从——康德借用法律名词"未成年状态"来描述的一种依赖于他人监护的状态中独立出来,获得自由并不断进步。因此,启蒙的首要工作就是要打破少数人(特别是教会)对知识的垄断。而18世纪以前的"知识",也就是雷蒙·威廉斯所说的"通过阅读所得到的高雅知识",它们被记录在两种古典语言(希腊文和拉丁文)为主的文献典籍中。我们已经知道,这正是 literature 这个词在当时的含义。所以我们可以说,康德所谓"启蒙就是人从他自己造成的未成年状态中走出",本身也包含了要让"文学"从它的"未成年状态"中走出的应有之义。"文学"的"未成年状态"就是启蒙运动之前 literature 一词所描述的那种状态:"文学"被"监护"在古典文献和学术的殿堂里,就像歌德笔下被困在哥特式书斋中的浮士德博士。现代"文学"概念的确立意味着"走出"这样的状态,其中包括了两个主要的、相互联系的过程:一是现代民族文学的兴起,二是文学社会生产领域的独立。

"未成年状态"的"文学"存在于古典语言中,而那些语言早已从民族的和人民的生活中死去了。启蒙运动打破了教会的知识垄断,满足了人民发展文化的要求,实际上深刻地根源于在资本主义生产方式基础上建立现代民族国家的历史需要;而且,也只有用欧洲各民族语言(所谓"俗语")取代书面的拉丁文,才能为识字(literacy)或阅读的普及创造条件。后者是一个从中世纪晚期,经文艺复兴和宗教改革以来持续发展的过程(众所周知,现代欧洲各民族语言文学都奠基于上述阶段),最终自觉地体现在启蒙时代"民族文学"的概念中。据威廉斯考证,national literature(民族文学)的概念于 18 世纪 70 年代在德国诞生,并很快在法、意、英等国形成了关于各国文学和文学史的认识和表述,即"'一个民族'拥有'一种文学'"。与古典"文学"仍然占据着 18 世纪欧洲大学文学院(Faculty of Arts)讲堂(这种情况直到 19 世纪末才得到改变)形成对照的是,启蒙运动中新兴的文学批评正是以这种现代的、民族的文学为主要对象,并在它的土壤上成长起来的。这个过程产生了双重的后果:一方面,在认识到民族语言"优越性"的基础上,通过讲述"传统"和树立"典范"(canon),使"文学"承担起现代民族意识塑造者和民族精神引导者的角色。另一方面,"通俗文学"——即文化水平有所提高的民众所喜爱的作品和类型——的发展为"文学"概念增添了新的含义,例如,正像铃木真美所说,"如果不谈小说的地位以 19 世纪市民社会的活力为背景得到提高这一事实,就无法叙述以诗歌、小说和戏剧为代表的语言艺术这一概念是如何形成的"。上述两方面的结合,有可能展现一种"民族—人民的(national-popular)文学"的前景;但事实上,它们更可能分裂开来,造成现代文化中新的"高雅文学"和"通俗文学"之间的对立。此外,"世界文学"的概念本身也是现代民族文学兴起的产物,正是对"民族文

第一章　文学理论与文学流派

学"差异和特殊性的理解,才形成了关于"世界文学"共同体的普遍性概念(歌德等人),以及对资本主义生产方式对"各民族精神生产"的支配性的认识(马克思)。①

文学社会生产领域的独立,从一个特定的角度看,就是"靠写作吃饭"的"作家"的出现。这不同于传统的"文人",后者要么另有财源,要么靠他人资助谋生。文学社会学家埃斯卡尔皮不无幽默地指出,如果需要为(现代意义的)作家的出现确定一个象征性的时间,那么不妨定为1755年,这一年,英国作家塞缪尔·约翰逊致信切斯特菲尔德勋爵,拒绝了一直没有从后者那里得到满足的资助。"这封信敲响了资助的丧钟,约翰逊靠自己的笔成功地活了下来,并且继续生活下去"。这和威廉斯的发现是一致的:从18世纪中叶起,literature 和形容词 literary 词义的重心从传统的"读"转向"写",这"似乎与作家这个行业的高度自我意识有关"。我们之所以在这里引入"生产"的概念来谈论作为"行业"的"文学"并不是偶然的,因为再也不可能从一个传统"文人"的生活天地出发来估量这种变化的意义了。

一方面,这种变化涉及生产的所有要素(包括流通、消费和分配)和条件:出版和图书市场的繁荣,教育的普及,读者大众的出现,报刊、广告和书评业,著作权和作家同业公会,等等。其中特别要强调的是德国哲学家于尔根·哈贝马斯所谓的"资产阶级公共领域"的形成。这是一个由资产阶级市民社会的"私人"集合而成的"公众"的领域,这些"私人"随即在这里要求一种"公开地运用自己的理性的自由"(康德),即与政治权力相对立,并对一切事务展开讨论和进行批判的"权利"。哈贝马斯关于公共领域建立在资产阶级市民社会与政治社会(国家)相对分离基础上的论点,从根本上说明了文学生产独立的社会条件,而他关于"政治公共领域"脱胎于"文学公共领域"的论点,则尤其揭示了文学生产赖以独立的社会"机制"的重要性,这些机制包括:沙龙和咖啡馆,剧院、音乐会和博物馆,图书馆和报纸杂志,文学社团和教育组织,等等。

另一方面,上述变化涉及生产的功能,即生产的专业化。尽管狄德罗(1713—1784)写小说,莱辛(1729—1781)写戏剧,但他们无疑都被称为"哲学家",然而没有人再这样称呼歌德(1749—1832)和夏多布里昂(1768—1848)了,尽管他们也写哲学、科学或政治"论文"。歌德堪称启

---

① 畅广元,李西建. 文学理论研读[M]. 西安:陕西师范大学出版总社有限公司,2013.

蒙理想的化身、百科全书式的人物,但他的作家生涯(例如用 40 年时间写作《浮士德》)却足以使我们忘掉他的其他身份。我们记得,在古典意义上,"文学"等同于"知识",而随着现代知识的普遍分化,文学和哲学、科学(现在包括"自然科学"和"社会科学")逐渐区分开来,不再作为一种知识,而是作为"一种想象性的(imaginative)、创造性的(creative)作品"最终在浪漫主义时代(18 世纪末到 19 世纪初)被"成功地归类",成为专业化生产所追求的目标。我们可以把 19 世纪欧美文学黄金时代的到来,理解为文学社会生产领域独立所带来的生产力从旧生产关系("文学"依附于"知识")中获得的巨大解放和由此产生的巨大发展。

美国新批评派学者雷勒·韦勒克用"审美化"(aestheticization)概括了现代"文学"概念被限定在"想象性、创造性的作品"上的过程。"审美化"这个词与德国哲学家鲍姆嘉通 1750 年发明的"美学"一词有关。英国批评理论家特里·伊格尔顿指出:"现代'美学'或艺术哲学在我们目前讨论的这一时期之内兴起绝非偶然。主要是从康德、黑格尔、席勒、柯勒律治和其他人的著作中,我们继承了'象征'与'审美经验''审美和谐'与艺术品的独特性这些当代观念。"

在《判断力批判》中,康德赋予审美判断力以沟通"知性"和"理性"并指向人的自由的重要价值和独立地位,尤其通过分析鉴赏判断的四个"契机"——审美愉悦的无利害性、无概念的普遍性(自由的游戏)、无目的的合目的性和无概念的普遍必然性(共通感),确立了审美判断力可以为了反思自然而自我立法(自己给自己颁布法则或规律)的原则,被称为"审美自律"(依康德本人则应称为"再自律")。换言之,"美就是它自身存在的理由",像对其他艺术一样,这个原则为文学社会生产领域的独立准备了概念上的条件。

因此有学者指出,20 世纪初俄国形式主义文论提出的"文学性"(literariness),便"可以作为'审美功能自律'的一个范例"。罗曼·雅各布森宣称:"文学科学的研究对象不是文学,而是文学性,也就是使得某一特定的作品成为文学作品的东西。"这种属性不可能依存于作品的题材和社会价值,那样将使文学作品和别的作品无法区分,也使"文学科学"(即作为学科的文学研究)和别的科学在研究对象上无法区分。它只能来自作品的语言、形式和"手法",来自它们和日常使用语言的区别。"文学性",这是以同义反复的方式来强调文学就是"文学本身",就是文学作为语言艺术的审美价值。

第一章　文学理论与文学流派

如前所论,这就意味着在概念的内涵上把文学的种种属性、关系和价值做了区分,分为"内部"和"外部",同时在概念的外延上建构了两种不同的思维对象或"知识对象",针对它们也就有了文学的"内部研究"和"外部研究",前者对后者具有优先性——当然这种说法与俄国形式主义无关,是由美国新批评派提出的。事实上,尽管"文学性"的提法在当时只是一家之言,但20世纪上半叶的绝大多数文学研究都不约而同和不同程度地转向了"文学内部",除了人们最常提到的俄国形式主义和英美新批评外,我们还可以加上德国语文学和"形式史"、法国"博学批评"、克罗齐、日内瓦学派、早期卢卡奇,以及本雅明和布莱希特这样的马克思主义者……一个漫长的清单。

和现代的"文学"概念一样,现代的文学研究也是启蒙的产物。前面说过,有了概念对对象的建构,就可以形成关于这个对象的知识。作为"公共领域"的重要方面,"艺术和文化批评杂志成为机制化的艺术批评工具,乃是18世纪的杰出创举。……通过对哲学、文学和艺术的批评领悟,公众也达到了自我启蒙的目的,甚至将自身理解为充满活力的启蒙过程"。汉语读者特别要注意的是,"批评"(critique),也是"批判"的意思,并且在最初完全是启蒙"批判"的一个并非独立的方面。正如康德所说:"我们的时代是真正的批判时代,一切都必须经受这种批判。……理性只把……敬重给予能够经得起它的自由的和公开的检验的东西。"

最初被称为"批评"的现代文学研究旨在对文学作出这种"自由的和公开的检验",不再是诉诸某种权威(无论是价值、知识,还是"亚里士多德"这样的个人),而是诉诸每个人"自己的理性",诉诸由理性的自我批判所领悟的"趣味",诉诸作为这种领悟的理论成果的"审美自律",也就是我们通常称之为文学自身"艺术法则(laws,或规律)"的东西。所以并不奇怪,文学研究不是它努力效仿自然科学实证主义方法的19世纪(像法国批评家丹纳那样,把文学艺术作品的意义归结为种族、环境和时代对它的影响),而是在对"文学"概念本身的独立性达到充分自觉的20世纪上半叶,才达到了自身作为一门知识的成熟(像俄国形式主义那样,通过界定其研究的特定对象来为自己提供一个明确的身份和界限)。这种成熟的一个标志就是,它经过了一个艰难的过程,终于在19世纪末到20世纪初,登上了此前一直由古典"文学"统治的大学讲堂,成为一门独立的现代学科建制,因而迎来了一个"批评的世纪"。

在1917年,胡适《文学改良刍议》与陈独秀《文学革命论》先后在《新青年》发表,"八事"和"三大主义"所论,已全然是一个现代的"文学"字眼和概念了。事实上,早在1906年底,王国维在《文学小言》里把"文学""哲学"一同与"科学"相区分,推崇其为"天才游戏的事业""民族文化之发达"的产物,强调文学中"知识"("景")与"感情"("情")的"二原质",备述中国"抒情的文学"的历史,以及"叙事的文学"("非谓散文")"无一足以与西欧匹者",就已经把这个现代概念最主要的内涵(文学的独立、民族化和审美化等)结合在一起了。

1904年,张之洞等人拟订的《奏定大学堂章程》(又称"癸卯学制")作为中国第一个现代意义的学科体系规划,设立"中国文学门","奠定了此后相当长一段时间内中国文学学科的基本格局和课程架构"。这些事实提醒我们,所谓"新文学"取代"旧文学"的过程,并不仅仅是指新文学运动本身,还内在地包含着一个以新的"文学"概念取代旧的"文学"概念,新的文学知识对象取代旧的文学知识对象的过程。于是我们的目光就会转向当代历史学家所说的"长时段",也就是在历史中缓慢变化的结构性基础的形成和发展,这便是19世纪中叶以来,在外来文明入侵的冲击下,中国社会结构急剧的现代转型过程。实际上,我们看到中国现代文学社会生产的许多条件,出版业、现代教育、市民社会和公共领域,连同现代文学概念本身,都是在这个过程中积累起来的,但这个重要的过程往往在一个"近代文学"的暗淡身影下被遮蔽了。与西方"现代文学"概念形成的历史相比,中国的这段历史存在着诸多相似的特点(例如,用"言文统一"作为启蒙的起点),但绝不是前者的简单重复,而是对前者的复杂化。因为这里必定存在着更多的矛盾,更多的不平衡发展,更多地在对"西方的"概念、知识和价值的援引中带来的暧昧不明的色彩,随着历史的进一步成熟,有些色彩直到当代才开始得到辨认。

总之,与古典的"文学"概念形成鲜明对照的是,现代的"文学"概念的特点,在于把"文学"建构为一个独立的知识对象,使"文学"的审美价值或"文学性"成为文学作为语言艺术的核心价值。不过,把这个知识对象从文学客观对象世界的各种"外部"属性、关系和价值中独立出来,并赋予其审美价值在这个世界中的核心地位,也并不意味着否认文学具有其"外部"。

在这一点上,主张"文学批评应该用明确的伦理和神学观点的批评来加以补充"的T. S. 艾略特的说法很有代表性:"文学的'伟大价值'不能仅仅用文学标准来测定;当然我们必须记住,测定一种读物是不是文学,却只能用文学标准来进行。"把审美价值作为文学之为文学的区别性"标准",至少有一个了不起的功绩,这就是为文学社会生产带来了前所未有的自由。

二、"文学"概念的意义

(一)文学是一种生产

在前文的论述中,我们已经不断地在提前使用"文学社会生产"这个概念了,因为不如此就不能准确地描述文学活动的特点。我们也曾经指出,"生产"是人们运用一定的工具,对一定的原料进行加工,从而生产出一定的产品的劳动过程,一切生产都是在一定的社会生产方式下进行的。所以,"生产"的第一个要义,就是一切生产,包括那个荒岛上的鲁滨逊的生产,都不是个人的,而是社会的生产:因为鲁滨逊从那只破船上带去了必要的"生产资料"(劳动工具、火枪,尤其是种子,等等),具备必要的生产技术的潜能,甚至作为"文明人",当有一个"野蛮人"出现的时候,他就懂得立即建立一定的生产关系:主人和奴隶、"国王"和"臣民"。这一切,都不是他自己凭空发明的,而是人类社会生产全部历史的产物。"生产"的第二个要义,就是它不仅仅是"物质生产",而是包括人类的一切历史活动。马克思曾经谈到过三种生产:物质生产、精神生产,这是我们所熟知的;此外还有一种介于这两者之间的生产,即"通过生育而达到的他人生命的生产",马克思是在严格的意义上称其为"生产"的,因为一方面,它构成了"起初是唯一的社会关系"(家庭),另一方面,正是在物质生产和这种生产过程中,人们才有了"物质联系"(马克思当时称之为"交往",后来便称之为"生产关系")。可见,马克思是把人类的一切活动都理解为"(社会)生产"的,"生产"的概念是他的其他重要概念(如"阶级""阶级斗争"和"阶级统治"等)相互包含的。

因此,文学是一种社会生产,首先,意味着把作家理解为"生产者",意味着否认浪漫主义(现代的"文学"概念的主要发源地),把作家当作创造者(creator,它还有一个意思是"造物主")的观念,否认作家有"随心所欲进行创作的自由"。作家和鲁滨逊一样(两者都有孤立的个人的假象),不可能凭空发明他的工具和原料:"形式、含义、神话、象征、意识形态都是现成的",更不用说生产关系了。例如当代文学研究对读者积极作用的强调,就不仅是对"消费表现为生产的要素"这一原理的强调,更是对文学生产及其历史的全社会性质的强调(因为包括作者在内的每个人"首先都是读者")。

其次,文学是一种社会生产,也意味着不能把它简化为物质生产,甚至商品生产,也就是作家"靠写作吃饭"的问题,或者像伊格尔顿所批评的西方"文学社会学",仅仅关心"特定社会中的文学生产、分配和交换的手段——书籍怎样出版,作者和读者的社会成分,文化水平,决定'趣味'的社会因素"等。尽管马克思也多次谈到过作为商品生产的艺术生产,但那是因为他在方法上需要首先研究把一切都变成商品的资本主义生产方式中的生产,才能"历史地""理解一定社会形态下自由的精神生产",以及"资本主义生产……同精神生产如艺术和诗歌相敌对"的事实。所以,把文学理解为生产,也就意味着把它理解为文学社会生产("文学"概念的客观对象)、文学知识生产(概念对对象的建构)和一般社会生产(历史)构成的各种矛盾的统一体,意味着从克服现代知识体系普遍分化,尤其是克服"两种文化"矛盾的"历史科学"观点,来重新认识文学。当然,把文学理解为生产,还意味着指出"文学反映现实生活"的观念的局限,后者在马克思主义批评中曾经占有很重要的地位。布莱希特曾对此做出了纠正:"艺术反映生活,用的是特殊的镜子。"但这种特殊性究竟何在,我们需要在后面才能说明。

把文学理解为生产,可以从根本上解释马克思主义批评为什么不接受"文学"作为知识对象的独立性。因为这种独立性是现代文学研究中普遍的形式主义的产物:从"审美自律"到"不存在文本之外的东西"、从"文学性"到"文学之外的文学性",无不是这种形式主义的表现。但更为重要的是,这种普遍的形式主义的根源,是把文学视为享乐对象的资产阶级消费主义观念,也就是马克思在《资本论》致力于批判的"商品拜物教"在艺术观念中的表现。前面所举的哈贝马斯关于商业化既对"公共领域"的建立,又对其瓦解具有决定意义的例子,可以从经验上间接证明这一点。

(二)文学是一种意识形态生产

马克思提到过"思想、观念、意识的生产",最常提到的是"精神生产",并没有使用过"意识形态生产"的提法。但在所有这些措辞中,只有"意识形态"(ideology)才是马克思的"发明",是他运用的最重要的概念之一。尽管人们早已用过多的甚至过度的解释把它层层覆盖了起来,但我们只需抓住它的根本。这个根本,就是马克思本人在这个概念中赋予的意义。

其实,这个词的法文形式是由法国哲学家德斯蒂·德·特拉西在1796年发明的,用来指他所提出的一门"观念学"。观念学充满了当时已接近完成的启蒙运动对于人类理性的信心,试图通过对观念和语言活动发生、结合、联系等过程的审慎分析,来消除人们头脑中的虚假观念,进而消除人们在科学认识和社会生活中犯错误的可能性。

"意识形态环境"作为意识形态生产的特殊条件,应该和"生产"本身一样,得到历史具体的理解。它是社会历史斗争的产物,尤其是意大利马克思主义者安东尼奥·葛兰西所说的"领导权斗争"的产物。例如,资产阶级启蒙运动在造成"政教分离"(国家与教会的分离)的同时,也造成了原先由教会独揽的意识形态权力与政治权力的分化,使意识形态权力转移到阿尔都塞所说的(教育的、法律的、政治的、工会的、传媒的、文化的、家庭的、宗教的等)"意识形态国家机器"手中,也转移到现代的"知识分子"手中,从而解除意识形态生产对政治权力的直接依附性。所以,现代社会"意识形态环境"的一个突出特点,就是意识形态生产的相对的独立性历史地表现为各个生产领域作为"行业"的独立,文学社会生产领域的独立正是其中之一。

"意识形态环境"作为"介质"的存在,既可以解释文学生产与社会生产的矛盾或"不平衡关系"的形成,也可以解释布莱希特所说的"艺术反映生活,用的是特殊的镜子"的特殊性:文学是透过这个包围着它的意识形态环境的"折射"(这是巴赫金的说法)来"反映生活"的,而这个环境本身就是"生活"的一部分。所以,文学直接"反映"的只是这个意识形态环境,是在这个历史具体的环境中折射出来的"生活",而不是像康德所谓"物本身"那样的、作为形而上学抽象物的"生活本身"。文学不是神赐的灵感的产物,也不是作者的个人生活能够说明的东西。它生产着一种

"人们借以意识到"世界的特殊方式,是一种特殊的意识形态生产。

(三)文学是一种特殊的、作为语言艺术的意识形态生产

这一点就是理解文学是一种特殊的意识形态生产的关键所在。因为文学是语言艺术:对于其他的"意识形态形式"(宗教、哲学、道德、政治或法律思想,等等)来说,语言是它们的物质载体或媒介,我们几乎可以把那里的语言看作是"透明的",是为表达意义服务的,但是,对于文学来说就不是这样了。文学的"意义"就在语言的艺术形式当中,在对语言的形式改造当中。你试着把一首诗翻译成散文,把一部小说写成故事梗概,或者,哪怕用最详细的方式来解释它们、分析它们,它们的"诗意"或"美感"都将荡然无存了。

正是因为语言(广义的"语言",指巴赫金所说的各种"意识形态的材料"或"意识形态符号")作为物质条件在文学艺术中具有这种特殊性,才使得布莱希特和本雅明把艺术形式或技巧的革新上升到改造艺术生产工具和生产关系的高度,"使得文学产品可以"通过技巧概念"直接接受社会的、唯物主义的分析"。在他们看来,文学的"倾向性"不只是在艺术中表现的政治观点,更是体现在作家怎样运用或改造艺术形式,去建立作者和读者、演员和观众的某种关系。也就是说,文学的"倾向性"就在其艺术形式的内部。"内部"和"外部"、"文学性"和"非文学性"的区分和矛盾,在文学作为语言艺术的意识形态生产的概念中被打破了。因此,对文学作为意识形态生产的认识,必定在很大程度上要依赖于"形式分析"。正是在这一点上,一切形式主义的现代文学研究,都可以通过把它们的基础从资产阶级消费主义观念转向文学作为社会生产的概念,而成为有用的、重要的知识资源。

文学作为语言艺术的意识形态生产的特殊性,更进一步说明了布莱希特所谓"特殊的镜子"的特殊性:文学通过意识形态环境的"折射"来"反映生活",它实际反映的只是一个意识形态的构成物,但它绝不是其他非文学的现成的意识形态教条的附庸和传播者。"意识形态环境"永远是"生动的、正在形成的",因为它总是处在矛盾和斗争中,而语言便是它借以形成的生动的材料。因此,文学作为语言艺术,"只反映正在形成的意识形态,只反映意识形态视野形成的生动过程"。

这也就是阿尔都塞提出的一个令人惊讶的论点——真正的艺术不

第一章　文学理论与文学流派

属于意识形态——实际要表达的意思。正如阿尔都塞所暗示的,"真正的艺术"只是一个抽象,是在意识形态产品内部拉开的"一点距离",或一段"虚空"(这也是阿尔都塞经常使用的一个说法),使我们能够"看到""觉察到"和"感觉到""它从中诞生出来、沉浸在其中、作为艺术与之分离开来并且暗指着的那种意识形态"。

作为例证,我们可以谈谈一面具体的"特殊的镜子":托尔斯泰。列宁在《列夫·托尔斯泰是俄国革命的一面镜子》开头就写道:"把这位伟大艺术家的名字同他显然不理解、显然避开的革命联系在一起,初看起来,会觉得奇怪和勉强。分明不能正确反映现实的东西,怎么能叫作镜子呢?"

于是,在这面"镜子"身上,我们再次看到了马克思指出的社会变革和人们的意识形态之间的鸿沟。列宁也论证说,不是托尔斯泰观点的正确性,而是,"托尔斯泰的观点中的矛盾",才构成了"一面反映农民在我国革命中的历史活动所处的矛盾条件的镜子"。例如在《安娜·卡列尼娜》的写作过程中,这面"镜子"就表现出了他的全部特殊性。作为道德家、神学家、政论家和"宗法制农民"的托尔斯泰,他在社会变革面前的思想危机,他周围整个社会的政治斗争和意识形态斗争,构成了一个动荡不息的"意识形态环境",包围着这个作为"伟大艺术家"的托尔斯泰。托尔斯泰只能透过这个环境的"折射"来"反映"一个"一切都翻了一个身,一切都刚刚开始安排"(列文)的历史时期。但奇迹就出现在这个"反映"过程本身中——"未来作品的第一张草图,情节形成的复杂过程,有时彼此相互对立的倾向的激烈冲突,失败的一笔与喜悦的一得,瞬息的冲动和难以压抑的热情,从创作开始直到作者在最后校样上涂抹的最后一笔墨迹时的一切思想活动":如何运用情节的对比和同时性的手法,如何克服"两条线索"的不平衡和疏远,如何让结构的"圆拱"衔接得"天衣无缝",如何把他怀着强烈倾向创造的列文纳入故事本身的命运,如何处理他喜爱的"家庭的主题",如何完成安娜形象的改变和升华,"从一个破坏社会法规的罪人,变成高出于具体社会环境的妇女,她以自己感情与性格的纯洁、深邃和鲜明而与当时的社会环境相对立"……阿尔都塞说得对:托尔斯泰作品的深刻性正是以他坚持的意识形态立场为前提的,也就是说,是以他在"意识形态环境"内部的矛盾为前提的。因为只有从这个"内部",他才能通过"创作过程"——即作为语言艺术的意识形态生产过程——去"反映"意识形态在矛盾和斗争中形成的生动过程。这就仿佛是在严实地包围着人们的意识形态世界中拉开了"一点距离",让我们

"看到"它,"觉察到"它,得到对它的批判的"看法"。

从"文学是一种生产",到"文学是一种特殊的、作为语言艺术的意识形态生产",这个"从抽象上升到具体"的认识过程,是体现了马克思所说的"科学上正确的方法"的。不过,这个过程是没有终点的,我们只是在对"文学是什么"的认识中迈了一小步而已。

第二节　文学史与文学流派

一、文学史

戈斯(E. Gosse)在他的《现代英国文学简史》(1897)的导言中,确实声称要展现"英国文学的运动过程",要给人一种"英国文学进化的感觉",但是,他却说了空话,只不过把当时从法国传来的那种理想宣扬了一下而已。实际上,他这本书只是对按编年顺序排列的作家和他们的某些作品作了一系列的批评性的议论罢了。后来,戈斯十分正确地放弃了对泰纳的兴趣,强调他受惠于传记文学大师圣-伯夫。圣茨伯里确实也是这样,经过在细节上的必要的修正,他的批评概念最接近于佩特的"鉴赏"理论和实践;埃尔顿的情形也一样,他的六卷本的《英国文学概观》虽然是近年来英国文学史研究领域中最为卓越的成果,但他仍然坦白地承认这只是一部"评论和直接的批评",而不是一部文学史。这样的例子几乎可以无限地列举下去;对法国和德国的文学史著作做一次检查,除了某些例外以外,几乎可以得出相同的结论。这样看来,泰纳的兴趣主要是在他的民族性格理论和他的"社会环境"及种族的哲学上,约瑟兰特(J. J. Jusserand)研究的是显现了英国文学中的风俗史,而卡扎缅则发明了一套完整的"英国民族灵魂的道德节奏的律动"的理论。大多数最主要的文学史要么是文明史,要么是批评文章的汇集。①

---

① ［美］勒内・韦勒克,［美］奥斯汀・沃伦著. 文学理论[M]. 北京:文化艺术出版社,2010.

第一章　文学理论与文学流派

为什么还没有人试图广泛地探索作为艺术的文学的进化过程呢？阻碍因素之一还是没有做好准备，即对艺术作品还没有做过连贯的和有系统的分析。我们要么是满足于老式的修辞学标准，要么就是求助于描述艺术作品对读者的影响作用的感性语言。前者充满偏见和肤浅的技巧，不能令人满意，后者则往往与文学作品毫不相干。

自从温克尔曼(J. J. Winckelmann)写出他的《古代艺术史》(1764)以后，便有人在绘画和雕塑领域中作了编写这类历史的尝试；自从伯尼(C. Bumey)注意到音乐形式的历史以后，也就出现了许多这样的音乐史。

一部文学作品和一幅画不同，一幅画可以一眼就全看完，而一部文学作品只有通过一段时间的连续阅读才可以理解，因此要把它作为一个首尾一贯的整体来理解就显得较为困难。但是，与此相类似的音乐形式虽然也是通过一段短时间的连续才能被我们掌握，但把它作为一个整体的模式来理解毕竟还是可能的。医学教科书中的插图和进行曲就是两个例子，说明其他的艺术也有它们的难以确定的两种情况，也说明要区分以语言表现的作品中的艺术因素与非艺术因素，其困难只是数量上更大而已。

要得出一个一系列艺术作品的发展过程的概念似乎是特别困难的。从某种意义上说，每一部艺术作品初看起来都是与它相邻的艺术作品不相连续的。有人可以争辩说一个独立的作品和另一个独立的作品之间不会有什么发展关系。有时还会遇到这样的反对意见，即认为没有什么文学史，只有人们的写作史。而如果照着这种说法去做，我们就只好放弃编写语言史或哲学史，因为那只不过是人们在说话或想问题而已。

蒂格特(F. J. Teggart)在他的《历史理论》一书中提出的研究变化的方法只会使我们无视历史过程和自然过程之间的所有不同之处，使历史学家只有靠仿效自然科学才能进行自己的研究，如果这些变化绝对有规律地不断重复发生，我们就会像物理学家一样得出关于法则的概念。但是，尽管施本格勒和汤因(A. Toynbee)对此曾做过高明的思索，这种可预言性的变化还是从来也没有在任何历史过程中被发现过。

实际上，从来没有如此发展过的一系列的脑，只有某些概念的抽象物，即根据机能作用界定的"脑"。这种发展过程中的每一个个别阶段都被构想成为同从"人脑"引出的典范相类似的许多东西。

我们能否在上述的这两种意义上来谈文学的进化呢？布吕纳季耶和西蒙兹都假定是可以的。他们假定，还可以用同自然界的物种相类比的方法考虑文学的类型。布吕纳季耶说,文学类型一旦达到了某种极致的阶段,就必然要枯萎、凋谢,最后消失掉。而且,文学类型会进一步转变为较高级的和更为变异的类型,就像在达尔文主义进化概念中物种变化的情形一样。在第一种意义上使用的"进化",明显的只是一个奇特的比喻。根据布吕纳季耶的说法,例如,法国悲剧经过诞生、生长和衰退,已经死亡。但是,从上述关于进化的第三种意义(即以自然界的物种和文学类型相类比)上说,法国悲剧的诞生只能发生在若代尔之后。悲剧死亡的意思只是说在伏尔泰之后没有人写出过符合布吕纳季耶理想的重要悲剧。

但是,未来的伟大悲剧总是可能会在法国写出来的。依照布吕纳季耶的看法,拉辛的《费德尔》标志着悲剧的衰落,标志着悲剧接近老年了;但是,和那学究气十足的文艺复兴悲剧比起来,拉辛的这一悲剧却使我们感到年轻和新鲜,而按照布吕纳季耶的理论,文艺复兴的悲剧却应算作法国悲剧的"青年"。布吕纳季耶还有一种更加无法自辩的观点,即认为一种文学类型可以像法国古典主义时代的布道讲演转变为浪漫主义抒情诗那样转变为另外一种文学类型。其实,并不会真有这样的"转变"发生。我们顶多可以说,在较早的布道讲演和较后的抒情诗中表现了相同或相似的情绪,或者说,布道讲演和抒情诗都可能为相同或相似的社会目的服务。

举例来说,如果我们想要写一部18世纪的英国诗史,我们就必须了解18世纪的诗人们同斯宾塞、弥尔顿和德莱顿等人的确切关系。像黑文斯(R. D. Havens)的《弥尔顿对英国诗歌的影响》这类主要是研究文学的书,积累了给人深刻印象的证据来说明弥尔顿所产生的影响,书中不只是收集了18世纪诗人们对弥尔顿的看法,而且还研究了他们的诗歌本文,分析了其中平行和类似的地方。平行搜索(parallel-hunting)的方法近来受到广泛的怀疑,特别是当一个没有经验的研究者试图采用这种方法时,便显然要陷入危险之中。首先,平行必须是真正的平行,而不是仅靠累加的办法把模糊的类似变成论证。40个零加起来还是等于零。其次,平行必须是绝对的平行。也就是说,这种平行必须比较确实可靠,平行的各方面不能用共同的渊源来解释,而只有研究者具备了广博的文学知识,或者平行的比较是一个高度复杂的模式,而不是几个孤立的"母题"或词语的简单比较,才能达到这一目标。违反这些基本要求的研究著作不仅数量惊人地多,而且有时是由一些著名的学者写的,这

第一章　文学理论与文学流派

些学者应该能辨认一个时代的"平常话",即那些陈词滥调、老一套的比喻以及由共同主题引出的类似等。

不管这个方法有什么样的弊端,它总还是一个正统的方法,是不能全部抛弃的。对作品的来源进行审慎的研究,就可能证实文学的种种联系。这些联系中有引用、抄袭和纯粹的仿效等最无兴趣的现象,它们最多只能证实有联系这样一个事实;当然,也有的作家如斯特恩和伯顿(R. Burton)等人是知道如何使用引用的方法来为自己的艺术目的服务的。但是,文学联系中的大多数问题显然是远为复杂的,只有通过批判性分析才能解决它们,把平行类似的东西放在一起比较只不过是一个次要的手段而已。许多这类研究的不足之处恰在于它们忽视了这样一个道理:在它们企图把某一个单独的特性孤立出来的时候,它们便把艺术作品拆成镶嵌工艺品的一个个碎片了。

文学类型(genre)和典式(type)的历史提出了另外一组问题。但这些问题不是不能解决的;尽管克罗齐试图让人怀疑整个这一概念,我们还是可以找到许多对这一理论的准备性研究,而且这种研究本身为一种条理清楚的历史的探索提供了必要的理论上的洞察力。类型史面临的困境也是所有历史面临的困境,就是说,为了要找到一种参照系统(如这里所说的类型),我们必须研究历史,而为了研究历史,我们就不能不在心中事先有某些可供选择的参照系统。在实践中,这种逻辑上的循环也并不是不可克服的。有某些例子,比如十四行体诗,就有一些明显的外在的分类系统(即每首诗十四行,依照一个限定的模式押韵)为研究提供了必需的出发点;通过另外一些例子,如挽歌(elegy)或颂诗(ode),我们可以合理地怀疑,是否有一个比语言上共同的名称更多的东西才能把文学类型史连接起来呢?在本·琼生的《自我颂》、柯林斯的《黄昏颂》和华兹华斯的《永生的了悟颂》等三首颂诗之间似乎并没有什么共同的因素;但是,目光敏锐的人则能够看出贺拉斯和品达的颂歌有着共同的世系,并且能够确证那些显然是不同传统和时代之间的联系和连续性。文学类型史无疑是文学史研究中最有前途的领域。

这种"形态学的"探讨方法能够也应该广泛地应用在民间文学的研究上,民间传说中的类型比起后来的艺术文学中的类型来通常总是更清晰地被人们所确认并给予界定,而且,在民间传说中,"形态学的"探讨方法似乎至少和人们通常热衷的那种仅仅是"母题"和情节的流传、迁衍的研究方法一样有意义。这种探讨现在已经有了一个好的开端,特别是在俄国。如果不同时掌握古典文学类型和中世纪时所兴起的新类型,那就不可能理解现代文学,至少是不可能理解直到浪漫主义反叛时代的文学。古典类型和中世纪新类型之间的互相混合和影响以及它们之间的斗争是 1500 年与 1800 年之间文学史的重要内容。确实,不管浪漫主义时期如何把文学类型之间的界限弄得模糊不清并引入许多混合形式,低估类型概念的影响力量仍然会是一个错误,而实际上,这种影响力甚至在最近的文学中仍在发生作用。布吕纳季耶或西蒙兹早期的文学类型历史研究由于过分依赖文学类型与生物学类型的平行类比而存在着缺陷。近几十年来,已经又有人更细心地进行了这样的研究。但这些研究依然存在着一种危险,那就是把研究变为对模式的描述或变成为一系列互不联系的单独讨论,许多自称为戏剧史或小说史的著作都有这样的问题。

不过也有一些著作是清楚地面对着类型发展这一问题的。这样的问题在编写直到莎士比亚的英国戏剧史时是几乎不能加以忽视的。在这一段戏剧历史中,神秘剧(Mysteries)和道德剧(Moralities)的演替以及现代戏剧的兴起都可以在例如贝尔(J. Bale)的《约翰王》这样明显的混合戏剧形式中探索出来。虽然格雷格的《田园诗和田园剧》一书的目的不全是研究类型问题,但它仍然是较早研究类型史的一个好例子;稍后的 C. S. 路易斯的《爱的寓言》则提供了一个构想清晰的类型发展系统的例证。在德国,至少有两本非常好的书,一本是费多尔的《德国颂诗史》,另一本是缪勒的《德国歌谣史》。这两位作者都敏锐地思考了他们所面临的问题。费多尔清楚地看到了前述的那种逻辑上循环论证的问题,但他没有被这问题所吓倒,他看到,史家虽然是暂时地,但必须是直觉地抓住他所注意的类型的本质的东西,然后研究这一类型的起源,从而证实或修正他的假设。虽然类型会在组成文学史的单个著作中显现,但它不能用这些单个著作中的所有的特性来给以描述。

二、文学流派

(一)中国文论史上的"文学流派"概念

"派""派别""流派""流别"等语词,在中国古代汉语典籍中很早即已

第一章　文学理论与文学流派

出现,本义均为"水的支流",后引申作某文化活动或领域内的特定分支、派系及其流变,即现在的流派或派别之义。

一般认为,"流派"概念被明确用诸文学研究是在两宋之交,但文学流派概念的滥觞,也被追溯至先秦两汉。在一定意义上,《诗经》风、雅、颂的分类可视为对几种诗歌流派的划分,《汉书·艺文志》对儒、道、阴阳、法、名、墨、纵横、杂、农等九家(流)学术派别的区分,可谓最早的散文流派研究,司马迁和班固均将屈原、宋玉归并评述的做法,则首开了对具体文学流派"楚骚诗派"关注的先河。这些情况正表明了中国文论在文学独立前对文学流派的初步认识。此一阶段可谓中国文学流派概念的孕育期。

魏晋南北朝时期,伴随"文学的自觉时代"而来的是文论的自觉时代,中国文学流派概念遂发展至其萌生期。当时的著名批评家曹丕、刘勰和钟嵘,也是第一批文学流派问题的关注者。他们不仅对于汉末建安时代崛起的中国文学史上第一个正式文学流派"建安文学"集团给予不同程度的总结、述评,而且提出、阐释了"气""体"等表述风格。尤其是钟嵘的《诗品》强调作家作品的内容风格特点及其历史源流,并把五言诗的发展划分为国风、小雅和楚辞三个系统,表现出较为明确的寻根论派的文学流派研究意识,虽然流派划分尚不严格,也有片面性。

在诗文繁荣昌盛的唐宋时代,随着中国古代文学史上第一个自觉结成的诗歌流派——江西诗派的诞生,文学流派概念亦演进至其成熟期。首先,是"流派"概念已经被正式用于文学批评,韩愈"东都渐弥漫,派别百川导"(《荐士》)和南宋胡仲弓"易东流派远,千载见斯人"(《送丁鍊师归福堂》)的诗句即是例证。另外,文学流派的划分愈加自觉和独立,具体体现在:晚唐诗人张为作《诗人主客图》,以风格类别为标准,把当时的诗人分为六个流派,并列主客诗人若干;唐代殷璠编《河岳英灵集》、五代后蜀赵承祚编《花间集》、宋初杨亿编《西昆酬唱集》、北宋吕本中编《江西诗派诗集》、南宋书商陈起编《江湖集》等流派作品集先后刊行,分别对王孟诗派、花间词派、西昆诗派、江西诗派、江湖诗派等诗词流派进行了自觉的分门别类。特别是吕本中的《江西宗派图》(胡仔《苕溪渔隐丛话前集卷四十八》)、南宋杨万里的《江西宗派诗序》(《诚斋集》卷八十)、刘克庄的《江西诗派总序》(《后村先生大全集》卷九十五)等,对以黄庭坚为盟主的江西诗派的源流发展、形成原因、创作得失、理论利弊,及其与其他流派的相互关联等所做的种种探索,则标志着中国文学流派理论的正式确立。

　　成熟的流派概念使得作家们更加自觉地标门立派，流派间的相互竞争蔚然成风，文学流派概念在明清时代便迎来其发展总结期。从明代的台阁体、茶陵诗派、前后七子复古派、唐宋派、公安派、竟陵派到清代的神韵派、性灵派、桐城派、阳湖派，等等，流派创立与倡导的自觉性益发增强。以明代茅坤《唐宋八大家文钞》的编选总序、王骥德的《曲律》和清代汪森的《词综序》为代表，流派的划分由诗扩及词、散文、戏剧等，流派所概括的文类式样更具普遍性。与以前仅囿于微观的具体流派分析研究不同，此期流派研究的宏观综合性更突出。具体体现在以下诸方面：对于不同时期前后诸流派的纵向研究，如清宋荦《漫堂说诗》勾勒唐至清代诗歌流派发展史的大体轮廓等；对于同时代诸流派的横向研究，如明高棅的《唐诗品汇总序》之论唐诗诸派、陈廷焯的《白雨斋词话》之论清词流派等；考察某一流派之源流、形成、特色的总体综合研究，如清张泰来的《江西诗社宗派图录》、林纾的《桐城派古文说》、李详的《论桐城派》等。

　　从清末民初迄今为止，可谓文学流派研究的现代复兴期。

　　第一，自鲁迅的《摩罗诗力说》(1908)介绍欧洲19世纪前期伟大的浪漫主义诗人、陈独秀的《现代欧洲文艺史谭》(1915)呼吁中国文学应进入现实主义阶段、田汉的《新罗曼主义及其他》(1920)介绍英美现代派文学开始，与中国古代文学流派迥然有别的西方浪漫主义、现实主义与现代主义三大文艺思潮暨流派的介绍、研究工作相继展开，且不断向纵深方面发展。这不仅对中国现代新文学的每一位创作者的文学实践发生了根本性的"形成性影响"，也开辟了中国现代学术史上文学流派研究的新局面。以此为基础，在西方现代科学与学科观念的洗礼下，现当代的中国文学研究者们，对中外文学史上的流派现象表现出尤为浓烈的知识学梳理与理论探究兴趣，蔚然成风的现当代文学流派研究论域就此得以形成。以文学流派为着眼点或线索，差不多成为所有文学史研究的共同习惯。

　　第二，伴随文学史这种现代学术研究与写作的兴起，古今中外文学中大大小小、形形色色的文学流派成为20世纪以来国内古今中外文学史教材编写与课程讲授的结构方式与组成部分，并在现代知识学的背景下得到了最大限度的关注、归纳、整理与介绍。20世纪80年代以来，文学流派研究愈来愈受重视，关于中国文学史中诸多代表性文学流派的历史考察与个案研究的论文及专著、丛书随之层出不穷。

第一章　文学理论与文学流派

第三,因为受苏俄文学理论研究的影响,新中国成立以来大学的文学概论等课程的教材(如以群主编《文学的基本原理》和王朝闻主编《美学概论》)均专列文学流派内容的章节,关于文学流派问题的专论更是屡见不鲜。在此类著述中,文学流派常常与风格联系在一起来讨论,文学流派的形成原因、确立条件、命名方式,文学流派的性质、特征、功能及其与文学风格、文学思潮、创作方法的关系等文学流派的一般原理性及其相关问题得到不同程度的探究。在此种着意于文学流派一般理论问题的研究过程中,并非针对具体文学流派而是着眼于文学流派理论甚至学科建设的"文学流派学"被提上了议事日程,这在一定意义上,正标志着中国的文学流派研究新阶段的真正到来。在此背景下,也出现了像《中国文学流派意识的发生和发展:中国古代文学流派研究导论》(陈文新著,武汉大学出版社 2003 年版)这样追踪彰显文学史中任何文学流派得以存在的流派意识的专著。

(二)西方文论史上的"文学流派"概念

西方的"流派"概念一词,本义是"用来讨论学问的空闲时间",后来指"讨论学问的地方"即学校。当然,school 等西文词现在也指"拥有相同观点、信仰或方法的一个群体"或"因为相似的作品风格而被视为一个群体的许多人",即学派或流派。从已掌握的材料看,较之于中国,时空范围异常广阔的所谓西方文论史上的文学流派研究并不怎么兴盛,但亦别具特色。

总体而言,尽管自古希腊始,特定时期内各种学术、宗教等领域的学派与派别更替频仍不绝,文学内部文类、风格的变迁源远流长,20 世纪以来的文学批评理论流派更是此起彼伏、连绵不绝,但在文学、艺术本身及其相关研究领域内,"流派"概念并不是西方艺术家和理论家讨论文学问题的关键词。我们在英美常见的文学及艺术术语词典找不到"流派"词条即是证明。被中国文学研究者视为典型的文学流派的七星诗派、玄学派、湖畔派、意象派、荒诞派等欧美文学术语的原词中,其实并没有"流派"的内涵,不少西方批评家对于上述所谓"流派"的合法性也明显持保留意见。

就西方文学发展史来讲,因其高度的创作自觉性及其共同的创作纲领,17 世纪法国文学中的古典主义通常被视为欧洲第一个正式的文学思潮或流派。但对于古典主义以前的欧洲文学史,文学史家往往也会论及文艺复兴时期的人文主义文学思潮与流派,如法国的七星诗派、意大利的马里诺诗派,甚至各民族早期的具体文学流派,如古罗马的阿提卡主义,中世纪法国的普罗旺斯骑士抒情诗派,意大利的西西里诗派、圭托内诗派、"温柔的新体"诗派,德国的骑士文学,等等。启蒙主义、浪漫主义、现实主义、自然主义及形形色色的象征主义、未来主义、意象主义、表现主义、意识流、超现实主义、存在主义、荒诞戏剧、新小说、黑色幽默、女性主义写作、后殖民小说等现代主义与后现代主义的文学实践与理论,先后得到长足发展。从 18 世纪至 20 世纪,众多欧美著名的浪漫主义、现实主义、现代主义及后现代主义作家及其文学作品和有关理论著述,坚持和表达了各自一定的文学流派概念,但他们对于文学流派问题本身并没有特别的爱好与研究,因而关于文学流派的概念性研究颇为罕见。

虽然亚里士多德《诗学》第二十五章中谈到的"按照人本来的样子来描写"和"按照人应当有的样子来描写"两种写人方式,与后来现实主义与浪漫主义的分野有一定的对应关系,似乎可视为文学思潮或流派研究的萌芽,但总体而言,从古希腊罗马时期到 17 世纪以前,诸多杰出的思想家及文论家,如柏拉图、贺拉斯、狄德罗和莱辛等,基本没有论及文学流派问题。西方文论史上最早明确表现出文学流派意识的文论家是 18 世纪中后期的歌德和席勒,他们在创作方法兼文学思潮或流派的意义上率先使用了古典主义和浪漫主义这一对概念,并在一定程度上辨析了二者的诸多差异。后来的施莱格尔兄弟也比较、阐发过这对概念,稍后的美学家黑格尔关于象征型艺术、古典型艺术和浪漫主义型艺术的划分理论,也在一定意义上表现出类似的文学流派观念。此后,在 19 世纪后期以来的欧美诸多文学史、文学批评理论著述中,文学流派并不像在中国同类著作中那样被突出强调并占据一定的段落、篇幅与章节,但个别著名文学史家与文学批评理论家对文学流派问题仍有一定的关涉与研究。其中比较著名的如:法国丹纳的《艺术哲学》(1865—1869)在其种族、环境和时代三要素理论的框架内,强调了艺术宗派或艺术家家族总体对艺术家及其作品的决定性社会影响;丹麦勃兰兑斯的《十九世纪文学主潮》(1872—1890)分梳讨论了欧洲 1800—1848 年文学中的法国的流亡文学、德国的浪漫派、法国的反动、英国的自由主义、法国的浪漫派和青年德意志等六个主要作家集团及其文学运动;美国韦勒克不仅在其《文学理论》(1942)第十五章中用到"文学流派"(literary school)概念,更在其

第一章 文学理论与文学流派

《批评的概念》(1963)和《现代批评史》(1955—1992)等著述中,对文学研究中的古典主义、浪漫主义、现实主义等文学流派概念发表了非常著名的看法;美国乌尔利希·韦斯坦因(Ulrich Weisstein)在其《比较文学与文学理论》(1973)第四章对与文学流派问题相关的时代(epoch)、时期(period)、代(generation)和运动(movement)等概念也进行过分梳。

在整个西方文学研究的范围内,对文学流派本身(虽然也常常与文学思潮等概念或问题纠结于一体)给予关注并集中表明其看法的仍要属苏俄的文论家。比如,季摩菲耶夫的《文学理论》(1934)、毕达可夫的《文艺学引论》(1954—1955)和波斯彼洛夫的《文学原理》(1978)等文学理论教材中的某些章节,赫拉普钦科的作为专著之一章的《文学的类型学研究》(1972),尔蒙斯基的论文《文学流派是国际性的现象》(1967),等等,均把文学流派作为一个基本的文学理论问题看待。在这些研究中,文学流派的定义,文学流派同文学思潮、文学风格的关系,文学流派的结构,具有世界性的文学流派在文学发展史早期的历史呈现及其在国际范围内的普遍流行特征,文学流派研究本身的必要性与重要性等问题,均得到了较为深切的讨论,而且在一定程度上也基本达成了共识,并对中国1949年以来文艺学界的文学流派及其相关研究产生了十分明显而深远的影响。

(三)关于文学流派的一般理论问题

首先,何谓文学流派?在国内权威的工具书中,文学流派被界定为:"文学发展过程中,一定历史时期内出现的一批作家,由于审美观点一致和创作风格类似,自觉或不自觉地形成的文学集团和派别,通常是有一定数量和代表人物的作家群";"在一定历史时期和活动范围内,对文学与现实相互关系的认识,以及艺术志趣相近的作家自觉或不自觉地组合"。苏联文论家的定义则是:"作家们的这种思想和创作的一致叫作文学流派,具有思想和艺术的共性的作家集团的创作为文学流派"。

据此,我们可以将文学流派的核心内涵大致理解为:特定时期内因为创作观念和文学风格等方面的类似而结成的相对统一的作家集体。对于国内的文学流派研究而言(虽然也不乏异议者),风格方面的近似被普遍认为是一批作家获得共性、形成一个文学流派,从而与彼此风格近似的另一个文学流派相区别的重要因素或基本标志。促成一个文学流派产生的,当然还有作家的兴趣爱好、精神气质、思想倾向、审美观念、创作主张、写作题材、表现方法、写作技巧等诸多方面的接近与类似。但是,在一定意义上,上述作家性情观念与作品创作方面的雷同,实际亦可作为文学风格得以形成的具体根由或表现,因而就此将共同的文学风格视为构成一个文学流派作家的要素或标志,也自有其道理。或许我们可以说,文学风格并非文学流派形成的唯一要素或标志,却是最关键的要素、标志或统一基点。不过,风格与流派的关系仍有追究的必要,我们将此留待下文进行探讨。

与文学流派的定义紧密相关的是一个文学流派确立的条件。任何作家群体共同的创作实践倾向无不存在或潜伏着形成流派的共同的社会历史原因,因而此条件往往首先被从社会历史方面来说明。"诗派,人之性情也。性情不殊,系乎风土。"(清张泰来《江西诗社宗派图录》)这里所谓"风土"与前述文学流派定义中所谓"一定历史时期和活动范围内"一样,显然意在强调一个文学流派形成的共同的时代氛围、历史潮流,共同的民族、地域、阶级等社会背景。"新的文学流派往往产生于社会生活已经发生重大变动的时候",新的社会、政治、文化变革及其进程要求得到艺术上的表现与回应。换言之,特定的社会、政治、文化等因素构成了一个文学流派形成的外在的社会历史条件。不过,绝大多数研究者更愿意从文学内部或流派自身发生和发展的特定的文学传统而非笼统的文化背景,来说明一个文学流派产生的历史状况及其创立条件。自觉不自觉地表现出独树一帜的创作主张与理念极其相似风格,有一批显示其实绩的作家及其作品,从理论到实践均产生了一定的影响等常常被视为一个文学流派确立的基本条件。概言之,内外条件交互作用形成的文学流派,更集中地表现在那些与文学思潮联系紧密的文学流派上,如欧洲的古典主义、浪漫主义、现代主义,等等;而对那些以鲜明的创作风格著称的文学流派来说,社会历史条件或许并不必然构成一个流派产生的重要条件或直接原因,如宋词中的豪放派与婉约派。

研究者还从文学流派的构成要素或标准来说明文学流派的形成条件。杨义从中国现代文学史发展中总结出"流派五要素",即风格、师友、交往行为、同人刊物和报纸专栏、社团要素。很明显,后两个要素或许适合中国现代文学史上的文学流派,但并不适合所有的(尤其是非自觉形成的)文学流派。陈文新则通过对中国古代文学史诸流派的深入考察,突出一个文学流派在产生与发展之时,作家们对某特定

第一章 文学理论与文学流派

文学传统选择性继承的内在连续性及其归属意识,他将此种经由文学经典选择而体现出来的用以指导一批作家从事其文学事业的统一的归属意识称之为流派的"统系意识"。为此他提出了界定文学流派的三个标准或文学流派成立的三个要素,即流派统系、流派盟主(代表作家)和流派风格。

总的来讲,如果将"统系"仅限于某一流派作家们所处文学流派的范围内,且淡化其归属意识的自觉性,那么,此文学流派的三标准或三要素说,仍可大致作为确立或判断一个文学流派成立或存在的简便依据。

苏俄文论家赫拉普钦科在其文学的类型学研究中还提出了与流派确立相关联的文学流派的结构层次问题。他以为,"任何文学流派都不是语言艺术家的偶然的集合",而是一个由文学本身和社会生活两者共同决定的"统一体",同时也存在着其内部本身的进一步划分。"存在于文学流派之中的各种派别,构成文学流派的结构的特点",无论是每一个作为国际现象的文学流派还是特定民族文学中的文学流派,其内部派别的性质及其相互关系,常常是各不相同的,而且随着时间的变化,特定文学流派的发展会呈现为一定的阶段性与动态性。另外,"与文学流派内部分类紧密相关的是个人风格和风格系统,这些东西也是文学流派的结构的特征之一"。

关于文学流派的形成渠道,大致有三种意见:第一,由文艺观点和创作理想或风格相同的作家,在一定社会条件下的自觉结合而创立的文学流派。这种有共同文学纲领、有创作实践、有自己代表性的作家和理论家,甚至有共同社团组织、有自办文学期刊,并同与自己主张不同的其他流派展开争鸣和论战的文学流派,可以说是严格的或真正意义上的文学流派,或可称之为"自创式流派"。第二,由表现出一定共同倾向风格或形成一定文艺思潮的作家群体与对此作家群体予以关注的文学批评家合作形成的文学流派。此种流派往往没有共同纲领和固定组织,只是由一个或几个有代表性的作家,以及他们直接和间接的追随者形成一种特定的文艺风格、文学思潮或运动,并被文学批评家从实践上和理论上加以总结并冠以一定的名称而形成的,或可称之为"合创式流派"。第三,完全由文学史家根据自己掌握的作家及其作品的相关史实材料通过比较、归纳而整理命名的文学流派,或可称之为"被创式流派"。

由流派形成的途径自然产生了对文学流派的不同划分。最常见的是根据是否有自觉意识,把文学流派划分为自觉形成的流派和不自觉形成的流派,也有学者还提出半自觉形成的流派这一中间类型。文学流派的此种划分,实际与前述三种文学流派的形成渠道,即自创式流派、被创式流派与合创式流派存在着明显的对应关系。自觉形成的文学流派往往是在有纲领、有组织甚至有刊物和出版机构的背景下出现的,如中国现代文学史上的新月派、新感觉派,西方现代主义文学中的未来主义、超现实主义。不自觉形成的文学流派既无组织又无纲领,只因其思想与艺术方面的共性而被研究者归纳出来,如所谓唐代诗坛的田园诗派和边塞诗派,宋代词坛的婉约派和豪放派,近现代文学史上专写才子佳人的鸳鸯蝴蝶派等,另如虽先后产生于西方但又被认为是跨时代、跨地域、跨国界因而具有世界性意义的现实主义、浪漫主义及形形色色的现代主义文学思潮或流派,等等。半自觉形成的文学流派介乎自觉不自觉之间,典型的代表或许是从北宋后期延续到元初的江西诗派、主要出现于山西但纵贯"文革"前后两个时期的"山药蛋"派。当然,因视角差异,对文学流派尚可作不同的分类研究。比如,从着眼点而被区分的风格流派、思潮(主义)流派、社团流派等,从文体或文类视角而被论及的诗歌流派(诗派)、小说流派、散文流派、戏剧流派等,从时间视角而被指称的古代文学流派、现代文学流派、当代文学流派等,从民族视角而被论说的中国京派和海派、外国文学流派、东方文学流派,等等。

　　文学流派的命名是文学流派研究中的一个有趣话题。"文学流派的名称远非经常具有自起名称的权威,它或者由文学运动的参加者作为战斗的呼声提出来,或者(这是经常有的)由敌对的批评界作为讽刺的外号强使它接受"。结合中国文学史中的文学流派来看,经常被讨论到的文学流派命名方式,大致有以下数种:(1)文学作品的风格,如宋词中的婉约派与豪放派;(2)作家所常写的题材,如唐代的山水田园诗和边塞诗;(3)作家所常用的体裁,如五四时期的自由诗派和格律诗派;(4)与之有密切关系的文学团体及杂志,如明代的前七子、后七子,现代的"七月诗派"等;(5)作家所受文学思潮的影响,如李金发、戴望舒的象征诗派;(6)出现时代,如建安七子、唐宋八大家;(7)出现地域,如宋朝的江西诗派、明朝的公安派、清朝的桐城派、现代的京派与海派等;(8)代表作家,如元白诗派;(9)作品总集的名称,如花间词派、西昆派、江湖诗派等;(10)社会阶层,如明代的台阁派和山人诗等。文学流派的命名方式,在一定意义上也反映了文学流派的类型或个性特征。

　　文学流派的形成、分类及命名问题,实际仍是对文学流派产生机制

第一章 文学理论与文学流派

的研究,它们反映了文学流派与人类文化生活及文学本身诸多方面的复杂联系。那么,文学流派对于文学意味着什么?或者说,文学流派的功能与意义何在?究竟谁需要文学流派?显而易见,需要文学流派的首先应该是那些直接创立或发起一个文学流派的作家们。在这些文学流派的真正主体或当事者那里,文学流派发挥着现实的文学社会学功能:一个文学流派既是此派作家作为独立的文学团体或共同体出现的一种标志,也是他们集体存在的一种证明方式,更是他们扩大自身文学影响进而实现其社会文化目标乃至政治抱负的一种手段。不过,古今中外,从文学史上的创作实际及因论流派之弊发出而极力非议文学流派者大有人在。在他们看来,那些研究文学的文学批评家和文学史家似乎更需要文学流派。在这些把文学流派作为研究对象的"旁人"那里,文学流派发挥着理论性的文学认知学与文学知识学功能。从文学发展史的事实来看,并不是每个作者都主动发起或加入过一个明确的流派。但是,"诗家相沿,各有流派"(明何良骏《四友斋丛说》卷二十四),"古来未有无派之诗"(清张泰来《江西诗社宗派图录》),基于对文学活动中流派现象的普遍设定,在文学研究中,几乎每个作者都可以被归入、收编进某个或数个特定或现有的文学流派内,不管其自觉与否、愿意与否,特别是常常同时被作为创作方法与文学流派看待的,如现实主义、浪漫主义和现代主义等。可以说,通过文学流派观念,文学史与其说不再是一种杂乱无章的文学事实汇编,不如说获得了自身关于文学发展的知识形态的系统性及其历史演化的"过程规律性",文学史在一定意义上也就被归结为形形色色文学流派的演化史。无暇接触所有重要文学作品的文学学习者,借此也有了轻松掌握那些数量浩繁的各种文学史实的简便标签和线索。同时,凭借文学流派概念,文学批评拥有了评价文学现象、强调作家及文学社会性的一个话语维度,因为"文学批评的一个特色似乎就是发现和传播一个派别、一种新的类型式样"。最后,更有研究者们将文学流派的必要性与重要性上升到促进文学本身的发展和人类的精神生活的高度予以标榜和倡导。他们以为,文学流派是特定时代、特定民族的文学发展走向繁荣与成熟阶段的产物,不同文学流派的出现及其相互斗争、激励,在一定意义上给文学创作活动注入了活力,从而成为文学发展的动力之一。比如,丹纳就曾指出:"派别越多越相反,人类的精神面貌就表现得越多越新颖。"人们就此相信,文学流派现象在丰富文学反映生活的能力、促进文学的发展与繁荣方面,发挥着不可忽视的重要功能。

(四)关于文学流派与相关文学概念的关系

1. 文学风格与文学流派

文学流派概念的界说一般离不开(文学)风格,风格概念的定义也会常常连带出(文学)流派。比如:"风格,指文学创作中表现出来的一种带有综合性的总体特点。就一部作品来说,可以有自己的风格;就一个作家来说,可以有个人的风格;就一个流派、一个时代、一个民族的文学来说,又可以有流派风格(或称风格流派)、时代风格和民族风格。"又如:"风格,运用语言的任何具体方式,它体现的是一个作家、流派、时期或文类的特征。"文学流派与文学风格非同寻常的复杂纠葛,也是我们首先辨析二者关系的原因。

文学风格,也常被泛称为艺术风格甚至风格,是比文学流派更受古今中外文学研究关切的古老、棘手的问题,因而也是更受争议的十分重要的文学理论批评问题,为此早已形成了专门以之为研究对象的学问风格学(stylistics)或风格论(theory of style)。论者或从作品本体论、语言学与修辞学立论,将风格看作文学作品本身所具有的一种语言形式或修辞特色,即所谓"思想的外衣";或从作家创作论着眼,以为风格与作家的创作个性息息相关,是作家的个性或人格在作品中的自然流露,所谓"言为心声""文如其人""风格即人格"等;或综合上述两种视角,把风格视为作家主体与表现对象、作品题材内容与表现形式相互契合所呈现出来的整体特色;或结合文学接受者这一文学活动不可或缺的重要维度,强调作品的风格是经读者反复玩味后可以辨认出来的一种格调,从而能使读者获得持久的审美享受;或充分兼顾上述形成风格的诸种因素,对文学风格做出颇具综合性的理解:"文学风格是指作家的创作个性在文学作品的有机整体中通过言语结构所显示出来的、能引起读者持久审美享受的艺术独创性。"

不难看出,虽然人们在风格的界定上众说纷纭,但作家的创作个性基本被普遍视为风格概念的基点或灵魂。另外,尽管在20世纪以来的西方文论及其文学风格论中,存在着淡化作者主体性、否定作家个性对风格的参照作用,从而将风格泛化为文学性的低度标志的文学思潮,绝

第一章 文学理论与文学流派

大多数研究者却仍然普遍赞同风格是"艺术已经达到和能达到的最高境界",独特的艺术风格也是"艺术家的创作达于成熟的重要标志",因为"具有鲜明的独创风格的艺术作品,能够产生出巨大的艺术感染力。它不只给人留下强烈的印象,而且使人们从这样的作品中发现其他任何作品所不能代替的美"。

如此看来,文学风格与文学流派,似乎就是两个各有其内涵、旨趣与价值指向的概念:第一,风格系于作家个人,它突出的是作家创作个性及其代表作品的艺术个性与独特性;流派则建于作家集体,它关注的是某特定范围内特定作家群体及其作品的共性与普遍性。第二,风格是作家的艺术实践趋向成熟和具有独创性的标志,因而它常常既是作家追求的目标,也可成为评价作家及其作品的标准之一;流派固然是特定作家们作为一个文学共同体或集团出现的证明和标志,也可以构成文学批评的内容,但一般并不会成为评价文学现象的标准。

或许因此之故,有古今作家均将文学风格与文学流派明确地对立起来而厚此薄彼。清代浙西词派后期代表厉鹗(1692—1752)就曾云:"诗不可以无体,而不当有派。诗之有体,成于时代,关乎性情,真气之所存,非可以剽拟似、可以陶冶得也。……自吕紫微作《西江诗派》,谢翱序《睦州诗派》,而诗于是乎有派。然犹后人瓣香所在,强为胪列耳,在诸公当日未尝断断然以派自居也。"徐志摩(1897—1931)也说:"一个人做文章,只是灵感的冲动,他作时决不存一种主义,或是要写一篇浪漫派的文,或是自然派的小说,实在无所谓主义不主义。文学……只有'个人',无所谓派别。"

不过,诚如桑塔格在《论风格》中一语道破的:"当我们历史地使用风格概念,把艺术作品分类为流派和时期时,我们就倾向于消除风格的个性。然而,这并不是我们从审美的(对立于概念的)视角看待艺术作品时的体验。因而,如果作品是成功的,并且仍有力量与我们发生沟通,那么,我们体验到的只是风格的个性和偶然性。"桑塔格实际告诉我们:第一,研究者对特定文学或艺术作品带有一定普遍性的风格及流派特征所进行的辨析研究,是一种借助概念而进行的认识活动,它与作家及欣赏者对同一文学或艺术作品而展开的具有鲜明个性甚至偶然性特征的艺术创造及审美欣赏活动尽管截然不同,却处于两个不同的层面上,因而并不是水火不容的关系;第二,强调共性的流派与看重个性的风格貌似对立,实际上并非如此,因为流派并不抹杀个性及其风格,而且要建基于风格。

　　杰出的艺术家必得有自己的风格,但在一定意义上作为艺术家个性气质表现的一种个人艺术风格必然同时是与其所处特定地域、民族和时代特征相统一的,从而也形成了被人们常常论及的地域风格、民族风格和流派风格。

　　一个特定文学流派的产生或存在,其实表现为特定作家群体创作意识或无意识的趋同性,与作家个性风格的差异性之间的矛盾运动过程。创作意识或无意识的趋同性,可谓一个文学流派形成的基础,也是此文学流派区别于彼流派从而独立的前提;作家个性风格的差异性则构成了一个文学流派存在的内在根据与动力。更抽象地讲,风格与流派的对立、差异与统一,其实亦源于个性与共性的对立与统一,因为没有不体现出一定流派共性的个性风格,也没有完全无作家个性风格而只有共性特征的流派。

　　因此,文学流派与文学风格之间存在着一种虽有差异却又密切相关的复杂关系。一方面,若干作家相近的文学风格构成了一个文学流派存在的基础或依据,甚至有时风格类型就是文学流派种类;另一方面,同一流派的作家作品,会表现出共同的思想艺术特色,从而形成共同的流派风格,文学流派从而作为流派风格与时代风格、民族风格、地域风格一起,构成了文学风格的共性的方面或种类之一。同时,文学史又告诉我们,风格鲜明的作家作品不一定都能形成文学流派,具有相同艺术风格的作家,并不一定是同一流派的作家群体,同一流派的不同作家,也会具有各自独特的风格特征。

　　总之,作为作家共同体及其共性特征之体现的"流派",与作为作家个人、个性之展示的"风格"的矛盾与对立,既是合理的、也是必要的,更是能够处于对立统一之中的,两者实际相互关联地构成了不乏统一性而又多姿多彩的文学现象,亦构成了文学研究的独特视角。

2. 文学思潮与文学流派

　　文学思潮(literary current)也是与文学流派关系十分密切的概念,以致二者常常被作为同义词来使用。不过,文学思潮与文学流派又明显是各有其独特内涵所指的概念,因而即使二者有交叉或相似相关之处,也绝非同一关系。对此,波斯彼洛夫曾指出:"只有为表示某个国家和时

第一章 文学理论与文学流派

代的那些以承认统一的文学纲领而联合起来的作家团体的创作,保留'文学思潮'的术语,而称那些仅仅具有思想和艺术的共性的作家集团的创作为文学流派,才是相宜的。"结合其相关论述来看,波斯彼洛夫其实是在同时承认文学思潮与文学流派共性与差异的前提下,来辨析二者的复杂关系的。二者的共性在于:均具有众多作家参与其中的群体性或集体性;均不构成文学创作的必要条件,因为可以有构成文学思潮与文学流派的文学创作,也大量存在着无文学思潮与文学流派的文学创作。二者的差异在于:文学思潮强调的是特定作家集体的创作自觉性、创作观念(理论、纲领、方针等)的明确性和相对统一性;文学流派则突出的是特定作家集体创作在思想内容和艺术表现形式两方面的共性与相似性。二者的复杂关系则在于:第一,拥有或承认大致相同文学纲领的作家集体,亦即同处于某一文学思潮中的作家集体,可以同属一个文学流派,更有可能分属多个截然不同的文学流派。第二,并非先有了文学思潮才有文学流派,而往往是某个或多个文学流派促成了一种文学思潮的诞生,流派可以先于思潮而产生或存在。第三,文学流派通常表现为由思想和艺术上的共性而不一定由纲领上的共性联系着的作家集团,因而文学流派独立于文学思潮,可以不受制于思潮的影响而存在,同时,某特定文学流派的出现并不一定能形成文学思潮。

波斯彼洛夫是结合自古希腊,尤其是欧洲古典主义以来的西方文学史来表明其上述看法的,因而整体是有助于廓清文学流派与文学思潮的关系的。不过,针对上述波斯彼洛夫关于文学流派先于文学思潮而存在的观点,国内学者席扬表示了截然对立的意见:"风格的群体性呈现流派的存在,而群体性风格的思想倾向则表现为思潮或在思潮影响下产生。……整体上,文学思潮在发生学意义上是先于文学流派。"此看法应该说,更符合自觉性鲜明的自创式文学流派、主义流派与文学思潮的实际关系,却不符合具有不自觉性特征的他创式或合创式文学流派、风格流派与文学思潮的实际关系。因而,对于文学思潮与文学流派的先后影响关系,需要具体地、有区分地对待,不能抽象地争论二者究竟谁影响了谁,从而排出二者的先后顺序。

与波斯彼洛夫总体上侧重予以强调作家集体的创作自觉性、创作观念的明确性和相对统一性来界定文学思潮不同,国内学者更普遍地从强调其社会思潮或思想趋势的性质、通过作家创作与理论倡导两个层面体现自身以及广泛的影响力诸方面来界定文学思潮概念。在此种背景下,文学思潮一般被理解为：以创作与理论倡导某种文艺观念而形成的具有较大影响力的社会思潮。这样，从概念上讲，"文学思潮"同"文学流派"的确各有其不同的旨趣与内涵，因而并不容许相互混同，因为文学思潮以成气候的文艺观念形态确立自身，而文学流派则以创作观念与艺术特色两方面的共性为标志。从二者共同的群体性的观念的呈现方式范围而论，文学思潮显然要大于文学流派，因为文学流派的群体性的观念主要是通过作家群体的创作即作品来呈现的（即使那些自创式文学流派，其赖以确立自身的关键也主要不是其成员的理论宣言，而是其成员的作品，否则，就有可能是文学理论流派而非文学流派），而文学思潮的群体性的观念，不仅通过作家群体的创作即作品间接地体现，也可以通过相关作家与批评家的文艺宣言或理论纲领直接来表达（就文学思潮是兼顾作家创作与理论倡导两方面的观念表达而言，文学思潮就与只用于理论家关于文学的观念的文学思想概念划清了界限）。从二者与社会文化思潮的关系或其功能影响而论，文学思潮与社会文化思潮的关系是直接的，因为文学思潮既是特定社会思潮在文学领域内的具体体现，也是社会思潮的重要组成部分；而文学流派与社会文化思潮则"既不是直接，也不能是直接的（直接势必导致图解，其形式的功能则会趋近于零）"，甚至社会文化思潮"从反向上成为流派的启迪"，产生一些与主流文学思潮对抗的边缘性流派，如 20 世纪 30 年代相对于"革命派"文艺思潮的新月派、论语派、京派、海派等。

3. 文学运动与文学流派

同文学思潮与文学流派的关系相似，文学运动（literary movement）与文学流派两个概念有时也被当作同义词来使用。美国乌尔利希·韦斯坦因曾经明确辨析了文学运动概念及其与文学流派的关系："我们理解的'运动'……是一群趣味相同的人有意识的、在多数情况下有理论指导的、旨在说明艺术的一种新概念的努力。"他还进一步指出，运动通常是由"一批志趣相同的创新者"发起的，"如果这批创新者的创新和实验，能够在思想和艺术上统一，并发展出一种独特的纲领，那就形成了文学上的'运动'。一般地说，'运动'的核心是一个地位大体相同的作家群，有时候也有老一代的代表作家参加，使它具有更大的势头。"韦斯坦因的解释所强调的鲜明的实践性（一种"努力"）、目的性（"旨在说明艺术的一

第一章　文学理论与文学流派

种新概念")、组织性与计划性("有意识")、创新实验性,显然有助于凸显文学运动的个性特征,从而将它同文学思潮和文学流派区别开来,而解释中所涉及的作家群体性、志趣相投性、思想和艺术上的统一性与观念性("在多数情况下有理论指导")显然也交代了文学运动常常同文学流派、文学思潮分别相混同的原因。

韦斯坦因还特别强调了文学运动与文学流派之间的两个不同点:"'运动'与'流派'(school)的不同在于,它大体上是一批同代人的努力,不存在导师—弟子的师承关系。……同时,流派所代表的时间较长,因为弟子辈都是较为年轻的一代,他们认为有责任和义务把导师的教义发扬光大。"简言之,运动是同代作家群体的集体行动,构成流派的作家群体则常常存在着代际区分与师承关系;运动持续的时间比较短,流派持续的时间则比较长。

当然,文学运动与文学思潮一样,同文学流派的确有时会发生一定的叠合。例如,17世纪以来欧美形形色色的各种"主义"——尤其是古典主义、浪漫主义、现实主义、现代主义、后现代主义,等等——既被称作出现于欧美文学史上特定时期的五种重要的文学思潮与文学运动,又因其文学创作及其作品方面表现出来的共同的文学风格、审美倾向、文学创作原则与精神,而被视为少数五种具有世界意义的文学流派。但三者在上述实例中的重合,并不足以消除文学思潮、文学运动与文学流派概念之间的界线,这在一定意义上,只是表明这些实例能够兼具文学思潮、文学运动与文学流派概念的某些要求,或可以分别采取上述三种视角对其进行相应的文学研究罢了。

4. 文学社团与文学流派

在国内的文学史及文学流派研究中,还存在着一种将文学流派与文学社团混同为一的倾向。最典型的实例应该是将中国现代文学史上最著名的一对文学社团——"文学研究会"与"创造社"不假思索地视为两个具有对比性的自创式文学流派。对此,20世纪80年代就有研究者强调指出,文学社团是否为文学流派,须做具体分析,不能一概而论。论者以为,从所有成员有大致相同的文学主张和艺术风格这一文学流派的基本要求看,作为典型的文学团体的文学研究会,因为有以茅盾为代表的一批作家,且坚持文学为人生的主张和现实主义的创作方法,所以被文学史家称为现实主义的文学流派——人生派是可以成立的。但同样作为典型的文学团体的创造社,不仅其后期即使其前期都只是一个文学社团,而并不具有与文学研究会相对意义上的统一的浪漫主义特色,因而也没有像新月派、文学研究会那样转化出一个文学流派。因而,文学流派与文学社团的关系固然密切,但亦不能视为等同。

一个文学社团并不必然的同时是一个文学流派,而一个文学流派也并不必然会组建自己的文学社团并展开经常性的文学社交活动,——尤其是不自觉的文学流派或被创式文学流派。"'运动'和'社团'(cenacle)也不同,它不是在咖啡馆和别的什么地方定时集会的文学俱乐部和文人组成的小圈子,也不必有文人的艺术家集团要求的那种紧密联系。"韦斯坦因在比较文学运动与社团的差异时,突出强调的文学社团具有而文学运动没有的组织性和成员之间关系的紧密性,显然也适用于文学流派与社团之间。因为二者虽然均具有一定的社会群体性,但"流派的群体组织活动较多呈现着随意性、自然性。如果说'社团'的组织结构是健全严密,那么'流派'群体形式则较为松散"。因而,文学流派更具有人文精神团契的性质,而文学社团则更具有实体社会组织形式的性质。

鲁迅关于文学社团的著名说法,则从另一个侧面突出了文学团体构成的复杂性、不纯粹性与流动性:"文学团体不是豆荚,包含在里面的始终都是豆。大约集成时本已各个不同,后来更各有种种的变化。"这一点,又同虽然松散却具有相当的纯粹性、稳定性的文学流派形成了鲜明对比。

关于文学流派与文学流派研究的几点结论如下。

(1)"文学流派"概念的实际内涵,是由其"流派"性质和"文学"范围两个方面的内容来决定的。作为中心语素的"流派"一词的一般意涵,是指某文化活动或领域内,因主张差异而形成的特定群体或派系,它无疑更多地具有文化学与社会学的内容。这使得作为限定语素的、在近现代以来被普遍赋予相当多的审美自律特质的"文学"概念,在另一个层面上,与特定时空背景下的社会生活及更深层的文化背景保持了一种必然性的关联。事实上,自创式文学流派的自觉创立或被创式文学流派的被动归纳,均离不开以作家及其作品的个性为核心的整体风格,也可能同当时相应或相关的特定文学思潮、文学运动、文学社团发生复杂的互动关系。不过,主要因为相似的作品风格而被视为一个作家集体的文学流派,不仅同拥有相同观点、信仰或方法的政治流派、宗教流派、学术流派

第一章 文学理论与文学流派

等"同质性群体"有本质区别,而且,同常常被有意无意地混同使用的,诸如文学风格、文学思潮、文学运动、文学社团等文学研究范畴,也存在着重要差异。

(2)作为一个作家群体或作家共同体的文学流派问题,或许主要是一个文学社会学或作家社会学问题,而不是能体现文学本质的(文学)审美学问题。但构成悖论的是:文学流派问题或研究视角的出现,同以文学性或审美性为核心的文学的自觉自律存在着必然的历史关联。中西文学流派及其研究的产生均远远晚于学术流派的产生。文学流派既作为一个文学现象又作为一种研究对象,逐渐进入到文学工作者视野的时间,在中西分别是3至6世纪的魏晋南北朝时期和18世纪的启蒙运动时期,而中国"文学的自觉时代"和西方"美的艺术"、审美观念及审美学的创立,恰恰也是这两个时期。看起来纯粹是一个文学或作家社会学问题的文学流派问题,只有在审美的文学观念从文化的文学观念中分离出来,在文学获得其独立地位的时代背景下,才有可能出现的事实,也足以表明,文学的文学性与文化性,文学的审美性与非审美性,所谓的文学内部研究与外部研究从来都不是分离的。或许也可以说,因为有文学风格作其内核,文学流派便具有了调和或综合文学的文学性与文化性,文学的审美性与非审美性,及文学的内部研究与外部研究的特殊能力。这或许可视为文学流派概念对文学的重要贡献之一。

(3)一个文学流派的产生,实际有两个完全不同的出发点:一是特定文学流派的发起者们的自觉提倡与表达,二是研究者针对某既定的文学事实进行分类研究的需要。前者是具体的文学活动主体——作家群体有意为之的产物,其目的是创造出一种不同于历史传统或当代风尚的新的文学;后者则是具体的文学研究主体一般是文学批评家、文学史家或文学理论家分析、总结特定文学活动史实的产物,其目的是勾画特定时期的文学秩序或规律;前者可谓文学史中实际存在的文学流派,后者可谓文学史研究中作为知识形态存在的文学流派;前者要创造新的历史,后者则试图做出历史的分析。因此,文学流派既与特定时代民族文学本身的发展息息相关,在很多情况下,更与对这个时代与民族文学流派问题给予高度关注的文学研究者密不可分。换言之,文学流派不是单纯的文学史实或现象,在很大程度上,更是文学史研究及文学批评活动的产物,或者说,是文学发展同文学史、文学批评研究共同作用的结果。所以,尽管研究过程中的标签化、简单化,常常遭到一些作家的直觉反感与自觉抵制,但对于着眼于必要的分类及抽象概括分析的文学史家和文学批评家的批评与理论实践而言,文学流派研究的出现甚至繁荣,同文学活动的出现与发展一样,是非常自然的事情,因而,完全无视或否认文学流派概念及其存在价值,显然也很难说不心存偏见。

(4)巴赫金曾提醒我们:不要把这一或那一时期的文学归结为诸文学流派表面的斗争,因为一旦以狭隘的流派性的视角来看文学,文学的一些最为重要的方面,"那些决定着作家创作的方面,就不能得到揭示"。

事实上,真正杰出的文学大家常常是"风格繁富"的艺术家,其"最微妙最精彩的地方,往往就是他不能归类的那一部分"。因此,对于一个即使归属于特定流派中的真正的作家来讲,只要不因袭将"流派"作"宗派"、把文学"争鸣"当"争名"的"文人相轻"陋习,那么,各种不同风格、不同流派的作家及其作品,根本上就是共存共生、相互促进的。其实,古今中外的不少作家之所以反对文学流派,并非反对流派本身,而是反对借文学流派之名行类似宗教的"宗派"或政治的"主义"之实,是反对将文学流派政治化、宗派化的意气之争与门户之见。同时,对于一个涉及文学流派问题的真正的文学研究者而言,只要尊重无限多样的文学活动事实,不强行将作家作品论宗别派,即便对于文学史上真正存在的文学流派,也不将其知识绝对化、片面化,那么,不仅能切切实实地彰显文学流派研究的价值,而且更有利于推动文学及其研究事业的繁荣与昌盛。

第三节　现代文学理论的生成与发展

18世纪末期以前,文学理论都没有真正意义上的知识独立性。相比之下,近两百余年文学理论的飞跃式发展,使得文学理论在现代知识学的谱系中地位大幅提升。这首先表现在其作为现代学科之自足性与自律性的确立,另外,也表现在其知识领域以几何级数增殖和扩张的理论繁荣。

近两个世纪来,文学及文学理论流派纷呈,各有侧重,已经没有类似古典时期的大一统思想传统的存在。但若考察现代文学理论各种思想主张之盛衰历程,的确这两百年的文学理论史可以划分为若干阶段,或是总结出若干理论范式。如在20世纪80年代伊格尔顿(Terry Eagleton)便认为,可以将现代文学理论大致分为三个阶段:"全神贯注于作者的阶段(浪漫主义和19世纪),绝对关心作品的阶段(新批评),以及近年来注意力显著转向读者的阶段。"就现代文学批评理论的发展而言,伊格尔顿的这一概括是基本准确的,不过20世纪80年代以后逐渐兴盛的"文化研究"(cultural studies)还没有被伊格尔顿纳入考虑的视野。所以,实际上迄今为止现代文学批评理论大致经历了四种基本范式:作者中心论范式、文本中心论范式、读者中心论范式和文化研究范式。但是,20世纪文学理论的复杂性,尤其是60年代以后所谓"大理论"(great theories)的兴起及昙花一现落幕之后的反思批判,已经明显大幅跨越了传统"文学理论"(theory of literature)的界域。

一、文学理论的现代兴起

现代文学理论的兴起,跟现代文学观念的确立及文学研究的独立直接相关。而文学的独立,又是以非功利的审美价值的独立为重要前提基础的。审美价值在启蒙运动中从认知与道德领域中独立出来,主要依托艺术形成了其非功利性的独特价值领域。作为语言艺术的文学,正是在审美价值独立的思想基础上确立其学科自足性的。其实,只有文学的(审美)价值独立,文学才能独立;而且,也只有文学独立或现代文学观念兴起之后,文学研究或文学理论,才能确立纯粹的批评阐释对象,文学理论作为现代学科的兴起才能有所依托。也即是说,文学自足性和自律性的确立,是文学理论现代性转向的根本前提。经历这一转变,文学理论也获得其作为现代人文学科的自足性与自律性,并逐渐走上专业化、职业化、国际化的轨道。

(一)社会历史批评理论

一般认为,现代意义的"文学"观念诞生于18世纪晚期的西欧。这一起源应该定位在1759年和1800年之间:1759年,莱辛(Lessing)出版《关于当代文学的通讯》,1800年,斯达尔夫人(Madame de Stael)的《从文学与社会制度的关系论文学》问世。后者被保守地视为现代文学理论的起点标志。在这部久负盛名但却颇为稚拙的所谓里程碑著作中,斯达尔夫人立论论证宗教、风尚、法律诸种社会制度与文学之间相互影响的关系,开启了19世纪社会历史批评理论的源流。斯达尔夫人的这一理论取向,在19世纪中期兴起的现实主义文学思潮及理论批评中被发扬光大,并在实证主义和自然主义文学理论中得到继承或响应。

19世纪现实主义文学的理论建构基本是在法国和俄国完成的。在法国,现实主义文学理论主要是司汤达、古斯塔夫·普朗什、巴尔扎克、福楼拜等文学家在提倡;在俄国,则主要是由别林斯基、车尔尼雪夫斯基、杜勃罗留波夫等文学批评家建构起来的。现实主义文学理论核心观念是强调文学创造不可避免地受制于世界、时代和民族等外部因素,因此文学是现实社会生活的反映。这种"反映论"其实就是古典"模仿说"的现代翻版。同时,现实主义文学理论也围绕"反映论"提出了"典型论"和"形象思维论"等观点,强调文学的"真实性"("现实感")、"人民性"和"批判性"等属性,并倡导社会历史批评方法。别林斯基认为,"每一部艺术作品一定要在对时代、对历史的现代性的关系中,在艺术家对社会的关系中,得到考察;对他的生活、性格以及其他等等的考察也常常可以用来解释他的作品"。这种反映论的社会历史批评理论在突出文学与现实的关系时,实际上已将文学批评的焦点集中到了作者身上。

以现实主义、实证主义、自然主义为主流的19世纪社会历史批评理论,在文学理论的现代转型中也起到了相当重要的作用,并且在20世纪通过马克思主义文学社会学批评或社会主义现实主义文学理论继续深刻影响现代文学的创作及理论批评。尽管如此,西方文学理论的现代性,最初却主要是通过18世纪末兴起的浪漫主义文学批评奠基的。"浪漫主义"这个名词的出现并不早于"现实主义",但其所指称的文艺思潮,严格意义上,却要早于现实主义。这个首先策源于德国的文艺思潮,在文学理论的现代转型过程中居功厥伟。

(二)浪漫主义与审美表现说

浪漫主义是在启蒙思想背景中产生的一种思潮,一方面,它既是启蒙哲学(德国古典哲学唯心主义)主体性转向带来的一个产物,另一方面它又以卢梭式的自然情感主义对启蒙理性主义进行反驳。这种反驳在文艺思想方面主要针对的是当时长期压抑文坛的刻板教条的新古典主

第一章　文学理论与文学流派

义。浪漫主义文学理论在德国的主要代表有施莱格尔兄弟、诺瓦利斯、施莱尔马赫、海涅等,在英国的主要代表有华兹华斯、柯勒律治、拜伦、雪莱、济慈等,在法国则有夏多布里昂、雨果等,甚至可以视为现实主义文论先导的斯达尔夫人、司汤达也提倡浪漫主义。早期浪漫主义文学理论受康德审美无功利思想影响,标举文学的审美独立价值,替代了西方古老实用说的功利判断标准。这一重大观念转变,标志着文学理论为文学争取到了价值领域的独立地位,从而使文学摆脱政治、伦理等功利思想的钳制,获得其作为语言艺术的自主性,因此也使文学研究范围"缩小到所谓'创造性'或'想象性'作品之上";与此同时,文学理论也为自己确立作为现代学科兴起的知识学对象,开始了其现代性转向。①

早期浪漫主义不仅以审美说取代了实用说,同时它也以表现说颠覆模仿说。浪漫主义文学理论否认文学的本质是对现实世界的模仿,认为文学的本质乃是主体情感的表现。所以,文学的真实不在描摹客观世界的真实,而在于表现人的内心世界的真实。如华兹华斯所讲,"一切好诗都是强烈情感的自然流露"。浪漫主义文学理论对文学中情感表现之主体地位的主张,必然将文学理论的关注点转向文学作品与作者的关系,从而形成一种作者中心论范式的文学理论。因此,它皈依主观主义,强调天才、想象力和创造性,并崇尚理想、心灵的自由和没有人工雕饰的自然美。浪漫主义如此强调情感表现对于文学的本质性意义,其结果是表现说第一次进入西方文学理论的大传统,并成为第一个取代古典模仿说的现代文学理论。加之其以现代性的审美说取代实用说,在这个意义上,浪漫主义文学理论终结了西方古典文学理论的两大传统,所以,它当之无愧是现代文学理论的真正起点。

浪漫主义开创的审美表现理论及其作者中心论范式,在 19 世纪下半叶和 20 世纪也获得众多文学流派或理论学派的响应。如唯美主义将审美主义发展到极端,提出"为艺术而艺术"的口号;象征主义、表现主义、直觉主义等,也继承或拓展了审美表现理论。这些文学流派或理论学派,无一例外都带有作者中心论的强烈色彩。除这些理论外,20 世纪影响广泛的心理与精神分析文论也属于作者中心论理论范式。

总括起来看,19 世纪的文学理论主要存在两大理论模式,审美表现理论和社会历史批评理论。审美表现理论是浪漫主义开创的,它直接终

---

① 畅广元,李西建.文学理论研读[M].西安:陕西师范大学出版总社有限公司,2013.

结了古典文学理论的大传统,是第一个具有现代性美学意义的文学理论模式。社会历史批评理论是现实主义开创的,它成功地将古典模仿说转化为现代反映论,其社会学的批评方法与理论视野,也为现代文学理论的形成贡献了一个重要的理论维度。尽管这两种文学理论模式存在极大差异,一个属于主观主义,一个属于客观主义;一个注重内在的心灵和情感,一个注重外在的社会和文化;而且关注的文学对象也存在差异——审美表现说侧重诗歌理论,社会历史批评理论侧重小说理论。但是,它们都没摆脱二元论的思维框架,而且关注的理论维度大都与作者相关,所以,二者共同形成了19世纪文学理论的作者中心论范式。另外,随着19世纪文学理论的现代知识学地位逐渐巩固,其知识的专业化、理论家的职业化,以及文学思潮或理论的跨国性特征也初步显现出来。

二、20世纪文学理论的盛宴狂欢

文学理论在20世纪的空前繁荣,是由其学院化、专业化、职业化,以及层出不穷的批评方法和理论创新构建出来的。

所谓"方法上的革命",指的是文学批评的理论模式不再局限于传统的品鉴批评、社会学批评或者表现论的阐释,而主要是从20世纪层出不穷的哲学或理论思潮中获得新的批评方法或原则。如形式主义的诸文学理论学说,即是在语言学转向思潮直接影响下树立起其批评理论原则的;文学接受理论则主要受惠于现象学、存在主义和诠释学的思想影响;文化研究的兴起,则明显得益于西方马克思主义的社会批判理论、文化唯物主义、新历史主义、性别理论、后殖民主义,等等。20世纪文学理论源于哲学或社会思潮的"方法上的革命",是其理论繁荣、盛极一时的直接动因。但由于20世纪文学理论长期与文学批评实践紧密关联,文学理论作为"一种方法上的工具"的意义也越来越凸显。

当20世纪文学理论逐渐成为学院派的专家学术,理论家们对其学科知识规范性的强调也达到前所未有的程度。这种专业学科规范意识,就是所谓的"新的自觉性"。20世纪文学理论所确立的学科自觉性,是一种典型的学院派的精英意识,其本质体现的是话语权力的操控。所以,一方面它在为文学理论的现代学科地位定位的同时;另一方面也可

第一章 文学理论与文学流派

能画地为牢,为文学理论的发展树立藩篱。

20世纪的文学理论图景异常驳杂,各种理论学说犬牙交错,如果全面清理这些学说的发展脉络,恐怕绝非本章篇幅所能允许,所以,这里只就其整体发展的趋势略作概述。

20世纪文学理论的革命性与自觉性,最初是从语言学转向中获得发展动力的。整个20世纪早期乃至中期的主流文学理论,如俄国形式主义、语义学批评、英美新批评、结构主义批评、文学符号学、叙事学理论等,皆受惠于现代语言学或哲学的语言学转向思潮。

文学理论的语言学转向,首先表现出来的就是形式主义的"向内转"——把文学研究的关注视野转向"内部研究",即对文学内部要素,如作品的存在方式、性质、类型、结构、功能、文体、风格、语法、修辞、节奏、韵律、意象、隐喻、象征、反讽、悖论、神话等形式因素的研究。发轫于第一次世界大战时期的俄国形式主义文学理论,在索绪尔(Ferdinand de Saussure)结构语言学的影响下,将文学研究划分为"内部研究"和"外部研究",认为那些影响文学发展的政治、经济、文化等社会因素是外在的,并不关涉文学的本质,文学的本质是其作为语言艺术的内在审美价值,于是率先擎起"内部研究"的大旗。

俄国形式主义对文学语言内部审美特征的重视,在英美新批评学说中得到广泛的理论响应。新批评派的"含混"(燕卜荪)、"张力"(泰特)、"构架—肌质"(兰塞姆)、"反讽"(布鲁克斯)等众多概念或理论,其实都旨在阐明文学之为文学的"文学性"。由此,"作品"或"文本"成为文学研究的中心对象,文学研究的核心任务是分析"文本"中所包含的语言艺术的审美价值。审美被视为文学的核心价值,因此,形式主义文学理论对作者要求创新,对读者和批评家则要求细读品鉴。新批评派提倡的细读批评,因为需要依托技术化的语义分析方法,最终演变成一种精英主义的学究式探讨。

作为20世纪早期与中期文学理论的主流学说,形式主义文学理论把文学视为一种具有自足性的独立有机体,因而重视文学文本内部的语言形式分析,轻视文学的外部因素探讨。所以,它的出现即标志着文学理论开始跳出19世纪以社会历史和心理情感分析为主的外部研究模式,转向重视艺术语言分析的内部研究。这实际也是文学理论从作者中心论范式向文本中心论范式的深刻转变。不容置疑,形式主义文学理论带来的这种范式转换是具有里程碑意义的,它赋予了文学研究前所未有的自觉性和自律性,将审美主义的文学理论发展到一个崭新高度,开启了文学理论在 20 世纪的新纪元。

但是,形式主义诸派学说也存在一些不容回避的问题或弊端。

首先,因为过分强调文学的内部因素及其审美价值,形式主义文学理论普遍忽视文学的外部因素及社会功能价值,割裂了文学与作者、读者、世界的有机联系。这种片面性的文学理论主张,固然能够深化文学本体的研究,但将文学的多维度价值削减或压缩到审美一维显然存在狭隘性。它无视文学价值多维度的丰富性,将文学从社会生活中剥离出来,几乎以审美及创新为价值评判的唯一标准,回避了其他价值判断,必将导致文学研究基本人文关怀的缺失,以及对社会责任的逃避。

其次,形式主义文学理论强调文学本体论,主张以一种客观的、科学的方式去探求文学的本质属性,不可避免地忽视了文学的历史性,而陷入一种科学原理式的追求真理的本质主义旋涡之中。

第二章　文学文体与文学体裁

第一节　神话传说与诗歌、小说

一、神话

(一)神话的概念和神话的产生

神话是在人民幻想中经过不自觉的艺术方式所加工过的自然界和社会形态。这是马克思对神话的科学概括。也就是说,神话是远古时代人们对自然现象和社会现象,经过幻想表现出来的具有艺术意味的故事传说。其实,就是古老的关于神的故事,它充满神奇的幻想。它是集体口头的创作。不同的学派对神话有不同的解释。马克思以历史唯物主义观点解释神话,认为"任何神话都是用想象和借助想象以征服自然力,支配自然力,把自然力加以形象化"。神话"是已经通过人民的幻想用一种不自觉的艺术方式加工过的自然和社会形式本身"。它表现了人类童年时代的天真。神话具有神圣性和真实性。[①]

神话的产生远在原始时代,那时由于生产力的低下,大大地限制了人们的知识水平,人们不能科学地解释自己接触到的自然现象和社会现象,在自然的力量面前显得十分无力。因而就把自然界的变化的动力都

[①] 黄展人.文学理论[M].广州:暨南大学出版社,1990.

归之为神的意志和权力。神话产生的思想基础,是原始人类普遍信奉的"泛灵论"。所谓"泛灵论",就是认为世界上的一切,都同人类一样有情感与思想,各种自然现象的背后,存在着某种神秘的指挥者,他们拥有超自然的伟大,主宰着万事万物,这就是有灵魂的"神"。初民按照人的形象幻想出各种各样的神,并认为复杂壮阔的自然界,是众神生活和争斗的结果,从而把它们加以形象化、人格化。同时,又在他们的生产劳动中依照自己的英雄人物形象,创造了许多神的故事,这就是神话的起源。

(二)神话的主要特点

鲁迅说:"神话大抵以一'神格'为中枢,又推演为叙说,而于所叙说之神、之事,又从而信仰敬畏之,于是歌颂其威灵,致美于坛庙,久而愈进,文物遂繁。"这就是说,神话以"神格"为中枢,聚集着众神,并被万民景仰。如果我们综合研究中外远古神话,并与其他类型的文学相比较,则可看出神话具有如下特征。

第一,神话是叙述的。神话只是朴素地叙述一神(实为人)、一物、一事的始末,一般都不发议论,也没有强烈的抒情,是叙事文学的开端。如中国的"女娲造人",叙述了人类的创造经过;希伯来的"诺亚方舟",则叙述了史前的洪水与人类的灾难。这些神话,曲折地反映了初民的生活与自然界的状况,为我们了解史前历史提供了宝贵的资料。

第二,神话是传袭的。神话起源之时,文字尚未产生。神话的传播依靠口耳相传。口耳相传的故事容易失真,再加上转述过程中的有意的加工补充,使很多神话失去了本来的面目。尽管如此,神话的核心仍保留了若干原始状态的成分。在希腊神话里,宙斯起初只是众神中平等的一员,这是氏族社会人与人关系的写照。后来,在荷马史诗的神界里,宙斯用暴力夺取奥林匹斯的政权,成为奥林匹斯至高无上的统治者、诸神和人类的主宰,他能随意给人类和诸神降灾赐福,并亲自掌管雷电云雨,太阳神阿波罗、酒神狄俄尼索斯、智慧女神雅典娜、孔武有力的英雄赫拉克勒斯都是宙斯的子女。这表现了荷马时代——父系家长制时代的社会关系。神话通过传袭保留了上古社会的某些本来面目,具有十分珍贵的认识价值。

第三,神话是拟人化的。初民同儿童相似,思维的特点是以自我为中心。他们认为万物同人类一样,都有思想、情感与生命。神话中的主人公,不论是日月星辰还是山岳河海,都具有人性。因纽特人认为月与日是兄妹,兄(月)与妹(日)求爱,妹误打兄的面颊而逃走,兄便追去,两人追到地的尽头,跳入空中,便成为日月,仍然飞跑追逐不停。月的一边有时黑了,那便是被打黑了的嘴巴转向地面被人类看见了。在我国的神话中,日月同样具有人性,如太阳每天都要洗澡、饮酒和乘车,月亮具有死而复生的能力,腹中又藏着兔子。这些,都是初民根据人类的特征而想象出来的。

第四,神话是初民对世界的真诚认识。神话尽管是幻想的,初民却真心实意地相信它。神话中的幻想,是初民根据已知的事物去推断和预见未知事物的一种思维活动,带有极大的真诚性。比如蓬莱、方丈、瀛洲三座仙山的神话传说,不仅初民相信,连聪明威武的秦始皇也被迷惑,并委派徐福率童子去仙山寻找长生不老之药。司马迁的《史记》,开宗明义第一篇《五帝本纪》,还把黄帝、颛顼、帝喾、帝尧、帝舜、大禹等神话传说中的角色,一一改造成为"历史人物",描绘成雍容威严的帝王天神们的行踪,也随之演绎为"历史事件"。

(三)神话的分类

神话是初民对世间万物的总的看法,混沌而又复杂。如果我们从内容上来划分,主要有以下几类。

第一,解释万物与人类的起源。初民尽管科学知识缺乏,却有宏大的气魄,敢于以全知全能的姿态出现,对万物发端、人类起源这些重大课题试图进行解释。中外初民普遍认为,世界开始是混沌一团,后来才被威力无比的神分成天与地。中国古代流传"盘古开天地"的神话就是一个例子。各国都有人类起源的神话。在世界许多国家都出现了神用泥土造人的神话。中国有女娲用黄土造人,古希腊有普罗米修斯将泥土捏塑成神祇的形象。

第二,表现人类征服自然的愿望。在原始社会,自然条件十分恶劣,人类经常受到风雷雨霜以及猛兽的袭击。初民在用简陋的武器与工具抵御灾难的同时,又在幻想中试图征服自然。许多神话就保留了初民的这些美好幻想。中国的"后羿射日""大禹治水"等故事表现了这种幻想。古希腊的普罗米修斯为人类盗火的故事同样表现了这种愿望。千百年来,普罗米修斯成为一切为了造福人类、征服自然,而与暴君抗争,并且不惜做出最大牺牲的英雄的代名词。

第三,反映人类初期的社会关系。随着生产力的发展和社会财富的增加,在原始社会后期,私有观念开始产生,人类的社会关系也日益恶化,并出现了部族与部族之间为争夺地盘与财物的战争。早期的许多神话曲折地反映了这种社会矛盾。在中国神话系统里,黄帝战胜炎帝,成为中央天帝,北方天帝颛顼、西方天帝少昊都是黄帝的后裔,这是氏族公社向奴隶制国家进化的社会现实矛盾的一种曲折的反映。

在原始社会后期,除了部落之间发生战争,氏族内部也会由于财产的分配不均而火拼。希腊神话中的著名狩猎英雄墨勒阿格洛斯,在围猎之后分配战利品时,和两个舅舅发生争吵,失手杀死了他们。墨勒阿格洛斯的母亲阿尔泰亚为了替弟弟报仇,便把保持墨勒阿格洛斯生命的木械扔到火里烧掉,加速了儿子的死亡。这个神话反映了当时氏族内部矛盾的激烈程度。

二、传说

传说是长期流传下来的既带有神性又具有历史性的故事,是最早的口头叙事文学之一。不论何种传说,它们都在一定程度上表现了劳动人民的愿望。传说和神话都是后世小说的源头。我国文学史上有许多优美的传说,是我国劳动人民智慧的结晶,也是我国艺术的土壤,至今还保持着健康活泼的强大的生命力。

传说和神话比较,其特点是,传说的中心是人而不是神,传说叙述的人,虽然带有神性,但却是带有神性的人,如我国关于大禹治水的传说、鲁班的传说等,其中的人物都是大智大勇能为人民造福的英雄和能工巧匠。由此可见,传说与神话比较,传说比较接近现实生活,幻想的成分也相对地减少。但它又不是严格的历史事实。传说也常常运用想象虚构、夸张渲染等艺术手法进行创作,而把历史事实只作为一种依托,可以说是历史的投影、过去的回声。传说在艺术上的特色是想象丰富,妙趣横生,有较高的欣赏价值。

传说涉及的历史和社会生活范围很广,按其内容来分类可分为人物传说、历史传说、地方风物传说。

历史传说,是叙述历史事件为主的传说,具有历史性与民族性的特点。每个民族在其发展过程中都有独特的历史与重大事件,传说的历史感与民族感经常是紧密相连的。如杨家将的故事、太平天国和义和团的传说都是如此。历史传说并不等于历史,即使有历史依据,也需要经过艺术的创造。有的只以历史某些事件材料的片段为凭借,而以虚构、想象、夸张、渲染为主要成分来创造。

人物传说,是记叙某些历史人物的事迹、遭遇和命运的传说。其主人公有些是历史人物,事实成分多些,有的则是想象虚构的人物。人民创造人物传说,主要是出于对他们的歌颂和敬仰。如关于李闯王的传说、戚继光的传说等,就歌颂了他们的反抗精神和爱国主义精神;孟姜女的传说、梁山伯与祝英台的传说,也表现了人民反对封建暴政和封建婚姻的要求。在创作上,人物传说比较注重情节的安排,具有传奇色彩,重视在场面、细节与对话描写中刻画人物。[①]

地方风物传说,是关于各个地方、物产、风物等的传说。在我国许多名山大川、奇峰异石、城桥街巷、楼塔寺庙、乡土特产等,有很多美丽的传说。这类传说,风土气息浓郁,地方色彩鲜明,渗透了人民群众的爱恋之情。

三、诗歌

诗歌,是运用凝练而富有音乐性的语言,通过丰富的想象和联想来创造形象,抒发感情,表现思想,高度集中地反映生活的一种文学体裁。诗歌是最早出现的一种文学样式,在漫长的历史发展过程中,逐渐形成了它自己独有的特征。

(一)诗歌起源论

1. 诗歌起源于生产劳动

远古歌谣是对文学艺术起源于生产劳动这一马克思主义文艺观的最好解释。原始人在其劳动的过程中,由于筋力的张弛和工具运用的配

[①] 褚凤桐. 文学理论纲要[M]. 沈阳:辽宁教育出版社,1989.

合,自然地发出劳动的呼声。这种呼声具有一定的高低起伏和时间停顿,或者重复而无变化,或者变化而有规律,这样就产生了节奏。节奏是诗歌构成的基本要素之一,是各种音响按作者的意志进行长短强弱的组合,是诗歌的重要表现手段。恩格斯在《劳动在从猿到人转变过程中的作用》里,对劳动创造语言,劳动创造思维,劳动创造文学艺术,作了科学的说明。劳动促进了人类大脑的发达,促进了人与猿的分离,从而使人类摆脱了猿类而成为具有高级思维能力的动物。同样,语言也促进了人类劳动的文明化,在劳动过程中起着减轻强度、减少疲劳、协调动作、增加愉悦的作用。例如《淮南子·道应训》说:"今夫举大木者,前呼邪许,后亦应之,此举重劝力之歌也。"所谓"举重劝力之歌",就是指人们集体劳动时,一唱一和,借以调整动作、减轻疲劳、加强工作效率的呼声。举重时是这样,从事其他劳动或社会工作时也是这样。《礼记·檀弓》说:"邻有丧,舂不相";"人喜则斯陶,陶斯咏,咏斯犹,犹斯舞"。就是说在舂碓时发出呼声,在喜乐时且呼且舞。再从现实生活来看,纤夫拉纤时发出的号子声,建筑工人打夯时发出的呼喊声,伐木工人搬运木材时发出的短歌声,都是集体劳动的产物,音调和谐而有节奏。从这里我们可以明显感受到劳动与诗歌的密切关系,并证明了文学艺术起源于劳动生产这一科学论断的正确性。

　　皇甫谧《帝王世纪》里所载《击壤歌》云:"吾日出而作,日入而息。凿井而饮,耕田而食。帝何力于我哉?"说是尧帝时一个八十岁的老人所唱的歌。我们且不论这首诗是否产生在尧帝时代,但它所表现的的确是远古社会自由快乐的劳动生活,是对劳动的赞美,是劳动达到极致时自然而然发出的愉悦歌声。同样,人们在生产劳动中还扩大了社会接触面,产生了爱情,通过歌唱来表达对爱情的渴望和对爱情生活的颂扬。历史传说中大禹治水十九年,三过家门而不入,他的恋人涂山氏唱出了人类历史上第一首短歌:"候人兮猗!"《易经·归妹上六》说:"女承筐,无实。士刲羊,无血。"前一首是篇凄美的短诗,后一首是篇有情有景的牧歌,淳朴而又真实。后一首是说,在广大的牧场上,男男女女都在劳动,男的剪羊毛,女的往筐里装,和谐而美好。殷墟甲骨文卜辞中所载:"今日雨。其自西来雨?其自东来雨?其自北来雨?其自南来雨?"也是与生产劳动密切相关的,是人类对自然现象的观察与推测。

2. 对"诗歌起源于游戏"的认识

我们之所以要反复阐述诗歌起源于生产劳动这一基本事实，是因为在诗歌起源的问题上，存在着许多非马克思主义的错误的观点，如果不把这一问题澄清，我们就无法从源头上确立正确的马克思主义的文艺观。

关于"文学艺术起源于游戏"，曾经是西方文学理论中很盛行的一种观点。但我们认为这种观点是错误的。诗歌的起源只能一元化，而不能多元化。就好像一棵大树，主根只能有一个，而不能有多个，其他的根都是旁生的，派生的。诗歌只能起源于生产劳动。正如马克思所说，人类首先要解决吃穿住行，然后才能从事文化娱乐等活动。同样，诗歌在起始阶段，反映的只能是那时的人类为了解决温饱问题而从事的狩猎、捕鱼、伐木、耕种等活动，是生产劳动促进了诗歌的产生。人类的第一需要即温饱问题解决了，然后才有剩余的精力去从事游戏活动，去写那些游戏诗。试想，一个人饿着肚子，冷着身子，他发出的呼喊，只能是渴望得到食物和衣物，根本没有心思去游戏，或作那些解决不了问题的游戏诗。如汉乐府诗《东门行》《孤儿行》《妇病行》：

东门行

出东门，不顾归。
来入门，怅欲悲。
盎中无斗米储，还视架上无悬衣。
拔剑东门去，舍中儿母牵衣啼：
"他家但愿富贵，贱妾与君共哺糜。
上用仓浪天故，下当用此黄口儿。今非！"
"咄！行！吾去为迟，白发时下难久居。"

孤儿行

孤儿生，孤儿遇生，命独当苦。父母在时，乘坚车，驾驷马。
父母已去，兄嫂令我行贾。
南到九江，东到齐与鲁。腊月来归，不敢自言苦。
头多虮虱，面目多尘。
大兄言办饭，大嫂言视马。

上高堂,行取殿下堂,孤儿泪下如雨。
使我朝行汲,暮得水来归。
手为错,足下无菲。
怆怆履霜,中多蒺藜,拔断蒺藜肠肉中,怆欲悲。泪下渫渫,清涕累累。
冬无复襦,夏无单衣。
居生不乐,不如早去,下从地下黄泉。

妇病行

妇病连年累岁,传呼丈人前,一言当言。未及得言,不知泪下一何翩翩。

"属累君两三孤子,莫我儿饥且寒,

有过慎莫笞答,行当折摇,思复念之!"乱曰:抱时无衣,襦复无里。

闭门塞牖,舍孤儿到市。道逢亲友,泣坐不能起。从乞求与孤买饵,对吏啼泣,泪不可止:"我欲不伤悲不能已。"探怀中钱持授交。

入门见孤儿,啼索其母抱。

徘徊空舍中,"行复尔耳,弃置勿复道"。

从上述三首汉乐府诗中我们可知,生存是人的第一需要,人饿极了是什么事都干得出的,"拔剑东门去"就是真实的写照。要解决第一需要只能通过生产劳动,不然就会有无数的孤儿行,无数的妇病行。此三首诗中的主人公已苦寒饥饿到了垂死的边缘,哪还有心思再去从事游戏活动。假如他们个个是诗人,也没有力气再去写什么游戏诗。所以,游戏是温饱之人干的事,游戏诗是吃饱喝足之后的剩余精力之作。诗歌绝不可能起源于游戏,只能起源于为解决饥饿苦寒问题而从事的生产劳动中。

3. 对"诗歌起源于模仿"的认识

亚里士多德用心理学的观点来解释诗歌的起源。亚里士多德认为诗的起源是以人类天性为基础的,人有两个本能,一是模仿的本能,另一个是求知所生的快乐。在他看来,诗的主要功能是"再现"外界事物的印象。

这种把文学艺术的起源归之于"本能"和好奇,在西方国家也很流行,带有很大的唯心主义成分。他们不仅这样解释文学的起源,也这样解释新闻传播活动的起源。美国新闻学者卡斯柏·约斯特在其所著《新闻学原理》(美国 1924 年版,是美国新闻院校的通用课本)一书中说:"人

第二章　文学文体与文学体裁

一生下来就有一个传播消息的说话器官和一个收受消息的听觉器官,这两个器官永远在想着发挥它们的作用。人类同时又具有无穷无尽的好奇心,它创造了一种对事物的不断的兴趣,这些对事物的好奇心是新闻欲的起源。"很明显,这是唯心主义的新闻观点。另一位美国传播学者威尔伯·施拉姆在其所著《传播学概论》(新华出版社 1984 年版)一书中也表达了相同的观点,我们不妨参看:

说传播学是从原始单细胞生物开始的,也许太夸张了,但是这些生物也能处理某种信息,这就是传播学的实质。这些生物至少是能够从什么东西是有营养的和什么东西是没有营养的这个角度观察它们的环境。但是,它们的讯息是化学的。没有任何人记录下从化学信息到动物能够用它们的感觉器官接受信息并传播信息这一历史。然而,如同奥林匹克运动会跳高比赛中那伟大的一跃,却需要在跑道上经历亿万年的时间,它要克服自身的巨大障碍,处理从环境得到的信息以及同其他个体建立关系。在越过了这个高度以后,动物也还只是刚踏上我们认为是现代传播学的门槛。

我们之中谁也不会怀疑狗能传播。但是,正如肯尼思-博尔丁在他的极其有趣的著作《印象》中所说,狗并不知道在它生前有过狗和它死后还会有狗。狗在追逐猫时肯定是传播信息的,但是它们从来没有在事后停下来说"这次追逐很精彩,但还没有昨天那么出色"。或者说"要是你们堵住那条胡同,它就跑不了啦!"但是,来到夏威夷的石器时代的人就能做到这一切。他们能够处理信息,批评和改进他们自己的行为。他们能够设想自己没有经历过的过去,又能设想自己不会身历其境的未来。他们能够理解善恶、权力、正义等抽象概念。他们运用传播的技巧已到了这样的地步,使得他们能够从需要和目标出发产生对环境的印象,并把印象牢牢地印在他们头脑里。

第一批互相传播的动物和在夏威夷登陆的第一批会传播的人之间发生的情况,是感官越来越远地延伸以掌握更多信息,声音和姿势越来越远地延伸以发送更多信息,使人的信息便于携带并在时空方面与人本身可分的一个连续不断的过程。

唯心主义的世界观决定了他们不可能看到事物的本质,只能停留在事物的表象上,把人的本性作为研究的结果。新闻传播活动与文学艺术活动一样,都起源于人类的生产劳动,都是劳动的产物。用火把作为信号传递信息的起因也是为了捕获野兽,协调狩猎行动。我国《吴越春秋》中所录的远古歌谣《弹歌》也记述了原始人打猎的过程:"断竹,续竹。飞土,逐宍。"这些都说明了新闻或文学与狩猎活动的密切相关,而不能仅仅归结为"本能""好奇"或"模仿"。

(二)诗歌的基本特点

1. 集中凝练,表现力强

任何体裁的文学作品,都要求集中概括地反映生活,而诗歌则要求高度集中凝练地反映生活,表达深刻而强烈的思想感情。这是因为,各种文学体裁都有各自特殊的性能,诗歌反映生活不是以广泛性和丰富性取胜,而是以集中性和深刻性见长。它要求选择最富有特征的事件或情景来表现诗人的独特感受,反映出生活的某些本质方面。所以,诗歌所吟咏的,无论是瞬间的感受还是较长一段时间的生活,无论是以抒情为主还是叙事为主,都要求用最凝练的语言,通过高度凝聚的艺术形象表现出来。

诗歌要做到集中凝练,首先,要求诗人敏锐地抓住感受最深、表现力最强的生活片段来表达情思。如杜甫的《兵车行》,诗一开篇如风雨骤至,出现了一个哭声震天送别征人的凄惨场面。作者以简略的笔墨,剪取了最富于特征的生活画面,形象而真实地反映了当时的社会现实,寓含了诗人对人民疾苦的深切同情。篇幅不长,却深刻地、高度概括地揭露了唐帝国穷兵黩武给人民带来的深重灾难。就其内容的深度和广度来说,无论是在小说还是在戏剧文学中,是需要相当长的篇幅才能加以表现的。其次,还要求诗人选择最凝练的诗句来提炼最富于艺术概括力的形象。优秀的诗歌总是在语言方面体现出以少胜多、以一当十的特点。比如奥地利诗人 E. 弗里德有一首关于越南战争的小诗《归化》,全诗仅 21 个字,却高度概括地再现了残酷的战争场面:

　　白手红发蓝眼睛
　　白石红血蓝嘴唇
　　白骨红沙茂天空

第二章　文学文体与文学体裁

诗的第一节用白、红、蓝三色象征地勾勒了一个美国青年的形象（白、红、蓝是美国国旗的三种底色）。第二节表现出青年负伤后垂死的情景：在灼热的石头上他淌着鲜血，奄奄一息，嘴唇因失血过多而发蓝。第三节表现这个青年已经死去，枯骨暴晒，葬身异乡。此诗简洁精炼，每一个字都有极强的表现力而不容改移。白、红、蓝三色的匠心独运，不但使诗的表现简洁，而且丰富了诗的内涵，使得诗在令人触目的对比中，得到震撼人心的效果。

2. 饱含激情，富于想象

诗歌形象的创造，离不开诗人炽热的感情和丰富的想象。诗人往往是在生活中被某些事物所深深感动，情满胸怀，才发而为诗的。诗总是把人的精神世界袒露出来给人看，好的诗都是激情的果实。郭沫若说："诗的本质专在抒情。"①

情感的强烈与否，是我们区分诗与非诗的界碑，也是我们把一些押韵、分行的文字（如快板、顺口溜等），不授予诗国公民称号的根据。当然，抒情不是诗歌垄断的专利品，但诗歌情感的深厚性、独立性、外显性，是其他一切文学都不能望其项背的。

诗歌的炽烈情感和诗人丰富的想象往往密不可分。情感推动、鼓舞想象的发展，同时又润饰、丰富想象的色彩和内容，而想象也强化、丰富了情感，有助于更深刻地抒发诗人的感受。想象，是诗的重要生产力，是诗人创造艺术形象的能力，是使诗人冲出实际生活拘囿之樊笼的翅膀。大胆飞跃的想象，会使得现实中的一草一木都充满盈盈的诗意。比如，郭沫若的《天上的街市》，诗人由地上的街灯联想到天上的明星，再由天上的明星想象出天上的街市以及那里的自由幸福的生活，字里行间洋溢着诗人追求美好未来的热情。正是这种深挚而又强烈的情感，引发出一系列大胆而又新奇的想象，展现了一个奇妙的世界，给人以强烈的感染。可见，诗歌的感情色彩和诗人的丰富想象是相互作用的。也只有这样，才能创造出情景交融的艺术形象。

---

① 黄心群.文学理论与英美文学教学研究[M].北京：北京工业大学出版社，2018.

3. 富于音乐美

诗与音乐有着非常密切的血缘关系。古代的诗大都是可以入乐歌唱的，不入乐的诗，其语言也按一定的规律进行组合，使之具有和谐上口、铿锵悦耳的音乐美。然而到了现代，涌现出大量无格律、不押韵、音节不齐的新诗，这当然不能视为诗与音乐关系的弱化。现代诗歌十分注重以语言声音的内在节奏、情感的内在旋律来展现诗人广阔而复杂的内心世界。艾青说："诗必须有韵律，这种韵律，在'自由诗'里，偏重于整首诗内在的旋律和节奏，而在'格律诗'里，则偏重于音节和韵脚。"这话点明了诗歌音乐美存在着外在因素与内在表现，我们对诗歌的音乐美，应作全面的理解。

首先，诗歌音乐美的外在因素，能使语言具有和谐悦耳的效果。这方面的因素，包括节奏、韵律、声调、双声、叠韵、复沓等，而最重要的是节奏和韵律。节奏是诗句中的音步和声音的强弱、长短等因素构成的抑扬顿挫的音乐感。音步是指诗句有规律的间歇停顿，好比音乐中的节拍。所谓韵律，就是和声押韵的规则。就押韵来说，一般在每句或隔句的末尾用韵相同或相近的字。押韵可以使合乎韵律的相同的声音在诗歌中形成有规律的反复，给诗歌的声音组合创造一种回环往复、抑扬顿挫的音乐美。

其次，诗歌对内在音乐美的注重，更能增添感人的魅力。诗的内在音乐美是指复杂多样的感情在诗中音乐性的流露，"它是通过语言的选择、粘联而形成的一种微妙的，含着感情情绪波纹的音乐曲线"。如艾青的《雪落在中国的大地上》的起句："雪落在中国的大地上，寒冷在封锁着中国啊"，就很有音乐性。这是两句既不押韵，音节也不整齐的诗，它的音乐性完全来自语言的选择与粘合。首句的"雪落"均用仄声，而且一字一顿，大有不堪目睹、沉郁悲愤之情，这两字是决不可调换为其他字，也不能添加其他字的。第二句的"寒冷"与"封锁"的配搭既在声音上有错落起伏的效果，而且使得第一句的顿挫的乐声到第二句缓慢了起来，收到伤感忧愤的效果，准确地传达出诗人的心曲。诗的语言的选择与粘合，是可以造成诗的音乐性的。诗的内在音乐美，实质上就是情感与语言的有机结合，是心灵与声音的高度契合，它能准确深入地表现诗人复杂的内心情感。

当然,诗的音乐美的外在与内在因素,是相互兼容、相互配合的。两者自然的合奏,使诗产生荡气回肠的音乐美,从而加强了诗歌的表现力和感染力。

(三)诗歌的分类

诗歌的品种很多,通常是从内容和形成两方面来划分诗歌的类别。按内容的表达方式来分,可分为抒情诗和叙事诗;按表现形式来分,可分为格律诗、自由体诗、民歌体等。

1. 抒情诗

抒情诗是以抒发诗人主观情感为主要特征的诗体。它通过表现作者对客观事物的独特感受和体验,来展示自己的内心世界,抒发炽热的感情。因此,抒情诗往往具有自我突出、个性鲜明、感情浓郁的特点。在抒情诗中,诗人或直抒胸臆,言志述怀,或触情于景、托物言志,都是以抒情为主旨,作者的情感和个性色彩表现得特别强烈。它没有完整的故事情节,除抒情主人公外,没有其他人的形象,即使有也只是选取一鳞半爪,作为抒情的凭借。它的结构也是由作者抒发的感情联结而成。总之,"抒情类的诗主要是主观的、内在的诗,是诗人自己的表现"。当然,优秀的抒情诗中所表现的自我感情,绝不是狭隘孤独的一己私情,它应该和时代的脉搏相呼应,和人民的感情相通融。只有这样的作品,才能与读者达到思想交流和感情的共鸣。

2. 叙事诗

叙事诗是以抒情笔调来写人叙事的诗体。它的主要特点是借写人叙事来抒发诗人的情感,将叙事与抒情结合为一体。它与抒情诗的不同是它一般都有一定的故事情节和易体的人物描写,诗人把自己的主观感情和对生活的评价融化在他所描绘的形象中,诗人的个性表现较之于抒情诗来得间接些。它虽然是叙事的,但在人物的刻画、环境的描绘、故事进展等方面受到限制,不能铺陈开来进行细致的刻画和详尽的描绘。它与小说、戏剧等叙事文学相比,显得故事单纯、情节简明、人物较少,写人往往是粗线条的勾勒,叙事则是高度的概括,情节的发展有较大的跳跃性。而且,它所有的叙述,都是以抒情的语言、抒情的笔调来进行,篇章中还往往插有感情浓烈、直抒胸臆的诗句,以加重抒情成分,为全诗营造出一种诗的氛围。

3. 格律诗

格律诗是在语言形式上有严格要求的诗体。它节奏规范,音步固定,讲究平仄、押韵、对仗,字数、句数、章节结构均有统一规定。我国古典诗歌大多是格律诗,主要有五、七言律诗,五、七言绝句,词、曲等。现代诗歌中也有一种新格律诗,不过它的要求不像古代格律诗那么严格。

4. 自由体诗

自由体诗是一种不受格律约束,在形式上比较自由灵便的诗体。这种诗在组织结构上,篇无定节、节无定行、行无定字。它的节奏,也不是主要表现在音步的整齐和协调上,而是依诗人内在感情波动起伏的规律来安排。它也不甚借重外形的韵律,而求其内在的韵律。总之,它一切以适合感情的表现为准则,尽可能做到凝练而富于诗味、诗美。

5. 民歌体

民歌体是一种在内容和形式上都具有民歌特色的诗体。它大部分来自人民的口头创作,并在民间流传的过程中得到加工、提高,也有一些是吸取民歌民谣特点的文人作品。这种诗大多直接反映人民群众的生活和感情,表达其要求和愿望。它的语言特点是朴素流畅,口语化,在表现手法上,长于比兴,多用反复、重叠、夸张等手法。这些形成了它情感质朴、风格明快、易记易懂、顺口动听的特色。

四、小说

小说是一种叙事性的文学体裁,它通过人物、情节和环境的具体描绘来反映社会生活。与其他文学样式相比,小说的容量较大,它既可以细致而多方面地刻画人物思想性格,展示人物命运,又可以完整而生动地表现矛盾冲突,还可以具体而鲜明地展示人物活动的环境。因此,它反映社会生活的具体性、完整性和丰富性，为其他文学体裁所不及。

（一）小说的源流

神话传说是小说，特别是志怪小说的源头之一。

我国古代的神话传说，内容丰富，但缺乏系统性，零星地分散在各类古书中。神话材料保存较多的是《山海经》《楚辞》和《淮南子》。此外，在《穆天子传》《庄子》《国语》《吕氏春秋》等书中也有部分记载。

上古神话传说的内容，有关于天地开辟、人类诞生的神话。这类神话歌颂和崇拜那些创造天地的神，在造物神身上寄托了古先民创造世界的宏伟志向。如在三国徐整《三五历记》《五运历年记》里，盘古被描写为天地万物之祖，日月星云、风雷雨水、草木金石都是盘古垂死化身而来的，而开辟天地的盘古却是以人的形象为模特创造出来的，这一形象的创造，体现了原始人创造世界的宏伟魄力和非凡的艺术想象力。女娲的神话则反映了世界遭水火大破坏后女娲重整乾坤和人类诞生的经过。在神话里，女娲不仅被描写为一个世界的创造者，而且还被描写成创造人类和化育万物的始祖。从盘古创世到女娲补天造人，虽然把世界万物包括人类的创造归之于天神，但从这两个人性化、人格化的天神形象中，我们却可以感受到古先民征服自然和改造自然的愿望和热情。

在远古之时，原始人常常受到来自水旱灾害、毒蛇猛兽的严重威胁，为了生存，他们以顽强的意志与自然灾害展开不屈不挠的斗争，有关这方面的内容在神话传说中也占有相当的数量。像后羿射日、大禹治水、精卫填海、夸父逐日等。这些神话中神和英雄都具有不怕牺牲、百折不挠、一心为人类谋幸福的特点，同时具有征服自然的超人力量。上古神话传说还反映了氏族社会末期各部族间的斗争。如黄帝与炎帝、蚩尤的战争，共工与颛顼的战争，禹和三苗的战争等。神话传说还有大量有关发明创造的内容。如神农氏发明农具和制陶、冶炼、医药、种植等技术。燧人氏钻木取火，仓颉发明文字等，这些神或英雄的发明创造，实际上是人类在征服自然过程中的结晶，它反映了原始人的伟大创造力。

以上简单介绍了神话传说的主要内容。上古神话传说作为志怪小说的起源之一，它对小说的产生和发展具有不容忽视的意义。

首先，神话传说中瑰丽奇特而又丰富多彩的想象力，给后世小说创作以巨大的启迪。女娲补天造人的首创精神，后羿射日的乐观信念，精卫填海、刑天舞干戚的坚强意志，永远放射着理想的光辉，深刻影响了后代作家的世界观和人物性格的塑造。而六朝志怪、唐人传奇乃至于蒲松龄的《聊斋志异》在创作精神上更是与上古神话传说一脉相承。

其次，神话新奇奔放的幻想和理想化的夸张，同样深刻地影响了后世作家的创作方法，足以启发作家的想象力，开阔作品的境界，而从志怪一系来看，它关于神灵变化的观念和表现形式，为志怪奠定了幻想的基础。魏晋以后的志怪传奇不仅在创作方法、艺术构思等方面深受神话传说的启发，乃至于作品中的神仙妖怪等的形象都同神话中的各种神人神兽在表现上有渊源关系，不同的只是它们的人格化程度提高了，体现着新的审美观念。

再次，神话传说开创了神怪题材，它是后世志怪传奇小说丰富的题材宝库。它不仅作为丰富的营养，一直哺育着志怪传奇的发展，而且还影响到其他体裁的小说，如明代长篇小说《西游记》《封神演义》乃至于清代的《镜花缘》，都明显地烙有神话传说的印记。

宗教迷信故事对志怪小说的产生也有着重大的影响。宗教迷信故事主要流行于春秋战国时期，散见于史官诸子之书中，多数都是幻化和神秘化了的历史故事。它虽不及神话那样优美宏丽，但在题材和幻想形式上有不少新变化，对志怪小说的形成发生过巨大的作用。

宗教迷信故事的内容主要包括：鬼神显灵作祟的故事和关于卜筮占梦的迷信故事。这些故事的内容虽趋于消极，但它对后世小说家通过描写花妖鬼魅和记述梦境来反映现实，拓展想象和幻想的空间，具有一定的启发作用。

与上古神话传说相比，宗教迷信故事自有其新的特点。首先，在神话中，神是幻想世界的主体，神话的幻想境域是排斥人类在外的神灵的世界。而在宗教迷信故事中，人变成幻想世界的主体，人可以与鬼神互相交往。其次，在宗教迷信故事中，神已不像神话中那样可以死去，而是成为大自然中一种神秘的力量，通过显灵来体现它的无比的威力。同时出现了鬼的观念，人死为鬼，鬼可随意变化报恩复仇。这种鬼神不死和随意变化的幻想观念和幻想形式，对志怪小说的形成发生了很大的作用，几乎成为后世志怪小说创作的一种模式。

地理学和博物学产生于西周春秋之际，那时，由于人们认识水平的限制和宗教神秘观点的影响，不可能科学地解释地理博物方面的现象，再加上一些巫觋方士之流利用地理博物知识自神其术和传播迷信，因此

第二章　文学文体与文学体裁

当时的地理博物知识都被披上一层神秘的色彩而虚诞化了，成为地理博物传说。它同神话传说、宗教迷信故事一起被志怪小说所继承，成为志怪小说的另一源头。

地理博物传说主要载于《穆天子传》《逸周书·王会解》《山海经》等书中，内容主要是远国异民、神山灵水、奇花异木、珍禽怪兽等，奇谲诡幻、新鲜怪诞。其中尤以《山海经》为地理博物传说的集大成者。在该书中，地理博物都被神话化和志怪化了。与宗教迷信故事不同的是，地理博物传说没有什么故事情节，只是一些幻想材料。但它为志怪小说提供了极为丰富的幻想素材和幻想形式，并长期对志怪小说发生巨大的影响，成为志怪的主要内容之一。

先秦的寓言故事对小说的产生和发展也有重要的影响。由于先秦诸子百家争鸣，许多思想家、政治家常常借助于一些浅显生动的故事来论证自己的某个观点或某种思想，这些故事就是寓言。寓言取材很广，有的取材于现实生活，有的取材于民间故事，有的就是利用古代现成的神话和传说。寓言主要散见于先秦诸子散文和历史散文中，如《孟子》《庄子》《韩非子》《战国策》诸书中都保存了大量的寓言，"郑人买履""揠苗助长""庖丁解牛""愚公移山""狐假虎威"等都是耳熟能详的寓言故事。寓言在艺术上主要有四个特点：一是故事性，二是虚构性，三是哲理性，四是形式短小。寓言的故事性和虚构性显然受到神话传说的影响，但是寓言的编造故事和虚构都有明确的说理目的，也就是说，它是一种自觉的创造和虚构，而神话的艺术虚构对作者来说却是不自觉的。寓言的这一特点使它更近似于小说，对小说产生的影响也更为直接。此外，在题材方面也常常为后世小说所继承。

从先秦两汉至六朝的史传文学，以及介于正史与小说之间的野史杂传对后世小说影响是很明显的。首先是真实与虚构问题，史书要真实，但也难免虚构。其次是史传中巧妙的情节安排，人物形象的生动描写。如《左传》晋、楚"城濮之战"，秦、晋"殽之战"；《史记》之《项羽本纪》《信陵君列传》等都为后来的小说提供了丰富的艺术经验。再次，史传结构的两种类型：编年体、纪传体，对小说结构有重大影响。第三人称全知视角的客观叙述方式，倒叙、插叙、补叙等叙事手法为小说叙事积累经验。最后是语言，史传文学的叙事语言和人物语言对小说来说更为重要。如《战国策》名篇《冯谖客孟尝君》，整个复杂情节的展开和人物性格的刻画，完全是靠人物对话实现的。

(二)小说的基本特点

1. 生动地叙述故事情节

小说既然要多方面、细致地刻画人物,就必须有完整、复杂的故事情节,因为情节是人物思想性格形成和发展的凭借。一般地说,情节越是完整而生动,人物的思想性格越能具体地得到展示。故事情节的生动曲折,能使小说产生引人入胜的艺术魅力。所以,情节的完整性和生动性,是小说的又一重要特点。这个特点和其他叙事文学相比,就更为突出。叙事诗因为要求语言凝练,因此情节单纯并跳跃性较大;叙事散文往往只摄取生活片段,一般没有完整的情节;戏剧因为要求矛盾集中和受时间限制,也容纳不了大量的详情细节。小说则不受时间、空间、篇幅、手法的限制,只要是内容需要和作家能力允许,就能通过典型化的方法,把情节安排得曲折有致、跌宕起伏。如《水浒》《西游记》《红楼梦》《唐·吉诃德》《战争与和平》《战争风云》等长篇小说,都是以情节的错综复杂和曲折生动而著称的。

小说篇幅较长,容量较大,可以根据事件的发生、发展、高潮、结局,逐步描写事件的全过程。即使是短篇小说,通过匠心经营,也能写得生动完整、摇曳多姿。如鲁迅的《祝福》,在不长的篇幅中却绘声绘色地表现了祥林嫂挣扎、反抗以致被封建势力所吞噬的悲惨命运。作品采取倒叙的方法,先造成悬念,然后回溯祥林嫂大半生的事迹,在曲折而完整的情节中,祥林嫂纯朴而倔强的性格,以及社会的黑暗,封建神权、族权、夫权和政权的残酷,自然地展现出来。

2. 具体地描绘环境

小说既要刻画人物,叙述事件,那就必须有具体的环境描写。人物总是生活在一定的自然环境和社会环境中,并受到环境的影响,事件也总是起因于一定的环境,在一定的环境里发生、发展。所以,在小说里只有具体而鲜明地展示环境,才能真实而深刻地表现出人物和事件的特征,才能揭示出人物行为和矛盾冲突发生、发展的原因和背景。当然,环境描写不是小说所独有,但像小说这样鲜明具体地描绘环境,是其他叙事作品所没有的。

小说根据人物性格刻画和情节发展的需要,可以灵活自如、具体充分地描绘环境。如赫尔曼·沃克的《战争风云》,笔触极为广阔,各大洲的风雷震荡,各政府、军队的力量抗衡,天上空袭的景象,海上迷人的风光,以及家庭纠葛,儿女私情等,无不纳入作者的笔端,交织成五光十色的生活图景。

有的小说力作还为人物提供了典型环境,它体现着作为一定时代的社会生活环境的普遍性。如王蒙的《春之声》,具体环境就是主人公乘坐的闷罐子车,在落后、破旧、令人不适的闷罐子车里,却有先进的、精巧的进口录音机在放约翰·施特劳斯的《春之声圆舞曲》,有人在学德语……有人说,作者是把粉碎"四人帮"以后的中国社会"装"在这列闷罐子车上了:祖国刚从"文革"的严冬中苏醒,百废待兴,百业待兴,尽管困难重重,残冬的痕迹随处可见,然而振兴中华的时代春潮正在激荡汇涌,不可遏止。这种"冬之迹"与"春之声"的杂糅互织的现象,就是作品具体环境所概括的特定社会生活的本质。应该说,小说中这种典型环境的呈现,大大扩大了作品的意蕴和内涵。

(三)小说的分类

小说按照篇幅的长短、容量的大小,可以分为长篇小说、中篇小说、短篇小说、小小说四种。

1. 长篇小说

长篇小说是一种篇幅长、容量大的巨型叙事作品。它能够反映广阔复杂的社会生活,展现某一时期的历史画卷。如《水浒》通过对众多梁山英雄不同生活道路的描述,在广阔背景上写出了封建社会里农民起义产生、发展和失败的全过程,从而成为一部史诗式的伟大作品。长篇小说一般都塑造了众多的人物形象,主要人物的性格往往有一个成长和发展的过程,次要人物也有他们特定的活动天地。由于它能多方面立体地刻画人物,因而人物性格复杂丰满、鲜明动人。优秀的长篇小说往往能为文学的人物画廊提供一个乃至更多的典型形象。与长篇小说在容量和人物塑造上的特点相适应,它的情节结构也更为丰富、复杂和巨大,情节线索较为纷繁,许多线索常常围绕着主线交叉发展,如长篇历史小说《李自成》,以李自成的农民军同崇祯的封建王朝的矛盾为主线,同时穿插了明朝与清政权的矛盾、明朝统治集团内部的矛盾、李自成起义军与张献忠等各路起义军的矛盾这几条副线,呈现出错综复杂的情节。作者将主、副线交织,把纷繁的头绪、事件、人物统一成有机的整体,这种纵横交错的结构,既使情节得以曲折有致地展开,又使作品有了巨大的容量。

2. 中篇小说

中篇小说是介于长篇小说与短篇小说之间的中等规模的叙事作品。但它绝不是短篇小说的拉长,长篇小说的简缩。与长篇小说相比,中篇小说所容纳的生活内容、所处理的事件、所展示的社会关系、所描述的故事情节,都比长篇小说单纯,所刻画的人物也不多。与短篇小说相比,它所容纳的生活面较广,可以概括一段时间的较完整的社会生活,有连续发展的较多变化的情节,人物也较多,并能写出典型人物性格的矛盾和性格的发展。从谌容的《人到中年》,我们可以清楚地看到中篇小说的特点。作品刻画了十几年如一日兢兢业业工作的女医生形象,其他十来个人物围绕着她,为多方面展示陆文婷的性格而活动。小说描写了主人公较长的生活经历,既写了她的现在,也回叙了她的过去,场景变化较多,这一写法与长篇相似,但小说的线索比较单一,紧紧扣住陆文婷的活动来展示,没有铺开来写其他人物,这又像短篇的写法。中篇小说正是在选取题材、情节设置、人物刻画等方面,兼有两者所长,形成了自己独有的风姿:既有一定的容量,又能迅速成篇,及时反映现实。所以,在现代生活内容益发丰富、节奏加快的情况下,常有长篇来不及反映而短篇又容纳不下的写作题材,就需要中篇小说来承担。中篇小说之所以应运而兴并步向繁荣,除了社会原因外,也是由它本身的特点所决定的。

3. 短篇小说

短篇小说是一种篇幅短小、容量不大的叙事作品。它内容集中,人物不多,情节也较简单。短篇小说选材精炼,常截取富有社会意义的生活片段来组成一幅规模不大却非常精粹的图画,反映深刻的主题。如莫泊桑的《羊脂球》,反映的是1870年普法战争这么重大的历史事件,但作者没有正面去描写战争的庞大画面,也未表现侵略者的屠杀掠夺,而只是以一个羞于委身敌寇的妓女作对照,淋漓尽致地刻画出只顾私利而不顾民族尊严的贵族资产者们的寡廉鲜耻,高度概括地描绘出法国各阶级在外国占领者面前的不同态度。有些短篇小说写了主人公较长的生活过程甚至一生,如契诃夫的《跳来跳去的人》、福楼拜的《一颗纯朴的心》、鲁迅的《祝福》等,然而他们并没有充分展开来写人物一生多方面的生活,只是选择了过程中的几个关键性片断来结缀联篇,仍然符合短篇小说的特质。短篇小说只能集中笔墨刻画一两个中心人物,一般不要求全面描写人物性格及其成长历史,往往是把焦点集中在人物性格的主要特征上,所以主人公的性格显得单纯而明朗。至于次要人物,往往是几笔带过。在情节结构方面,短篇小说有情节单纯、结构严谨的特点。它一般只采取单线结构,即使有两条线索,也常是一条明写,一条暗写。另外,如描绘和非情节因素的穿插等,都力求精炼、简洁和明快。

4. 小小说

小小说是比短篇小说更为短小精悍的叙事作品。它最大限度地要求精炼简洁,篇幅一般在千字左右。在这种限制中,它的取材、情节和人物刻画等,就表现出与众不同的特色。小小说取材要小中见大,以精彩的片段体现出丰富的内涵,见微知著,咫尺千里。它往往抓住生活中的一刹那、一个镜头、一段插曲、一节情思,来深刻反映社会生活和时代精神。小小说的情节单纯简练,不强求情节有头有尾,也可以有头无尾、有尾无头,或者无头无尾、仅取其腰。有情节非常淡化的作品,也有情节较完整的作品,完全以具体内容而定。小小说写人要做到画龙点睛,不允许作冗长的静止的叙述性描写,而要以一个动作,几句话,就使人物跃然纸上。由于小小说多撷取小的生活片段成篇,所以它只描写人物在某一特定时间的性格的某一侧面。小小说的环境描写,往往融合在人物的语言、行动和心理情绪之中。总之,小小说特有的精练和简洁,就是以最经济的文字,表达出应该表达的最丰富的内容。

第二节　散文与戏剧文学

一、散文

散文是一种包容范围较广、表现极为灵活自由的文学体裁。由于它能迅速及时地反映现实生活,轻松自如地表情述志,因而人们称之为文学的轻骑兵。在我国古代,散文指一切不用韵不讲骈俪的文章,这是广义的散文。狭义的散文是指与诗歌、小说、戏剧文学、影视文学等相并列的一种文学体裁。这里讲的是狭义的散文。

(一)散文的基本特点

1. 题材广泛,不拘一格

散文的散力首先表现在题材上。散文的选材有一种"海阔天空"的特性。它不受时空限制,取材特别广泛,茫茫天宇,浩浩人生,皇天物极,寸土虫蠹,三教九流,无不可以随意撷取,或单独成篇,或引用穿插。它可以写生活中重大题材,也可以写生活中的凡人小事,可以歌颂英雄伟业,也可以抨击腐朽落后的事物;可以纵观历史的沧桑巨变,也可以横察世界的风土人情,信手拈来,涉笔成趣。

正如著名作家冰心所说:"我们的前辈作家,拿散文来抒情,来说理,来歌颂,来讽刺,在短小的篇幅之中,有时'大题小做',纳须弥于芥子,有时'小题大做',从一粒砂来看一个世界,真是从心所欲,丰富多彩!"

2. 形散神聚,结构灵活

散文的"散力"还表现在结构上。散文的结构形式是灵活多样的,它不像小说那样注重情节的连贯性和完整性,也不像戏剧那样按矛盾冲突的规律来布局。它的笔法是自由疏散的,可以时古时今,忽人忽景,谈天说地,纵横开阖。这种笔法,使得散文的结构舒卷自如。一篇散文如果章法、文笔拘谨而不疏宕,就失去散文应有的神韵。但"散"并非如脱缰野马那样任意驰骋,还应做到"形散而神不散",即以鲜明的主题思想贯穿外在的"散"的材料,做到散不离题,既放得开,又收得拢。

正如清刘熙载所说:"惟能线索在手,则错综变化,惟吾所施。"如欧阳修的《醉翁亭记》,在行文结构方面做到了散而不乱,形散神聚。作品的落笔相当广,忽而山,忽而水,忽而游人,忽而宾客,可谓极尽描景写物之能事。但作者以"醉翁"之意,即"与民同乐"的主旨,贯穿全文,抒发出甜畅的情怀,构成一幅完美的"醉翁与民同乐图"。笔法是自由疏散的,而结构又是严密完整、浑然天成,充分体现了形散而神不散的特点。

3. 手法多样,随意赋形

散文的"散力"还表现在手法上。它兼有叙事作品、抒情作品以及议论文的某些基本手法。在一篇散文中,作者可以时或状物写景,时或抒情长咏,时或娓娓叙事,时或透辟论证。这些手法除了交替使用外,还可把它们熔为一炉化为一体,或夹叙夹议,或抒情论理,或寓意于物,或景中含情,以充分表达作者的思想感情。另外,散文的篇幅可长可短,"常行于所当行?常止于不可不止",完全据内容的需要,随意赋形。总之,散文的内容和形式诸方面这种"散"的特点,使它成为一种最自由、最轻便的文体。

(二)散文的分类

散文形式多样,种类繁多,按不同标准可以分为若干种类。现依据表达方式的不同,把它分为抒情散文、叙事散文和议论散文三种。

1. 抒情散文

抒情散文是指以抒发作者思想感情为主的散文。它常常以景物、人事的描写为凭托,抒发作者内心的体验和感受,表达作者的主观情感。所以,托物言志,借景抒情,是抒情散文的主要特征和手段。如高尔基的《海燕》,作者把在暴风雨中翱翔的海燕作为一种象征,借以歌颂革命人民在革命暴风雨中的勇敢无畏,抒发自己对革命的向往之情。优秀的抒情散文,能创造出情景交融的意境。如鲁迅的《秋夜》,就以那些富于象征意味的天空、枣树、野花草、粉红色等景物,描绘出一个完美的意境,深深地寓含着自己对恶势力的憎恨,对战斗者的歌颂,对弱小者的同情的情感,有很强的艺术感染力。抒情散文的情感抒发应建立在对客观事物的具体描绘的基础上,虽然它追求浓郁的诗意,也有直抒胸臆的言词,但离开了对生活和事物的描绘,诗意则无所附丽,言词则空洞矫情,因而在散文中细致的描述常常是激发诗的情致的。另外,抒情散文的语言优美、凝练,富有感情色彩,表现手法采用象征、比兴、排比、反复、重叠等。

2. 叙事散文

叙事散文是指通过记人叙事来表达作者思想感情的散文。叙事散文可以写人记事,也可状物写景。侧重写人的散文,虽然也要刻画人物,但它不像小说那样描写人物性格发展变化,也不着意于刻画典型形象,而是抓住人物的一颦一笑,一段回忆,或人物行动的某些片段,展示人物的某些性格特点和精神品质。如何为的《第二次考试》,文章没有正面表现人物的行动,主人公因救灾影响了复试的事迹,也只用她弟弟的三言两语交代了过去,她的性格特征也没有着意渲染,但这个形象仍是鲜明的。侧重记事的散文不像小说那样要求情节的连贯性、完整性,它往往是截取事件的某些有意味的片段,加以铺陈渲染,或自成一篇,或穿插引用,只要能充分表达作者的意图就可。鲁迅的《朝花夕拾》中绝大部分是叙事散文,其中人物侧影、生活场景、乡土风俗、琐事回忆的联系都不是情节性、连贯性的,而是一种积累性的叠加式的。另外,叙事散文以叙述为主,交替运用描写、议论,同时又有一定的抒情因素。不过,叙事散文的抒情,一般是在具体、生动、感人的形象描述中表现出来的。叙事散文大多采用第一人称写法,以"我"的所见所闻为线索,把片断零散的材料连缀起来。作品中的"我"可以是作者,也可以是虚构的角色。因此,除了大量的写真人真事的散文外,也有不少虚构的叙事散文出现。这就要求作者在掌握大量素材的基础上进行艺术概括,提炼出令人真实可信的艺术形象来。

3. 议论散文

议论散文是指侧重于说理、论述的散文。它运用艺术的形式来表达作者对现实生活中某些现象的分析和评价,具有鲜明的思想倾向和强烈的感情色彩。议论散文主要就是指杂文。杂文是文艺性的政论文,它既有政论的性质,又有文学的特点,能够发挥强烈的战斗作用。杂文有强烈的现实针对性,它与社会生活的关系密切,能迅速地反映剧烈的社会矛盾,及时地针对现实的政治、经济、思想、文化、道德,以及日常生活的各种现象进行剖析。因此,鲁迅称杂文"是感应的神经,是攻守的手足力"。

杂文强烈的战斗性,决定了它短小精悍、笔锋犀利的形式和风格,它长于运用尖锐、隽永而又形象化的语言,通过譬喻、反语等手法及时地针砭时弊。杂文的另一特点是包含着幽默和讽刺。讽刺应按照敌我友不同的对象严格地加以区分,"有对付敌人的,有对付同盟者的,有对付自己队伍的,态度各有不同"。杂文在今天,也可以用于对新人新事、新思想、新风尚的赞扬和歌颂。

二、戏剧文学

戏剧是一门综合艺术,是让人物自己的语言和行动来塑造形象的一种艺术样式。戏剧不是供人"读",而是供人"看"的,所以戏剧包含文学剧本与舞台演出两个方面。前者人们常称为戏剧文学,后者一般称为戏剧或戏剧艺术,两者有联系又有区别。

(一)戏剧的源头

1."歌舞说"

刘师培写于1907年的短文《原戏》,较早提出中国戏剧起源于上古歌舞的观点,文章说:"戏为小道,然发源则甚古。遐稽史籍,歌舞并言。歌以传声,舞以象容。歌舞本以诗,故歌诗以节舞。""孔子删《诗》,列《周颂》《鲁颂》《商颂》于篇末。《颂》列于《诗》,犹戏曲列于诗词中也。"请注意,这里提出"歌舞本以诗",又将《颂》与戏曲相比,容易给人以诗早于歌舞的印象。接着,刘氏从音乐、故事扮演两方面论述了上古歌舞与后世戏曲的关系。他说:"以歌节舞,复以舞节音,犹之今日戏曲以乐器与歌者舞者相应。"刘氏认为:《诗经》中之《大武》,乃"因诗而呈为舞容者也,象武,陈武王伐纣之功,犹之后人戏曲侈陈古人战迹耳。《仲尼燕居》篇云:下而管象,示事也。示事者,有容可象也,此即古代戏曲之始。"又据《尚书大传》提出:"古制乐歌,皆假设宾主。而武王克殷,亦杂演夏廷故事。非即戏曲装扮人物之始乎?是则戏曲者,导源于古代乐舞者也。""舞者殊形诡象,致睹者生恐怖之心,犹之后世伶官,面施朱墨也。在国则有舞容,在乡则有傩礼,后世戏曲偏隅,每当岁暮,亦必赛会酬神,其遗制也。"上古歌舞有装扮,有故事,有化装,从这一角度论证歌舞与戏曲的血缘关系十分可贵。

应当指出的是,孤立地看,把刘氏当作"歌舞说"的倡导者似无不妥;然而刘氏又有《〈说文〉"巫以舞降神"释》和《舞法起于祀神考》二文。前者提出:"乐舞之职,古属于巫",乐舞为"降神之用"。后者可看作前文之扩充,除进一步补充前者论点外,还强调:"三代以前之乐舞,无一不源于祀神。"刘氏还以"傩"为例,认为傩乃"古代巫舞之遗风",今日"梨园于祀神报赛之时,则必设坛演剧,即以巫既为优伶,此即古代方相氏所掌之事也"。值得注意的是,刘氏此文尚发表于《原戏》之先,在《左庵外集》中亦正列于《原戏》之前。那么,王国维"歌舞之兴,其始于古之巫乎"的提法是否受到刘氏的影响,就是一个值得研究的问题。无论如何,从整体上看,刘、王二人在中国戏剧起源上的看法,并无不同。

姚华的《说戏剧》一文,从文字学、训诂学的角度,解释"戏"与"剧"二字的本义,指出:"戏"(繁体字为"戲")字右从戈,左边的"虍"为祭器,兼声旁,发"呼"之音。"剧"(繁体字为"劇")字右从刀,左为"豕虎相斗"意。从而指出:"戏始斗兵,广于斗力,而泛滥于斗智,极于斗口,是从戈之意也。""戏原于祭,意寓于虍,演畅于舞,皆武事也。"文章强调"舞"在戏剧中的作用,尤其重视"武舞":"舞分文、武,武舞居先,诙奇于巫祝,浸淫于百戏。"文章最后提出"戏、舞一源"的观点。我们认为,可大体将姚华此文归入"歌舞说"。但是,文章有"戏原于祭"的提法,看来姚氏的戏剧起源观与刘师培相近,只是在戏剧与祭祀的关系方面未展开论述。

许之衡在《戏曲史》中提出:"上古之时,即有歌舞。"但他接着认为歌舞出于伶官,成为"伶官说"的倡导者。这一说法受到董每戡的批评。

第二章 文学文体与文学体裁

主张"歌舞说"最为彻底的是董每戡。他的《中国戏剧简史》先后与王国维、许之衡、刘师培展开论争。与王国维的论争，前文已引。且看他是如何与许、刘二氏商榷的：

"许之衡在《戏曲史》中说：'上古之时，即有歌舞。'这话很对；不过，许氏接下说：'《帝王世纪》云：黄帝使伶伦为渡漳之歌，伶伦氏乃司乐之官。'似乎也有问题，姑无论《帝王世纪》所云是否有此事实，仅就歌出于乐官一点说，大不可靠！我以为歌舞之生自生民始，因人类原有一种普遍的特性——模仿欲，现在我们在儿童身上就可发现这一种本能。原始人就基于这一种本能。原始人就基于这一种模仿欲及事实上须以嗓音或手势表情意的需要，于是产生了歌和舞。"

"乐人乐官决不能先于原始中纯朴的未加审美文饰的歌舞而有，至多只能说先头那种因审美观念而加文饰——即在自然而生的歌舞素材上加修饰变成乐歌乐舞时，始有伶伦一类的乐官。显然的，这主戏曲出于乐官之说，较王说更为不当，因为他漠视了前一历程，仅执着了后一现象。"

"比较高明一点的见解，还算《原戏》的作者刘师培，然而也有问题，他说：'颂列于诗，犹戏曲列于诗词中也。'""实际上，颂诗本身已是乐歌，在它——就是刘氏所指的颂诗的前头，还有一阶段，那就是我在上面所说的最原始的最纯朴的声音表情——歌，及动作表情——舞。"

"在巫之前那些歌者舞者是些什么人呢？我想简单地答复：原始时代的歌者舞者是人民大众自己。那么，他们为什么要歌要舞呢？上面说过的模仿欲和表情意的实际需要，固可作为这个问题的答案。倘要更深入点说，我可以答复是为了生活所必需，关联着当时的生产方法，因为初民过着茹毛饮血的生活，他们的生活资料是飞禽走兽，他们的生产方法便是狩猎，因之模仿飞禽走兽的声音和动作，并且也模拟猎取食物时的种种情状，有时也因为自然崇拜而产生一种迷信。"

可见，董氏虽然认为上古歌舞早于巫、伶官、诗，是我国戏剧的真正源头。但却又进一步追溯歌舞的起源。他先提出了"模仿说"，又进一步归结为"生活所必需"和"因为自然崇拜而产生一种迷信"。虽然董氏的说法可以从两个截然不同的方向予以引申，但在50年代以后的大背景下，这一观点更容易被发挥成"劳动说"。例如张庚、郭汉城主编的《中国戏曲通史》第一章《戏曲的起源》中说："中国戏曲的起源可以上溯到原始时代的歌舞。原始时代当然没有戏曲，但是在原始时代却已存在歌舞了。我们知道一切艺术起源于劳动,中国的歌舞也不例外。这种舞可能是出去打猎以前的一种宗教仪式,也可能是打猎回来之后的一种庆祝仪式。但不管它是什么仪式,也不管它披着多厚的原始宗教的外衣,其实际的意义,乃是一种对于劳动的演习、锻炼。因为它的内容就是原始人狩猎动作的模仿。"从上面这段文字,不难看出董氏的影响。

"一切艺术起源于劳动",这一从20世纪50年代到"文革"结束的二十多年间占统治地位的说法,80年代开始受到质疑。例如朱狄说:人类的一切创造都应归功于劳动,但艺术起源于劳动的命题"并不能揭示原始艺术家创造艺术的目的是什么,因为如果仅仅是为了劳动,他可以狩猎,捕鱼,采集,为什么要冒着生命危险在岩石的隙缝中去进行'岩画'这种劳动呢?他为什么不去多生产一些实用工具而偏偏要生产明显缺乏工具价值的'牛吼器'这类巫术工具呢?"还有的学者认为:艺术起源于劳动说,"既不正确也不错误,但却毫无意义"。"所谓'艺术起源于劳动',犹如'艺术起源于艺术'的说法一样,乃是一种极其浅薄的'同义反复'。"陈多说:"关于艺术的起源,我们定于一尊的观念是'艺术起源于劳动'。影响所及,使得人们在某一段时间内,难(虽)对古老的傩祭、蜡祭和歌舞乐神的《九歌》等和戏剧发生、发展的关系有所感知,但不免讳莫如深、莫谈为妙。而傩戏等研究的兴起——这不等于说'戏剧起源于宗教'——,首先是在这方面突破了这一种思想禁锢。"这些质疑和突破,出现在20世纪80年代的中国学术界,就像关闭门窗许久的房间里吹进了一股新鲜空气,使人感到心旷神怡。

恩格斯说:"只是由于劳动,由于和日新月异的动作相适应,由于这样所引起的肌肉、韧带以及在更长时间内引起的骨骼的特别发展遗传下来,而且由于这些遗传下来的灵巧性以愈来愈新的方式运用于新的愈来愈复杂的动作,人的手才达到这样高度的完美,在这个基础上它才能仿佛凭着魔力似的产生了拉斐尔的绘画、托尔瓦德森的雕刻以及帕格尼尼的音乐。"在这里,劳动只不过是艺术产生的条件而已,并不是艺术起源于劳动的意思,但却被"劳动说"的主张者广为征引。按照劳动产生了手,手产生了艺术,所以艺术产生于劳动这样推导,整个物质世界都是通过劳动而诞生的,又何止艺术?

令人欣慰的是,今天,人们终于可以冲破禁区,在中国戏剧史研究领域对"劳动说"提出怀疑了。其意义,决不仅是学术上的。

第二章 文学文体与文学体裁

2."综合说"

多年以来,中国戏剧史研究界流行"综合说"。周贻白说:"戏剧一项,原有综合艺术之称。尤其是中国戏剧,对于其他姊妹艺术,如诗歌、音乐、绘画、舞蹈、雕塑之类,更具有一种广泛的包容。其能形成一项独立艺术部门,追本溯源,应当是以表演故事为主,逐渐地以他项艺术来丰富其表演形式,然后发展成为一种高度的综合性的艺术。其线索固不止一条,来源也不止一个。"所以,"综合说"也可称"多源说"或"多元说"。张庚、郭汉城主编的《中国戏曲通史》,在第一章《戏曲的起源》下,分列"古代歌舞与古优""角抵戏与参军戏"两节,可见《通史》在主张"歌舞说"——"劳动说"的同时,也有主张"综合说""多源说"的倾向。曾永义将"多源说"的道理说得十分形象:

如果我们试取吴淞口的一瓢长江之水而饮,则这一瓢之水,事实上已含有青海巴颜喀拉山南麓之水,西南金沙江之水,四川岷江、沪江、嘉陵江之水,湖南湘江洞庭之水,湖北汉水,江西赣江、鄱阳之水……但是它们融合起来的滋味,只是长江之水。也就是说,巴颜喀拉山南麓以下诸水,事实上并非长江支流,而是长江的许多源流。明白了这个道理,那么中国古典戏剧的源流就非单纯的了。他接着说,中国古典戏剧是"综合文学和艺术",就像"长江的吴淞口之水";"故事、诗歌、音乐、舞蹈、杂技、讲唱文学、俳优装扮、代言体、狭隘的剧场等九个构成因素,就有如巴颜喀拉山南麓以下诸水。如此说来,中国古典戏剧的形成,事实上是这几个因素的逐次结合了"。

周育德在归纳戏剧起源诸说时说:"以上诸说都是重要发现,都有开拓性的价值,都能揭示部分真理,都能启发人的思路。综合说更具有后来居上的意义,其科学性与全面性均超越前人。"他也提出,中国戏曲有"四条溪流":歌舞、优戏、说唱、百戏,"各个源头汇聚综合而成中国戏曲文化"。《中国大百科全书·戏曲曲艺卷》主张"歌舞说",但也强调了"综合说":"中国戏曲的起源很早,在上古原始社会的歌舞中已经萌芽了。但它发育成长的过程却很长,经过汉、唐,直到宋、金才形成比较完整的戏曲艺术形态。戏曲主要是由民间歌舞、说唱和滑稽戏三种不同艺术形式综合形成的。庙会和瓦舍勾栏对戏曲地的形成起了促进作用。"在表述上,这里能够将"起源"与"形成"相区分,还是难能可贵的。但从根本上说,认为戏曲是"由民间歌舞、说唱和滑稽戏三种不同艺术形式综合形成",仍未抓住戏剧的本质——角色扮演。

细读上述诸说,感到他们多少都受了王国维的影响。王氏《宋元戏曲考》提出"巫觋说"的同时,还将"上古至五代之戏剧"置于一节中,似乎俳优、角抵戏、百戏、参军戏、西域戏剧等都是戏剧的源头,形成了将"起源"和"形成"相混淆的表达方式。所以,当日本学者田仲一成向"综合说"发起论争时,便把矛头指向了王国维:

  自20世纪初王国维的先驱性研究以来,占支配地位的仍是称作多元说、复合说的观点。依据这些观点,中国戏剧是从汉以来的宫廷俳优的科白,唐宋以来的宫廷歌舞,唐宋歌谣(词),五代北宋以来的说唱、小说等,经由宋元时代的都市妓院、剧场,整合而成的。……这一看法的缺陷是:它不能统一整合地说明,作为娱乐目的的各要素,为什么必须加以结合,以及这种结合为何要以歌曲为中心。

在这一段的注中,田仲氏声明"多元说"来自《宋元戏曲考》。接着他鲜明地提出了自己的观点:

  与之相反,站在从祭祀产生戏剧的发生论立场上,遂从相反的方向得出了一元论的说明,即:祭祀时,在降临的神(尸)与前来迎接的巫之间,在对舞、对唱的形式中,歌、舞、动作、嘏辞、祝辞等,按其原始的模样,未加分化地混合为狂乱、魂灵附身的动作。而当它处于这丧失神秘性,转为世俗鉴赏的对象的过程中,本来包含在狂乱动作中的歌舞、动作、念白等要素向可供鉴赏的方向各自分化,经过各自美化洗炼,作为神灵降临故事的戏剧遂告形成了。

他还说:"祭祀戏剧,特别是那些与巫术相结合演出的巫系戏剧,乃是中国戏剧的原发点。"

我们认为,"原发点"的提法特别值得重视。什么是"起源"?由于对这一概念有不同认识,使本来就颇带神秘色彩的戏剧起源问题更增添了许多不必要的混乱。在我们看来,起源(origin)有本原、开端、起点、最早的等意义。它有时间的含义。当然,由于人类(我国各民族亦然)文明发展的不平衡,决定了戏剧起源中时间的含义是相对的。但是,无论"何时"起源,它总是一个点,而不是一条线。我们要寻找的,就是最早的源点,而不是一个过程。如果是后者,那就永远也找不到戏剧的源点。比如黄河、长江,在最初的源头之后,不断有支流汇入,形成了奔腾不息的主干。如果要问,究竟哪一条支流是它们的源头?这问题谁也回答不了,因为问题本身不能这样来提。不错,任何事物的形成都有一个过程,即使在其相对成熟之后,也不会停止发展的进程。例如我国戏曲在宋元以后也一直没有停止发展、演变的脚步,近代以来的京剧表演艺术,受西方文化影响甚大。我们当然不能把戏曲的起源定在近代。起源与形成相比较,起源是一个点,形成是一条线;形成与发展、衍变相比较,前者以质变为基础,所以有终止符;后者则在量变的基点上永不止歇。忽视这些区别,就会陷入相对主义的泥沼。

长期以来,人们一直认为戏剧是一种"综合艺术",是"综合"了各种艺术形态而形成的。然而,戏剧形态不是各种艺术形式的杂凑,而是有机的整体。这个整体,在戏剧的源点上已经是如此。未开化部族或戴面具,或涂面化妆,载歌载舞装扮角色的表演,充分说明这一点。戏剧不是在音乐、舞蹈、诗歌等艺术发展到一定程度上拼凑、综合在一起的。认清这一点,将会帮助我们重新认识中国戏剧的起源。例如前文谈到的李家瑞的论文,至今仍有参考价值。但既然说到"起源",就应该回答:说书究竟属于戏剧的"源点"抑或"成因"?到这里我们可以说,讲唱艺术(包括说书),在中国戏剧的形成过程中有重要作用,但它不是戏剧的"原发点",而只是与音乐、舞蹈、诗歌一样,乃诸种成因的一种而已。

3."傀儡戏说"

20世纪40年代初,孙楷第先后写成《近世戏曲的演唱形式出自傀儡戏影戏考》(1940,以下简称《近世》)、《傀儡戏考原》(1944,以下简称《考原》)二文。1953年,二文合为一册,以《傀儡戏考原》为名。其中前一篇论文的题目改作《近代戏曲原出宋傀儡戏影戏考》(以下简称《近代》),内容亦略有修改,置于《考原》之后。1965年,二文分别被收入《沧州集》(中华书局),仍以《考原》置前。二文中,《考原》主要考证傀儡戏本身的问题,《近代》则多论傀儡戏在我国戏剧史上的地位,提出:宋代的傀儡戏影戏,"为宋元以来戏文杂剧所从出;乃至后世一切大戏,皆源于此。其于戏曲扮演之制,如北曲之以一人唱;南曲之分唱、合唱、互唱,以及扮脚人之自赞姓名,扮脚人之涂面,优人之注重步法等;语其事之所由起,亦莫不归之于傀儡戏影戏。"《沧州集》中《近世》一文,将这几句删去,但全文的基本观点未变。

对孙楷第的说法,董每戡、常任侠、齐如山等一定程度上赞成,但多数人反对。齐如山说:"据戏剧老辈人云,戏剧与提线戏有极大的关系。比如演员上场,念完引子或诗联之后,归座时,如系外场椅(椅在桌前边曰外场椅,椅在桌后曰内场椅),则身体须先向左转,走至椅子前,再向右转,方坐。如系内场椅,则须先往右转,走至桌后,再往左转,再坐。倘都向右转,或都向左转,那提线就拧成绳了。到现在受过传授之演员,仍人人如此,无一或差,此足见戏与提线是有联系的。尤其演员的步法,或武将之抬腿、落足等等,确与提线人子之步法、姿势,都大致相同。"

常任侠除了与齐如山上述观点相同之外,还提出:"京戏和一些地方戏,所敬的祖师爷老郎神,便是一个木傀儡。"这是从戏神——戏剧祖师的角度,肯定傀儡戏在戏剧起源中的作用。

董每戡在《〈说"傀儡"〉补说》一文中,从印度语、拉丁语、希腊语中"傀儡"一词含有"少年""少女"的意思联想到戏剧之源:"我因少年、少女,联想起戏剧的根源之古代人的 Phallicism(崇阳主义)来。人类的基本欲望,无非是生存和繁殖,也就是孔夫子所说的食和色,人自呱呱坠地即有之,两者也并行不悖,创造世界的文明。依希罗多德关于古埃及主神奥西里斯 Osiris 仪式的记载,奥西里斯便是崇阳教的神法 Phalli 或 Phallus,而我们知道法是什么,就是男性的性器官,也就是狄奥尼索斯的前身,戏剧的祖师爷。"又在《说"郭郎"为"俳儿之首"》中提出:"旧戏班中有一个术语,那就是称木偶人为'大师兄',傀儡竟是活人演员的大师兄,谁能否定傀儡为最初的演员?谁能否定它为'俳儿之首'?"又说:傀儡戏演出时,"即使舞者既不歌唱又不道白,也已进入了完整的默剧(Pantomime)阶段,从戏剧的角度来看,它已是真正的戏剧,所以傀儡戏为后世一切戏剧之祖"。又说:"傀儡戏是酬神用的戏,出生最早,所以为一切戏剧之祖。"但他并没有把自己的意见坚持到底,而是重申了"歌舞说",把傀儡戏的来源归结到上古歌舞:"这不是意味着真人演出的戏剧是出于傀儡戏,真人演戏和傀儡戏都是由古舞逐渐进化而来的。也就是说,郭郎和优人的技艺都是由古舞者那里学来的。因此,孙先生的戏剧出于傀儡戏之说也是不能成立的。"

第二章 文学文体与文学体裁

周贻白、任半塘等人明确反对"傀儡戏说"。周氏语气十分坚定,他说:"傀儡戏影戏,以其本身历史来说,傀儡与影人的出生,便是由模仿真人而来,进一步才模仿真人扮演的伎艺。及至有了真人扮演的戏剧,乃再进而模仿真人之戏剧表演。此为一定不移之逻辑。""孙楷第先生认为中国戏剧之由真人扮演,系出自傀儡戏影戏,不惜颠倒事实,造为异说。……反映出他是从一己的主观出发,只从片面来看问题,因而把中国戏剧之发展的这条支流——傀儡戏影戏,认作本源。""孙楷第先生却把已趋于综合艺术高度发展的中国戏剧,说成是模仿傀儡戏影戏而来,这一点无论如何是不能使人同意的。"任半塘的语气较为缓和:"戏剧乃人为戏,以人象人;傀儡戏乃物为戏,以物象人,而由人为之声。我国有戏剧出于傀儡戏之说,殊为可异。……此在我国戏剧之演进史上,实造成一大惑不解之问题。"

在周、任二氏看来,傀儡本是模仿人的,哪有人反过来模仿傀儡的道理?这一看法影响甚大,致使孙氏主张中的合理成分长期得不到认同。

然而,孙楷第并未把傀儡戏当作我国戏剧的"原发点"。孙氏提出:"考汉之傀儡,宁舍俑而更于丧礼中他事物求之。其事为何?余疑即'方相',汉人所谓'魃头'者是。"我们知道,周之方相,汉之题头,都是驱傩时由巫戴面具装扮而成的。所以孙氏的主张其实与王国维提出的"巫觋说"无别。而且,既然傀儡来源于由人装扮的方相,那么实际上他也并没有否定傀儡产生之初对人的模仿。

孙楷第还指出:"凡中国伎艺之以扮唱故事、讲唱故事为主者,语其源,皆出于唐之俗讲。……后世扮唱故事自俗讲出者,如宋之傀儡戏影戏是。此等戏与说话较,惟增假人扮演为异,其话本与说话人话本同。"可见,在孙氏看来,傀儡戏又自有其本身之来源,在讲唱故事方面,它来源于俗讲。这再次暗示出傀儡戏对人的模仿。

上述观点受到任半塘的质疑和驳斥:"唐傀儡戏与唐俗讲,二者一扮、一讲,一代言、一叙述,一立体、一平面,一原于歌舞、一原于讲经。"

长期以来,"傀儡戏说"遭到冷落。有关学术著作,要么简单引述不予置评,要么云其"缺乏证据",要么进行质疑、批驳。

20世纪末,康保成的专著《傩戏艺术源流》、论文《戏曲术语"科"、"介"与北剧南戏之仪式渊源》,吸收了"傀儡戏说"的合理成分,并补充了一些新的材料,指出:我国戏剧在表演方面直接受傀儡戏影响最明显的是南戏、传奇。

我们认为,孙楷第二文均未提到中国戏剧之源的问题,更没有说过"中国戏剧源于傀儡戏"一类的话。"宋元以来戏文杂剧所从出",与"中国戏剧之源"并不能等量齐观。众所周知,宋元戏文杂剧已是成熟的戏剧样式。如果它的前身傀儡戏就是中国戏剧之源,那么傀儡戏的前身算不算中国戏剧之源?参军戏、大面戏、角抵戏及其前身是不是中国戏剧之源?

宋元戏文模仿傀儡戏,既有文献根据,又有现存南戏"活化石"莆仙戏等为证,不容忽视。至于有人提出:人何以模仿傀儡?可以简单地回答:因为傀儡是神的化身。如前所述,傀儡来自方相,是驱邪逐鬼的"神灵"。先是傀儡模仿人扮的方相,待程式相对固定之后,被人视为"神"的动作而不宜改动,便加以模仿。这就是人戏模仿傀儡的由来。

(二)戏剧艺术与戏剧文学

1. 戏剧艺术的基本特点

第一,综合性。戏剧艺术要把社会生活舞台化,除包括文学外,还需要综合运用音乐、美术、建筑、雕塑、舞蹈、表演、声光等艺术因素,以展示有形、有声、有色的生活画面。这就形成了戏剧艺术的综合性特点。

第二,舞台性。戏剧的演出都是由演员在舞台中进行的。但舞台不能漫无边际,时间也不能无休止,它受一定空间和一定时间的制约。任何演出都要适应这个舞台的四维性。戏剧属视听艺术,它不像小说那样,让读者通过阅读借助想象捕捉形象,也不是像听说书那样,让听众借助说书人话语的启导,在脑海展示画面,它要在观众眼前立起活生生的形象,展开真实的画面,给人以直观的感受,使人体味到剧作的思想内容和审美特性。因此舞台的一切活动要注意形象的可视性和可听性。在中西戏剧发展史上,中西戏剧的舞台各有其特色。中国的传统舞台,除平台背靠房间一面墙外,其他三面由观众所围绕,称开放舞台;西方传统剧场设置画框式的舞台只前台面向观众,故称封闭舞台。同时,由于中西演剧观的差异,西方在角色形象和景物形象上多趋于真实,以写实见长;中国多用暗示,场景灵活,令人想象,以传神取胜。①

第三,视听性。人们说,写戏是为了演戏,演戏是为了看戏,观众就是上帝。这确实讲出了戏剧活动的目的性。因此,高明的导演在指导演出时,从角色的行动、台词到场面调度、音响设置、灯光照明、道具摆布、景物装点等都考虑观众的视听效果。正因为戏剧艺术有以上特点,也就规定了戏剧文学(即文学剧本)创作的基本特征。

2. 戏剧文学的基本特点

第一,强化矛盾冲突。"没有矛盾冲突就没有戏剧",这是戏剧艺术的一条基本规律。社会生活本身就充满着矛盾斗争,戏剧和其他作品一样,是社会生活矛盾斗争的反映。但戏剧由于受时空限制,所以比其他文学样式要有更强烈的矛盾冲突。戏剧是与矛盾冲突紧密联系在一起的。因此,编织矛盾冲突,让人物在矛盾冲突中迸发性格的火花,通过矛盾冲突增添戏剧魅力,这是戏剧文学创作的中心课题。然而由于各民族文化传统的差异,不同民族结构戏剧冲突的艺术方式也不同。中国传统戏剧以"点线"(串珠)结构冲突,西方戏剧则以"板块"(接进)结构冲突。

所谓"点线"式,即将故事情节打碎成无数小颗粒(点),再用"线"将其纵向串起,让矛盾冲突沿"线"顺序发展推向高潮;"板块"式,即将故事情节调整,挤压成几个大板块,让事件的进展、矛盾纠葛纵横交织在板块面上,以横向的组接向前(高潮)推进。中国戏曲讲的"九连环""项链式"结构,就是我国传统的"点线"式的冲突结构法则。其主要表现:首先,为了一个行动目标,采取一系列连续发展的"连场"冲突形式。如莆仙戏《团圆之后》,一场一个冲突,矛盾如滚雪球,一"点"一"点"地向前推进,最后达到高潮。其次,依据冲突要求,采取不同形式的点状"场子",如正场、过场、圆场、转场、吊场,以及大场、小场等,恰如大大小小的连串珠子(点),使全剧成为一个有机的整体。如京剧《群英会》就是这样。西方以"板块"结构冲突的话剧在美学原则上与中国传统戏剧不同。每一幕就是一个"板块"。当"板块力中矛盾冲突凝聚到了极度状态,便形成一个最具冲突性的板块,冲突的高潮也就在这时爆发了,如古希腊神话《俄狄

---

① 黄展人. 文学理论[M]. 广州:暨南大学出版社,1990.

浦斯的故事》。

　　第二,时空高度集中。由于受时空的限制,戏剧不能松散、臃肿拖沓,而要求时、地、人、事、物的高度紧凑、集中。中国与西方戏剧虽然有不同的结构形式,但都要求时空高度集中。

　　中国传统戏曲以"纵剖型"结构,主张"一人一事""一线到底"。时间、地点上也要求相对集中。在场景上往往是假定性的:一物多用,景物虚化。舞台上有时虽只放一桌一椅,但这一桌一椅时而代表山,时而代表床,时而代表台,时而代表井,灵活运用。同时采用景色随戏出的手法。舞台上甚至没有任何景物,而景物随演员"唱""念""做""打"中展现。如《空城计》,孔明等人上场,舞台便是蜀军大帐;孔明下场王平等人上场,舞台便是蜀方校场;司马等人上场,舞台又是曹营大帐。苏联大艺术家梅耶荷德对中国戏曲这种表现手法极为推崇,他称之为"假定性现实主义",并在自己的艺术实践中努力仿效和习用。这种景物的假定性,就是从戏剧"集中结构"原则出发的。以"横剖型"结构的西方戏剧在17世纪提出"三一律",即一个地点,一昼夜,一个故事情节。虽然后来对这主张有所突破,但每个剧目都没有背离戏剧结构要求时空高度集中的原则。景物、道具虽然重于真实,但也讲求"少而精""一物多用",避免多而繁杂。

　　第三,语言动作化。戏剧的进展,除了事件矛盾斗争的演变,动作、行为的激化以外,还需要人物语言的动作化。创作具有动作化、个性化的人物语言,是剧作家的重要课题。

(三)戏剧文学的分类

　　戏剧文学的分类是多种多样的:从容量或场次上,可以分为独幕剧和多幕剧;从题材内容上可以分为历史剧、现代剧等;从表现形式上,可以分为话剧、歌剧、戏曲、舞剧、诗剧等,其中戏曲又可以按照地理位置和曲调腔韵区分为京剧、粤剧、越剧、评剧、川剧、豫剧、吕剧、黄梅戏、花鼓戏、潮剧、藏戏等;从美学性质和审美效果上,又可以分为悲剧、喜剧、正剧。这里主要论述悲剧、喜剧和正剧的基本特点。

第二章　文学文体与文学体裁

1. 悲剧

鲁迅在《再论雷峰塔的倒掉》一文中用"将人生的有价值的东西毁灭给人看",高度概括出了悲剧的本质特征。纵观悲剧发展史,都是表现正面人物为崇高事业奋斗而遭厄运,令人为之痛惜和感奋。

悲剧应是我们生活中一种不可缺少的强有力的艺术形式。因为生活中就存在悲剧性。在正义与邪恶斗争中,由于邪恶势力一时占优势,或是正面人物的本身弱点,或客观条件未趋于成熟等,而致使正义不能伸张,正面人物遭受毁灭。悲剧虽给人悲痛,但它还给人以向上的战斗激情。陈毅说看悲剧最沉痛。沉痛的喜悦,是比一般的喜悦更高的喜悦。20世纪40年代在重庆演出《屈原》,曾激起广大人民的爱国热情,使国民党感到恐惧就是一个鲜明的例子。所以在现实生活中,人们还需要能振奋人心、激发斗志的悲剧作品。

2. 喜剧

喜剧的最突出特点是引人发笑,让人在笑声中得到美的享受和思想的启迪。喜剧在内容上一般包括三个方面:第一,讽刺、揭露和鞭挞社会上的丑恶现象,以邪恶力量的失败或被揭露而告终,如果戈理的《钦差大臣》、莫里哀的《悭吝人》等。第二,善意地讽刺劳动人民自身的某些弱点和缺陷,以他们认识并克服弱点与缺陷、向上进取而结束,借以醒世警民。第三,歌颂和赞扬劳动人民的优秀品质,如《李双双》《今天我休息》等。这些内容在有些作品中是相互交叉、结合的,如我国的《西厢记》《七品芝麻官》等。喜剧在表现形式上,多运用幽默、夸张、巧合、误会、背理、逗乐、卖关子等艺术表现手法,以创造鲜明的喜剧效果。

3. 正剧

正剧是一种兼有悲剧和喜剧因素的戏剧样式,所以又称悲喜剧。它的特点一般是先悲后喜,即往往以悲剧式的矛盾冲突转化为最后喜剧式的结局。它使读者、观众的感情随着剧情的发展,时而悲哀,时而惊喜,时而激愤,时而兴奋,时而沉思。现在我国的戏剧作品以正剧为多,《白毛女》《红色娘子军》就是其中的代表作。

第三节　影视文学与纪实文学

一、影视文学

影视文学是电影文学与电视文学的合称。它与戏剧有相同又有不同的地方。相同的是，都以作品的人物的语言和行动来塑造形象。不同的是，前者的形象塑造是在剧场、舞台中进行，后者则是在银屏中展现。影视文学是通过作品中人物的语言和行动来创造形象，借助银屏展示活动画面的艺术形式。

(一)影视艺术的基本特征

第一，广泛的综合性。电影与电视是现代科技的产物，是通过活动的画面形象地反映生活的。因此，它除继承了以前艺术品种如小说、戏剧、音乐、舞蹈、美术、建筑、雕塑等的长处外，还采纳了摄影、剪辑、物理、化学、机械等现代科学技术的成果。影视艺术要求生活化，不像戏剧有假定性，它的镜头面向生活，所以除演员和影棚外，还需社会上的人，生活中的事，以及自然山川、花鸟草虫、风云雨电这些真实情景。总之，一部影视作品，它是文学、艺术、科学、技术、社会、自然等的集合体，具有广泛的艺术综合性。

第二，丰富的表现手段。影视艺术的广泛综合性，使它的表现手段有无比的丰富性。从成像角度看，它用摄像机拍摄物象。摄像机可推、拉、升、降、跟、摇，又可俯、仰、平、转。所以，可以从不同的角度和方位来显现形象，满足观众的视觉要求。从结构角度看，它用蒙太奇手法，能表现惊险、离奇、神秘的场面，更鲜明、深刻地表现内容，加快剧情节奏，增强美感作用。所谓蒙太奇，原是建筑学上的术语，意思是构成与装配。电影界借用来表示镜头的剪辑和组合。从影像角度看，它利用电、光、化学和放映机(电视机)将镜头变成活动的画面，用录音带为形象配音。所有这些是别的艺术样式所没有的。

　　第三,强烈的感染效果。由于影视艺术表现手段异常丰富,所以它的感染力很强,使观众犹如身临其境,亲历其事,目睹其实的感觉。如表现人被枪击,身上衣服穿孔冒青烟,流鲜血的情状,技术师让演员身上先捆上安全板,后装上电影雷管和用塑料薄膜装好的人造血浆。在演员腰部装上两节电池,再让引爆线穿过演员衣袖,正负两极分别安装在一手的拇指和食指上。演员根据剧情节奏要求,将正负两极撞击,雷管即爆发,薄膜血泡被击破,衣服被击穿并冒出了青烟。于是被弹击中的情景活现于观众眼前,完全可以达到以假乱真的地步,从而产生巨大的感染力。

　　影视文学是供制作电影电视使用的,是摄制影片和电视的文学基础和文学蓝图。因此,应根据影视的特点、要求进行形象的创造。

(二)影视文学的分类

　　影视文学的分类方法是多种多样的,从不同的角度可以划分出各种各样的类型。根据不同片种,这里仅简要谈谈故事片剧作、历史片剧作、美术片剧作。

　　1. 故事片剧作

　　它的题材广泛,故事性强,不受真人真事的限制,借助于虚构和想象,以典型化的艺术手法,刻画人物性格,精心设计人物之间的关系,组织故事情节展示事件的发生发展过程。故事片剧作是电影文学中的"小说"。

　　2. 历史片剧作

　　它以历史人物和事件为题材,在不违背历史真实的前提下进行必要的艺术虚构,要求达到艺术真实与历史真实的统一。它既具有史学的品格,又具有艺术的特征,不仅形象地再现历史风貌,栩栩如生地塑造出历史人物形象,而且能像故事片一样给人以艺术的享受,从中得到一定的思想启迪。

3. 美术片剧作

它形式活泼多样，以精巧隽永见长。童话、神话、寓言、科幻、民间故事、讽刺小品常是美术片剧作的蓝本。它的服务对象主要是少年和儿童，因而夸张、拟人是这类剧作的常用表现手法。

二、纪实文学

纪实文学，是采用文学艺术手法记述现实生活中真人实事的文体。它包括报告文学、特写、传记文学、回忆录等，下面只谈谈传记文学、报告文学。

(一)传记文学

传记文学以真人真事为依据，通过文学手法表现人物的生活经历和典型事迹。传记文学在我国有其悠久的历史，近年来也是比较活跃的文学样式。

写传记必须要详细地占有材料。只有对所写的人物的历史事迹有充分的了解和掌握，那么才能较好地把握人物的个性特征，并且从中筛选出有典型意义的素材，为表现人物服务。由于传记是写人物与事件的发展过程的，所以写作时，对时间、地点、人物、事件、社会环境等要交代清楚，而且要实事求是，不能任意虚构，但可在真实基础上适当地进行议论、抒情和描写。对人物的思想、事迹，要阐明社会、家庭对其影响，使读者了解产生这种思想和行动的原因。

古今中外有不少优秀的传记作品。如罗曼·罗兰的《贝多芬传》《米开朗基罗传》《托尔斯泰传》，司马迁的《项羽本纪》《陈涉世家》《刺客列传》，沙汀的《记贺龙》，陶承的《我的一家》等，都是很受人们欢迎的作品。

(二)报告文学

报告文学是既有新闻性又有文学性的散文体裁。所谓新闻性，就是要求报告文学具有及时性和真实性。报告文学应贴近时代，贴近生活，

第二章 文学文体与文学体裁

及时地"报道"刚刚发生的事情。如十月革命不久,美国记者约翰·里德写出了《震撼世界的十天》的报告文学引起人们的关注,受到列宁的赞扬。

1978年,我国全国科学大会召开期间,徐迟同志写出了《哥德巴赫猜想》,激发了人们献身四化的热忱,发挥了作品巨大的社会作用。同时,报告文学的人与事需要真实无误,不能掺假;如果有虚假或失真,那就失去了它的特性和应有的价值。列宁在对《震撼世界的十天》的评价时就首先强调作品对事件的正确描写。[①]

报告文学的文学性,就是要求作品用文学手段来报道新闻事实,用形象思维处理写作材料。对人物形象的描写可以在真人真事的基础上,进行集中、概括、加工等典型化工作。在结构和章法上,可以用"悬念""照应"以及用电影艺术的"蒙太奇"等手法,进行必要的剪裁、取舍、组合、调度、精心设计,使它更具艺术魅力。

报告文学文学性的另一特点是,在作品中作者可直接抒发感情,发表议论,披露自己的深刻见解,探究事情的前因后果。显然,这些议论与抒情不是抽象与架空的,而是从人物与事件中自然而然地产生,使语言饱含深情,富于哲理。

[①] 黄展人. 文学理论[M]. 广州:暨南大学出版社,1990.

第三章 文学创作与心理现象

第一节 文学创作的主客体统一

一、文学创作的主体和客体

从哲学的角度看,主体是指赋有意识和意志的人,客体则是与主体相对的外界的事物,是主体的认识和活动的对象。主体和客体的有机统一,是人类一切活动所共有的特点,文学创作也不例外。不过,文学创作作为一种极具创造性的人类精神活动,主体和客体的存在方式及其相互关系又有新的特点。对文学创作的主体和客体的深入考察,是我们把握文学创作奥秘的首要环节,也是理解文学活动的本质及规律的重要途径。

(一)文学创作的主体

文学创作的主体是指处于文学活动中的作家。自文学诞生以来,人们对文学创作的主体就表现出了浓厚的兴趣,试图以此为契机来解开文学创作之谜,在中外文艺理论史上,理论家们对文学创作主体的认识并不相同,有时差异还很大。

1. 有关文学创作主体的几种主要观点

(1)文学创作主体是"模仿者"。把文学创作的主体看成是外界事物的"模仿者",是一种古老的文学观念,它最早可以追溯到古希腊时期。

第三章 文学创作与心理现象

古希腊哲学家德谟克利特认为,人类早期的艺术和知识都是来自对自然的模仿,因为"在许多重要的事情上,我们是模仿禽兽,做禽兽的小学生的。从蜘蛛我们学会了织布和缝补;从燕子学会了造房子;从天鹅和黄莺等歌唱的鸟学会了唱歌"。古希腊另一个重要的哲学家柏拉图也认为,文艺是对自然的模仿。他认为,世界由三个部分构成,其一是世界形成的根源,即"理式",它是最真实的存在;其二是以理式为蓝本的现实世界,它是对理式的模仿;其三是各种具体事物的影子(包括文艺作品),它们又是对现实世界的模仿。柏拉图在《理想国》卷十中以床为例来说明他的理论,他认为,世界上存在着三种床;即作为床之根源的"理式"的床,木匠依床的理式造出来的个别的床,画家照木匠造的个别的床所画出来的床。这三种床中,只有理式的床才是真实体,其余两种床都是对理式的床的模仿,都不是真实体。特别是画家画的床,由于是对理式的模仿的模仿,是影子的影子,"和真理隔着三层",因此画家画的床最不真实。柏拉图以此来贬低诗人和艺术家,并以要求真理的名义将他们驱逐出理想国。[①]

柏拉图的学生亚里士多德也坚持文艺的模仿说,他指出:"史诗和悲剧、喜剧和酒神颂以及大部分双管箫乐和竖琴乐,这一切实际上是模仿。"各种艺术之间的差别只是"模仿所用的媒介不同,所取的对象不同,所采用的方式不同",有的用颜色和姿态来模仿,有的用声音来模仿,如此而已。但与柏拉图有所不同的是,亚里士多德认为,文艺模仿的不只是事物的外形,而且反映世界本身所具有的必然性和普遍性,即世界的本质和规律。在他看来,"诗人的职责不在于描述已发生的事,而在于描述可能发生的事,即按照可然律或必然律可能发生的事。……因此,写诗这种活动比写历史更富于哲学意味,更被严肃的对待"。这就是说,诗歌(可以宽泛地理解为文学)也能传达真理,具有存在的合法性。亚里士多德为诗歌所作的辩护显示出了文艺模仿论中较为积极的一面,他的学说在西方的文艺理论史上产生过深远的影响,直到欧洲的文艺复兴时期,意大利画家达·芬奇等人仍然将诗人和艺术家视为模仿者。

需要说明的是,不管哪一种模仿论,把诗人和艺术家视为"模仿者"都有轻视主体创造性的色彩,有把艺术家降低为"艺匠"的嫌疑。因此,18世纪末至19世纪初,随着浪漫主义文学思潮的兴起,作家和艺术家

[①] 成远镜,余向军. 文学理论[M]. 长沙:湖南教育出版社,2006.

的创造性、能动性日益受到重视和强调,文艺模仿说逐渐淡出人们的理论视野。

(2)文学创作的主体是"创造者"。在文艺模仿说内部,已经具有肯定作家、艺术家自由创造的思想萌芽。亚里士多德认为,艺术家对自然的模仿不完全是被动的,他也有自己的创造性,因此在他看来,诗比历史更富于哲学意味。法国启蒙运动的先驱狄德罗,继承并发挥了亚里士多德的观点,宣称艺术家不应是"纯粹的模仿者、普通自然景色的抄袭者",而应是"理想的、充满诗意的自然的创造者"。不过,真正赋予文学艺术家的创造者身份的还是18世纪末、19世纪初在欧洲各国兴起的浪漫主义运动。

歌德认为,艺术家既是自然的奴隶,又是它的主人,艺术家奉献出来的,不是自然的摹本,而是"第二自然","艺术要通过一种完整体向世界说话。但这种完整体不是他在自然中所能找到的,而是他自己的心智的果实,或者说,是一种生产的神圣的精神灌注生气的结果"。英国浪漫主义诗人柯勒律治非常重视诗人想象的能力,他说:"良知是诗才的躯体,幻想是它的衣衫,运动是它的生命,而想象则是它的灵魂,无所不在,贯穿一切,把一切塑造成为一个有风姿、有意义的整体。"浪漫主义者对天才、情感和想象力的推崇,是对艺术家作为创造者的高度肯定。

将文艺创作的主体视为创造者,从总体上讲符合文艺创作的规律,它突出了作家、艺术家的主体性和能动性,显示出了文学作为人学的特质。但如果一味强调作家的创造性和个人的才能,认为艺术不是模仿自然,而是创造自然,这就会从一个极端走向另一个极端。事实上,离开了自然和社会生活,任何作家都难以创作。同时,作家的创作也不可能完全脱离传统的艺术规范而进行,这就决定了文学艺术家始终是主动性和受动性的矛盾统一体,对其中任何一方的过分强调都是片面的。

(3)文学创作的主体是"神"或"集体人"。柏拉图在文艺创作问题上,除了"模仿说"外,还有一个非常著名的观点:"神力凭附"说。他认为,诗歌创作特别是那些优秀的诗歌创作,靠的不是诗人的技能、技艺,而是诗人凭附的神力。他说:"凡是高明的诗人,无论在史诗或抒情诗方面,都不是凭技艺来做成他们优美的诗歌,而是因为他们得到灵感,有神力凭附着。""诗人们对于他们所写的那些题材,说出那样多的优美的诗句……并非凭技艺的规矩,而是依诗神的驱遣。"他甚至认为那些优美的诗"本质上不是人的而是神的力,不是人的制作而是神的诏语;诗人只是

第三章 文学创作与心理现象

神的代言人"。他进一步指出:"神对于诗人们像对于占卜家和预言家一样,夺去他们的平常理智,用他们做代言人。"柏拉图的意思很明确,即认为文学创作的主体不是诗人和作家,而是某种神灵,诗人、作家只不过是神灵表达意图的工具,他们本身并没有任何文学创作的能力。

与柏拉图的神灵论具有某些相通之处的是,瑞士著名的心理学家荣格(1875—1961)曾在他的《心理学与文学》一文中提出了文学创作主体作为"集体人"的文艺观点。荣格认为,在创作过程中,"艺术家不是一个赋有力求达到其目的的自由意志的个人,而是容许艺术通过自己以实现它的目的的这样一个人。作为一个人,他可以有一定的心情、意志和个人目的,可是作为一个艺术家,他是一个更高意义上的人,也是一个集体的人,一个具有人类无意识心理生活并使之具体化的人。为了完成这种困难的工作,有时候艺术家必须牺牲个人的幸福,舍弃一般人生活中不可缺少的一切东西"。荣格所说的集体的人就是指凝聚了人类集体经验(即集体无意识)的超个体的人,它不是处于日常生活中的作家本人,而是全人类的代表。在他看来,艺术家的创作不是个人意志和情感的表现,而是对人类集体经验的传达。这样,荣格在事实上就和柏拉图一样否定了艺术家个人在艺术活动中的主体性,不同的是,柏拉图把艺术家看成是"神"的代言人,而荣格则将艺术家当作"集体"的代言人。荣格有一句名言很能说明他的观点,他说:"不是歌德创作了《浮士德》,而是《浮士德》创造了歌德。"

把文学创作的主体看成是"神"或"集体人",在一定程度上体现了关注创作主体心理特征的合理倾向,但这些理论家们往往把艺术家的心理现象主观化、神秘化,最终乃至剥夺了艺术家个人的创造性和能动性,使之沦为某种超个人因素的工具或代言人,这就完全是错误的。

2. 对文学创作主体的合理解释

我们认为,要正确认识文学创作的主体,必须从文学活动的实际出发,广泛吸取上述观点的合理成分,既要明确作家在创作中的主体性和能动性,也要看到作家创作中所受的社会制约性。以此为参照,我们可以对文学创作的主体作出以下三个方面的界定。

(1)文学创作的主体是精神价值的创造者。文学活动区别于物质实践活动和其他的人类活动,在于它首先是一种精神价值的创造活动,寻求精神价值始终是文学创作的起点和归宿。文学作品之所以能感染人、打动人、震撼人,一个重要的因素就在于它通过语言的升华和独特的想象建立起一个真、善、美的艺术世界,以此呵护人类存在的家园。陶渊明的"采菊东篱下,悠然见南山"(《饮酒》其二),苏轼的"常恨此身非我有,何时忘却营营"(《临江仙》),卡夫卡的《城堡》《变形记》等,它们都是以追问或设定个体生命的存在价值和精神意义而流传于世的,并且永久地铭刻于人们的心灵深处,正如日本美学家今道友信所说:"艺术是为了使精神回到人本身,恢复人本来的美而存在的。""因此,艺术活动不仅具有游戏及满足兴趣的性质,同时也是在本质上和宗教、道德并列的最高行为。"把文学艺术与宗教、道德视为人类精神世界中并行不悖的最高行为,的确是一种真知灼见,因为这已明确指出了文学创作的主体是精神价值的创造者。

(2)文学创作的主体是自由自觉地进行创作的人。马克思在《1844年经济学—哲学手稿》中明确指出,人的"类特性"是自由自觉的生命活动。不过,这只是就人的一般的现实存在而言,从精神的层面看,作家、艺术家完全可以在自己创造的艺术世界中通过审美的方式来解放自我,并实现自我。当然,这必须以创作者的自由创作为基本前提,如果作家、艺术家为某种外在的力量(如金钱、权力等)所摆布,不再真实地表达自我和反映生活,或者说他们已经失去了"自由自觉"的生命特性而成为"异化"的人,那么他们便不再是文学创作的主体。

(3)文学创作的主体是能动者和受动者的辩证统一。文学创作贵在独创,它要求文学创作的主体首先必须是一个能动的审美体验者和审美创造者。作为文学创作主体的诗人、作家,他们可以自由地传达自我的思想和情感,也可以创造出丰富多彩的艺术手段来展现人的生活,从中表现出作家自我对于社会人生的真切感受。但任何具有独创性的作家,其能动性都是相对的,他们也要受到多种因素的综合制约:首先是文学内在规律的制约,如语言法则、文体规范以及主题选择,等等。虽然优秀的作家、艺术家都能依靠自我的创造性才能打破陈规,以充分显示出不同寻常的艺术个性,但总体上看,任何作家的创造又都是从已经习得的某种艺术陈规开始,并以此为创作的基础。诗人、作家之所以在进行诗歌或小说的创作,原因就在于"诗歌"和"小说"的艺术观念及相应的规范仍然在影响着他(她),离开了这些,他们便难以表达,读者也无法欣赏。其次是社会身份的制约。作家、艺术家既是一个个体性存在,同时也是

第三章 文学创作与心理现象

一个社会性存在,他(她)也是社会关系网络中的一员,因此关注社会、关注人生始终是一切伟大的作家、艺术家的优秀品格,由此我们不难看到:文学创作的主体是能动者和受动者的辩证统一。

(二)文学创作的客体

1. 有关文学创作客体的几种主要观点

(1)文学创作的客体是外在于人的客观事物。这种观点在西方源于古希腊的文艺模仿说。在文学创作的客体问题上,中国古代文论中也有类似的思想。如明代的袁宏道在《叙竹林集》一文中写道:"善画者,师物不师人;善学者,师心不师道;善为诗者,师森罗万象,不师先辈。"清代的叶燮在《原诗》中更是明确提出了文章是"表天地万物之情状"的文艺观点。

(2)文学创作的客体是作家的心理无意识。弗洛伊德认为,人的心理内容主要由无意识构成,它是一切创造活动的基础,文学艺术就是人的被压抑的本能欲望的升华。在写于1908年的《作家与白日梦》一文中,弗洛伊德把作家、艺术家视为白日梦者,认为作家的创作就是做白日梦,他们通过心理幻想为本能欲望提供了一种替代性的满足,因此在他看来,文学艺术与现实生活没有必然的联系。

2. 对文学创作客体的合理解释

(1)文学创作的客体是整体性的社会生活,社会生活是文学创作的唯一源泉。卡夫卡的《变形记》叙述了一段由人变成虫的奇特经历,爱尔兰作家贝克特虚构了一个永远也等不来的"等待戈多"的荒谬故事,英国作家威尔斯的科幻小说《时间机器》,描写一个科学家驾驶着能飞越现在的时间机器,跨越到80万年以后的世界,看到人类在不断退化。

从表面上看,这些作品似乎是与社会生活无关的作家个人的想象力的游戏,其实不然,这种荒诞叙事的背后,体现出来的正是在资本主义现代文明条件下普遍存在着的精神危机和人的异化的现实。换言之,它们也是对当代资本主义社会生活的曲折反映,具有重要的审美价值和社会认识价值。因此,匈牙利著名文化社会学家和艺术史学家豪泽尔认为,任何艺术都是源于生活的需要,都在解释和引导着生活,也因此都具有现实性。他在《艺术社会学》一书中指出:"艺术与科学联系的最紧密之处在于两者都是对现实的模仿。……艺术和科学总是与客观现实联结着,与日常活动的典型事实联结着。在这个意义上说,艺术就像科学一样富有现实性。这是说,艺术作品不论采用什么风格,不论如何奇异和荒诞,它总是来自经验的世界,而不会来自超感觉、超自然的理念世界。"①

当然,豪泽尔在揭示文学艺术、科学与社会生活存在着紧密关系的同时,也正确指出了两者在反映社会生活的方式上所具有的根本性差异,即"艺术是通过集中反映生活整体性的方法来深入对象的内层结构",而科学总是停留在社会生活的各个部分之中,"无法穷尽它追求的宏观的整体"。简单地说,文艺创作着眼于社会生活的整体,而科学则只是作用于社会生活的局部。

(2)文学创作的客体是具有审美价值的社会生活。文学史上众多的艺术形象,如阿 Q、葛朗台、阿巴贡、波留希金等以现实的眼光来看,都是丑陋的,法国现代派诗人波德莱尔的诗集《恶之花》更是直接抒写人类的病态和丑恶,但由于这些形象都渗透了作家对于当时社会现实的批判意识和人性反思,并赋予其生动活泼的艺术形式,因而它们又都显示出了巨大的审美价值,成为世界艺术画廊中经典的艺术形象。由此说来,艺术的审美价值不在于它描写什么,而关键在于它怎样描写。这就是说,丑的社会生活同样可以成为文学创作的客体。对此,我国近代美学大师王国维有一段非常透彻的议论,他说:

"昔为倡家女,今为荡子妇。荡子行不归,空床难独守。""何不策高足,先据要路津?无为久贫贱,坎坷长苦辛。"可谓淫鄙之尤。然无视淫词鄙词者,以其真也。五代、北宋之大词人亦然。非无淫词,读之者但觉其亲切动人;非无鄙词,但觉其精力弥漫。可知淫词与鄙词之病,非淫与鄙之病,而游词之病也。(《人间词话》六二)

王国维的意思非常明显,他认为在文学创作中,"淫鄙"之过并不在于"淫鄙"本身,而在于艺术表现上的不真实,即"游"。而艺术表现上的

---

① 董小玉.文学创作与审美心理[M].成都:四川教育出版社,1992.

不真,其实质就是指艺术表现的对象没有融会艺术家自身的情感体验,不能很好地揭示出生活的本来面目和内在本质,因此艺术形象也就失去了其亲切动人的力量。

二、文学创作是主客体的统一

事实上,在文学创作的实际过程中,主体和客体并不能剥离开来,因为两者之间往往是相互影响、相互激发,形成了你中有我、我中有你的复杂关系。换言之,文学创作是主体与客体的有机统一,这主要表现在以下两个方面。

(一)主体向客体的渗透

法国著名的艺术大师罗丹指出:"一幅美的风景,其动人处并不只在它呈现的舒适的感觉,而尤其在它隐示的思想上。线条与色彩,其本身并不足以感人,只是借以寄托深远的意义,方能震撼我们的心魂。在树的侧影中,在林隙间漏出的天空,那些大风景画家,如勒伊斯达尔,如柯罗,如卢梭,或窥到它的微笑的心境,或严肃的情绪,或勇武或颓丧,或平静或悲戚的境界,各以个人的精神状态而异。"罗丹对艺术思想的强调向我们传达了一个明确的信号,即艺术创作绝不是对外在世界的机械模仿和反映,而是为了表现艺术家们自身的内在精神与人格,它是艺术家们的心灵之光向人类外部现实的穿透。唯其如此,我们才能从一幅美丽的风景画中窥见艺术家自身的心灵和境界。罗丹所言当然不只是绘画所独有的现象,而是文艺创作的一个普遍规律。在文艺创作中,摄入作家、艺术家笔下的都不再是什么纯粹的客观事物和现象,而是经过作家、艺术家心灵折射后的真实世界的幻象,它们融入了创作家们自身丰富复杂的人生感受和体验,用王国维的话来讲,都是"以我观物,故物皆著我之色彩"(《人间词话》)。因此在文学史上,我们可以读到大量的移情入景、情景交融的作品:"昔我往矣,杨柳依依。今我来思,雨雪霏霏。"(《诗经·采薇》)"我见青山多妩媚,料青山见我应如是。情与貌,略相似。"(辛弃疾《贺新郎》)"泪眼问花花不语,乱红飞过秋千去。"(冯延巳《鹊踏枝》)"蜡烛有心还惜别,替人垂泪到天明。"(杜牧《赠别三首》之二)……

更有甚者,即便是面对同一对象,不同的作家、艺术家也因其主体情愫的差异而表现出完全不同乃至截然对立的审美反应,如朱自清和俞平伯同游秦淮河,各写了一篇《桨声灯影里的秦淮河》,两个人都写出了20世纪20年代时代的苦闷和"幻灭的情思",都取得了很高的艺术成就。但两者之间还是存在着明显的差异,朱自清文笔清新优美,俞平伯笔风艰涩滞重;朱自清从秦淮河的暮霭和波光里感受到了"历史的第六章文学创作重载",甚至以为碧阴阴、厚而不腻的秦淮河水"是六朝金粉所凝";俞平伯则从"怪异样的朦胧"中悟得了人生的空幻。再如,同是"咏梅",陆游刻画了一个自叹自怜、具有浓厚女性色彩的"梅花"形象,毛泽东则以革命的豪情写出了傲霜斗雪中梅花的男性品格,一样梅花,两种风格。这并不足为奇,究其实质,它们都是不同的创作主体人格风范的艺术写照,是主体精神向客观事物渗透和浸染的结果。

(二)客体对主体的制约

在文学创作的主客体关系中,除了主体向客体的积极能动的位移外,客体对主体也具有一定的制约性。这主要表现在如下几个方面。

首先,作家的思想情感和精神人格总是在特定的生活环境中形成,丰富的生活经验是作家创作的现实基础。在文学创作中,不管哪种类型的作家,他(她)总要以自己的生活经验为起点,对自己经历和体验过的社会生活进行一定程度的提炼和加工,从而塑造出生动可感的艺术形象。我国古典名著《红楼梦》之所以读来逼真感人,栩栩如生,其根本原因就在于作者曹雪芹自幼生活在钟鸣鼎食之家,他对作品中的人和事有着切身的感受和体验;而巴金的《家》据说就是以作者自己的家为原型而创作的。

当然,文学史上众多作家的创作并不一定都像曹雪芹、巴金那样,直接以自己的家庭经历作为创作的素材,但现实生活的经验对一个作家创作的制约和影响是不可置疑的,如狄更斯、杰克·伦敦、卡夫卡、高尔基、鲁迅,以及我国当代作家路遥等,他们的创作都烙上了浓厚的作家个人的人生印迹,是作家人生经验直接或间接的表达。

其次,一定时代的政治经济环境、思想文化氛围以及社会心理往往影响着作家对具体的创作客体的选择和评价。从理论上讲,一个作家选择什么样的生活素材来创作只是作家个人的事情,作家完全可以根据自己的兴趣、偏好来摄取他所喜爱的社会生活,并规划作品的主题。

第三章 文学创作与心理现象

但从创作实践来看,作家的创作总要依赖一定时代具体的社会条件,作家所处的政治经济环境、思想文化背景以及社会的普遍心理都会以各种方式给作家的创作带来实质的影响。众所周知,鲁迅的作品大多取材于社会底层的生活,揭示国民的劣根性,"以引起疗效的注意"是他一以贯之的创作思想,现实主义的冷峻和犀利是他的作品最为鲜明的特征。但鲁迅早年却创作了一部富有异国情调并极具浪漫色彩的小说《斯巴达之魂》。鲁迅后来在《集外集》序言中解释说:"这是当时的风气,要激昂慷慨,顿挫抑扬,才能被称为好文章。"鲁迅的遭遇在文学创作中具有广泛的代表性,比如我国新时期文学创作所经历的几个标志性的阶段(伤痕文学、改革文学、反思文学、寻根文学、先锋文学、商潮文学以及各种以"新""后"命名的文学),都可以从当时的政治文化背景和社会心理状况中得到合理的解释。[①]

再次,作家的想象和虚构也必须遵循社会生活的内在逻辑。想象和虚构是文学创作的基本特征,也是作家作为创作主体的必备条件。从某种程度上讲,没有想象和虚构也就没有文学。不过值得注意的是,作家想象力的发挥并非凭虚御风、无中生有,而是以现实生活为基础,必须遵循生活的内在逻辑,即现实生活过程中事件发展的一般情理和基本规律,也就是通常所说的"合情合理",如果失去这一准则,作家的创造就会变得不可思议。比如我国现代诗人卞之琳的一首著名的短诗这样写道:"你站在桥上看风景/看风景的人在楼上看你/明月装饰了你的窗子/你装饰了别人的梦。"(《断章》)这一组画面显然是诗人的想象和虚构,在现实生活中难以找到与之对应的真实场景。但这首诗并非不可理解,相反,它以"楼上人"和"桥上人"的审美置换,向我们传达出一个明晰的生活之理,即世界上不存在绝对孤立的事物,宇宙万物之间总是彼此联系、相互作用,构成一个和谐有机的整体,正如"楼上人"和"桥上人"互换在对方的眼中和梦里,成为各自观赏的对象。这就表明,正是诗人依凭了生活的逻辑,才使得这首诗的"想象和虚构"变成可以认识和理解。

---

① 李丛中. 文学与社会心理[M]. 昆明:云南教育出版社,1990.

第二节　文学创作的基本过程

文学创作是一种主客体高度统一的复杂的精神活动,难以用科学的分析手段来精确地加以解剖或还原。如果从可描述的方面看,文学创作的动态过程大致可以分为三个阶段:准备阶段、构思阶段和言语传达阶段。粗略地探讨这些阶段中的现象和问题,对于认识文学创作的基本规律,掌握文学创作的一般方法具有积极的意义。

一、创作的准备阶段

(一)素材积累

常言道,"巧妇难为无米之炊",这说的是日常生产和生活中的一般性道理,即缺乏必要的物质材料就无法进行生产和创造,此话同样适应于文学。按照马克思的观点,文学创造也是一种生产,不过它不是普通的物质生产,而是一种意识生产和精神生产。既然如此,文学创造也需要一些基本的材料,为了与物质生产相区别,我们把文学创造的材料称之为"素材"。

所谓素材,是指作家在长期的社会生活中有意或无意获得的一切生动、丰富但却相对粗糙的刺激或信息,它是以记忆表象的方式存在于作家的内心。

素材不是创作的题材,素材还是未经加工过的比较原始的生活刺激,它保持着与作家个体生活的直接性和同一性,而缺乏诗意性。但是素材以其生动而丰富的记忆表象为作家提供了取之不尽、用之不竭的创作资源,一旦时机成熟,它们就会很快从记忆深处浮出水面,转化为作家创作的现实内容。素材来源于生活,但素材并不是对生活的实录,"从心理美学角度来说,素材不是对认识性的知觉痕迹的单纯记录,它是作家以整个心灵拥抱生活时所流露的精神分泌物,它是一种集作家的知、情、意于一身即多元心理融合的视觉经验或印象"。因此可以说,素材是尚未写进作品的文学原料,是一种准题材。

(二)情感体验

对文学创造而言,无论作家亲历的人生经验还是通过阅读而获得的经验,都只是一种粗糙的原始材料,不能直接进入创作过程,成为文学作品的内容,尽管这些材料本身已经染上了作家个人的某些情绪色彩。作家要将获得的素材真正转化为文学创作的题材还需经由作家自身的情感体验。

体验不同于经验。经验是人的"生物的或社会的阅历","体验是经历之后能够让人回味的有收获的东西",确切地说,"体验是经验中见出意义、思想和诗意的部分"。体验对于作家之所以重要,就在于体验过程的情感性和诗意性。强烈的情感色彩是体验活动的首要特征。正如我国文论家刘勰所描述的那样:"登山则情满于山,观海则意溢于海"(《文心雕龙·神思》)大文学家歌德也认为体验就是"现象的最强烈的瞬间",是"达到顶点的激情"。这种激情往往指向作家、艺术家的心灵深处,是作家、艺术家对于生命意义的深刻觉悟,著名作家列夫·托尔斯泰在日记中记载了有一次他对"牛蒡花"的体验:

昨天,我走在翻耕过两次的休闲地上。放眼四望,除开黑油油的土地——看不见一根绿草。尘土飞扬,灰蒙蒙的大道旁却长着一丛松耙木(牛蒡),只见上面绽出三根枝芽:一根已经折断,一朵乌涂涂的小白花垂悬着;另一根也受到损伤、污秽不堪,颜色发黑,脏乎乎的茎秆还没有断;第三根挺立着,倾向一边,虽也让尘土染成黑色,看起来却那么鲜活,枝芽里泛溢出红光,这时候,我回忆起哈泽-穆拉特来。于是产生了写作愿望。把生命坚持到最后一息,虽然整个田野里就剩下它孤单单的一个,但它还是坚持住了生命。

托尔斯泰从"牛蒡花"被损伤而依然鲜活挺立的形式外观中,感受到了生命的尊严和价值,说明体验不同于一般的感觉、情绪和印象,而是一种源于内在生命并且富于意义的人的情感,换句话说,体验就是一种深层的情感。

由于体验建立起了人与其所经历的事物之间的情感联系和意义纽带,实现了人的本质力量的对象化,使对象本身打上人的本质力量的烙印,体验也因此呈现出某种诗意的面貌,给人以美感。刘勰在《文心雕龙·物色》中向我们展示了这样一种经由体验而获得的诗意之美:"山沓水匝,树杂云合。目既往还,心亦吐纳。春日迟迟,秋风飒飒。情往似赠,兴来如答。"当然,这是体验中所达到的主客合一的至高境界,它本身也是一种诗的境界。因此从某种意义上讲,情感体验与作家的创作之间具有同构关系,情感体验可以视为一种"准创作"。①

(三)创作动因

创作动因是指作家创作的动机和目的,简言之,就是作家为什么而创作。一个作家尽管在自己的人生经历中可能积累了丰富的生活素材,对之也有深厚的情感体验,但如果没有强烈的创作欲求和内在驱力,文学创作也无法发生。英国作家奥威尔说:"写一本书是一桩消耗精力的苦差事,就像生一场大病一样痛苦。你如果能够抗拒那个无法明白的恶魔的驱使,你是绝对不会做这样的事的。"那么,究竟是什么在支配着作家进行创作呢?归结起来,主要有三种:情感宣泄,精神愉悦,政治诉求。

根据心理学的观点,当一个人在情感能量方面积蓄到心理上无以承受的程度,他必得寻找有效的途径来宣泄,文学创作就是情感宣泄的理想途径。一般说来,作家往往是社会生活中心灵上敏感的群体,万物的生长、宇宙的运行乃至一片树叶的凋落都会给他们留下深刻的心灵印痕,因此,多愁善感是作家心理上的普遍特征。由此而来,作家也承受着超出常人的情感压力,要求释放情感的愿望相当强烈。歌德在谈到《少年维特之烦恼》时说:"我像鹈鹕一样,是用自己的心血把那部作品哺育出来的。其中有大量的出自我自己心胸中的东西、大量的情感和思想……它简直像一堆火箭弹!"我国清代小说家刘鹗更是用"哭泣"一词来形容屈原、庄周、司马迁、杜甫等众多名家的创作(《老残游记·自叙》)。"哺育"也好,"哭泣"也好,其实质都是指情感的宣泄。当然,作家所宣泄的不是一般的情感,而大多是一种缺失性情感,即在现实生活中由于理想与愿望难以实现而产生的人生苦闷,有如陶渊明对世外桃源的追求,李白对

---

① 李西建. 文学理论教程[M]. 西安:陕西师范大学出版社,2017.

第三章 文学创作与心理现象

洞府天仙的企羡,表面上看是诗意浪漫的想象,而实则是诗人"被压抑的愿望的达成"和"苦闷的象征",是一种缺失性情感的替代性满足。

除了情感宣泄外,作家的创作也还有纯粹审美的一面,即通过创作把自己美好的、有价值的人生经验表达出来,拿来与别人分享,以此获得精神上的愉悦。同时,在某种特殊的历史条件下,作家的创作往往还会带有强烈的使命感和责任感,他们试图用创作来改造社会、干预现实,使文学发挥潜在的政治效果。法国作家萨特在《为何写作》一文中写道:"不管是什么主题,作品中必须随处都能见到一种本质的光辉,它提醒我们这部作品绝不是自然的一份资料,而是一种紧迫的需要和一种授予。要是把这个世界连同它的不公正一起授予我,我不会对这些不公正漠然置之,而会用我的愤怒使之变活,我会揭露它们,将它们照其本来面目创作出来,也就是,把它们作为有待克服的弊端创作出来。"因此他明确指出,"写作的自由包含在政治的自由之中",是实现政治自由的一种方式。我国在五四时期的新文学运动中,鲁迅、郭沫若等许多作家都十分强调文学的启蒙功能,从一个侧面也反映出他们创作的政治动机和目的。

需要指出的是,上述几种创作动因并不是彼此独立、相互绝缘的,而往往是以一种动因为主,多种动因相互渗透、互为交织,从而造成文学创作的复杂局面。

二、创作的构思阶段

艺术构思是作家在素材积累和情感体验的基础上,根据具体的创作意念或意图来创构作品的意象、规划作品的整体结构的思维过程。艺术构思是作家精神能量最为集中的时刻,可用一句古诗加以形容:"衣带渐宽终不悔,为伊消得人憔悴。"当然,不同的作家所经历的艺术构思的过程有长有短,有的可能在一瞬间即已完成,有的可能要经历较长的时间,而有的也许需要几十年的缓慢历程才会将作品酝酿成熟,这要视作家个人的前期准备、艺术才情和创作习性等多方面的因素而定,不能一概而论。在此,我们只是就艺术构思中具有普遍性的问题做些探讨。[①]

[①] 成远镜,佘向军. 文学理论[M]. 长沙:湖南教育出版社,2006.

(一)艺术构思的主要环节

1. 意象营构与艺术想象

文学与科学、哲学等人类其他精神活动的一个重要区别就在于,文学不是用概念、逻辑来论证某种规律或真理,而是用形象来反映生活、表达思想和情感,形象性是文学的首要特征,这就决定了艺术构思的核心内容是营构意象,"窥意象而运斤"(《文心雕龙·神思》)。

意象来源于作家头脑中聚集起来的生活表象,是对生活表象的整理和加工,它渗透着作家个体丰富的思想情感,因此也可以说意象是生活表象的精神升华。"感性的心灵化"或"心灵的感性化"是对艺术意象营构的形象表述,它表明意象并非单纯的客观之"物",也不纯粹是主体之"情",而是对立双方的融合与统一。从本质上讲,意象是在作家的内在世界中所孕育出来的一朵心灵之花、情感之花,它在现实生活中是找不到具体的客观对应物的,故此,有的艺术理论家又把意象称作"心象"。

在意象的构造中,想象是必不可少的要素。首先,想象是联结表象和表象的中介。现实生活中的人事物象,往往凌乱不堪,无章可循,它给作家留下的记忆表象也是无序的,本身不会显示明确的审美信息。但想象可以把表面看来没有任何联系的事物和现象连缀在一起,形成一幅幅具有美的意味的艺术景观。马致远的《天净沙·秋思》通过"断肠人"的愁思愁情和作家自身的艺术想象,把现实生活中的枯藤、老树、昏鸦、小桥、流水、人家等多种形象碎片有机地组合在一起;温庭筠的《商山早行》也是在词人的想象中完成了对不同生活表象的诗意组接:清晨的鸡鸣、寒冷的月色、孤独的行人和木桥,以及空旷寂寥中的竹篱茅舍,共同烘托出了旅人的艰辛和词人的落寞情怀。罗丹历来被人们誉为给石头以思想的艺术家,为了表现艺术家对人性中文明与野蛮、高洁与卑下的辩证思考,展示人类思想中灵肉挣扎的痛苦情形,为此他打破艺术常规,充分调动自己的艺术想象力塑造出了一个半人半兽的"马人"意象,这在文学艺术史上是独一无二的。其次,想象可以弥补生活经验之不足。在通常的情况下,作家一般只是从自己所经历、所熟知的社会生活中打捞艺术的素材,构思文艺作品,但这并不意味着作家一定要去亲历作品中的人

第三章 文学创作与心理现象

物和事件,他(她)可以在艺术想象的推动下突破现实时空乃至自我经验的限制,从而创造出栩栩如生的艺术形象。《红楼梦》中上至达官贵人、下至平民百姓,《水浒传》中的一百多条好汉,作家不可能一一经历,实际上,它们都是作家在生活的基础上展开艺术想象的结果。

2. 结构设计与主题提炼

文学作品的结构是指作品的内部组织,亦即部分与部分之间,部分与整体之间的内在联系及安排。作品结构和语言一样,属于作品形式的范畴。它的任务是把作品中的人物、事件或抒情作品的情绪发展层次等方面有机地结合成一个完整的文学作品。具体说来,就是考虑如何开头结尾,哪些人物详写,哪些人物略写,情节如何安排,环境如何描写,哪里设悬念,哪里添插曲等。对作品的整体结构进行大体的规划和设计是艺术构思的又一个重要环节。

在以往的文艺观念中,人们一般认为作家的创作重在写什么,至于怎么写并不是关键性问题,换言之,作品的内容是重要的,而作品的形式只是受制于内容的附属物,所谓内容决定形式,形式服从内容。以今日的眼光看来,这种内容与形式二分的做法是十分错误的。它不过是某些理论的虚构和臆想,与作家的创作实践毫不相干。对作家创作而言,作品的内容和形式是同等重要并且有机统一的,没有脱离内容的形式,也没有脱离形式的内容,甚至可以说,形式就是内容。形式与内容的统一,从艺术构思的角度来看就表现为结构与主题的统一。也就是说,作家在对作品的整体结构进行规划的同时,就已经提炼出了某种确定的主题。明末清初我国著名的小说评点家金圣叹在评点《水浒传》时说:"一部大书七十回,将写一百八人也,乃开书未写一百八人,而先写高俅者,盖不写高俅,便写一百八人,则是乱自下生也;不写一百八人,先写高俅,则是乱自上作也。乱自下生,不可训也,作者之所必避也。乱自上作,不可长也,作者之所深惧也。一部大书七十回而开书先写高俅,有以也。"(第一回回首总评)金圣叹认为,《水浒传》的人物布局和出场次序不是随意为之,而是体现了作家创作所要表现的"乱自上作""官逼民反"的思想主题,这一解读可谓独具慧眼,不同凡响,它从深层揭示出了作品结构与主题二者之间的同构关系。

当然,并不是每一部作品的结构都在演绎某种深层的主题,作品结构的每一部分也不一定都与主题握手联姻,因为一方面,作品结构的成分多种多样,它既包括作品的谋篇布局,也包括人物形象的塑造、情节的安排等。这里每一个成分的功能和作用并不完全相同,有的具有深化主题的作用,有的也许只具有审美上的效果;另一方面,有些类型的作品,特别是短小的抒情性作品,其结构并不需要像长篇巨制那样去精心设计,它们往往是在情感的自然流动中水到渠成,正如苏轼所说:"大略如行云流水,初无定质,但常行于所当行,常止于所不可不止,文理自然,姿态横生。"(《答谢民师书》)

(二)艺术构思的主要方法

在艺术构思的各个环节中,意象的营构、结构的筹划以及主题的提炼等相关内容能否得以完美地实现,或者说具有可操作性,还有赖于一些具体的方法。艺术构思的方法多种多样,现举出比较常见的几种加以分析。

1. 整合法

整合法是在作家创作中心意念的支配下,将现实生活中的不同事物和现象组接在一起,以此创造出一个新的艺术形象的构思方法。整合法是一种最为常见的构思方法。

在文学作品中,大到一个艺术画面或场景,小至一个意象或人物,都是作家对自己头脑中的记忆表象的拼接与整合,而不是对现实生活中个别具体的人事物象的原样照搬。《西厢记》"哭宴"一节写到张生上京赶考、崔莺莺十里长亭送别时,有一段给人印象深刻的景物描写:"碧云天,黄花地,西风紧,北雁南飞。晓来谁染霜林醉?总是离人泪。"这是一幅凄美忧伤的秋日飞雁图。从艺术的角度来看是完美无缺的,但在现实中又难以找到。其实,它不过是作家王实甫根据生活经验和某些记忆表象加工、整理而来,至少它借用了宋代范仲淹《苏幕遮》一词中的许多意象,其中"碧云天,黄花地"更是直接从范词中"碧云天,黄叶地"一句化出。

整合法在叙事性作品的人物塑造中运用得更为普遍。鲁迅先生在谈及自己的小说创作时,曾坦诚地说:"所写的事迹,大抵有一点见过或听到过的缘由,但决不全用这事实,只是采取一端,加以改造,或生发开去,到足以几乎完全发表我的意思为止。人物的模特儿也一样,没有专用过一个人,往往嘴在浙江,脸在北京,衣服在山西,是一个拼凑起来的角色。"(《我怎么做起小说来》)俄国作家果戈理在《作家自白》一文中也说:"我从没有以简单的复写来描绘人物。我创造人物形象是根据综合,而不是根据想象的。我的综合包括的事物越多,我的创作就越真实。"鲁迅所说的"拼凑",果戈理所说的"综合"是为了表述的形象性而选用的语词,其实质都是我们所讲的"整合"。之所以用"整合",是因为"整合"不同于简单的组装和拼凑,它是在作家创作主旨的统领下,有选择性地对记忆表象的整理和加工,由于它集中了众多事象的一些共同特征,因此通过整合的方法塑造出来的人物或环境往往具有广泛的普遍性和代表性,过去文艺理论中经常谈论的典型人物或典型环境大多是这种构思方法的产物。

2. 简化法

简化法是为了突出表现对象的主要特征、强化作家的表现意图而对外在事物或现象所作的艺术处理,其具体做法是:略去不必要的细节和枝叶,只抓住对象的主要特征来描写和刻画。简化法运用得当,可以起到以少总多的艺术效果。

唐代崔颢有一首《长干曲》的小诗这样写道:"君家何处住?妾住在横塘。停舟暂借问,或恐是同乡。"这首诗从抒情主人公出门在外那漫长的行舟途中截取一个非常细小的生活片段加以描写,全诗不过二十个字,而且都是由女主人公的问答组成,但就是在这极为细微的场面中,抒情主人公的姿容体态、神情状貌都一览无余,给人留下丰富的审美想象的空间。清代王夫之对此作了高度评价,称该诗"墨气所射,四表无穷,无字处皆其意也!"(《诗经》)

值得注意的是,构思中的简化不能理解为艺术表现技巧上的简练。简练是行文过程中语言运用的简洁、准确和精炼,而简化则是对表现对象的艺术处理,它通过删除多余的枝节而直逼事物的本质和核心,以突出作家所要表达的主观情思。如鲁迅先生的《秋夜》对自家后院中"枣树"的表现,完全剥离了一切繁琐的枝节性描写,只是从落尽了叶子的枝干"直刺着奇怪而高的天空"这一形态外观入手,着力刻画和强化,最后形成一幅枣杆与夜空相互对峙的独特"剪影",从而很好地揭示出"枣树"所蕴含着的人格精神与力量,整个画面也因此具有浓厚的象征色彩。

3. 漫画法

漫画是"用简单而夸张的手法来描绘生活或时事的图画"。文艺理论中的漫画法是指通过夸张、虚拟等漫画创作中常用的手段,对客观事物和表象进行主观改造,以显现其本来面貌的构思方法。漫画法往往会因为揭示了社会生活中现象与本质的差异而造成某种讽刺与喜剧效果。

漫画法在我国古代的叙事性文学创作中已得到了运用,元代散曲家睢景臣的《般涉调·哨遍·高祖还乡》就是一例。作家借助一个熟悉刘邦的乡民的视角,一方面详尽而不无夸张地叙述了刘邦衣锦还乡时的显赫和荣耀,同时又从另一层面勾勒出他发迹前的丑恶行径,两者间的巨大反差揭穿了衮衮华服之下的封建帝王的本来面目。作品读来轻松幽默,犹如一幕生动的讽刺喜剧。在现代文学史上,鲁迅是善于运用漫画法来塑造人物形象的大家,其中阿Q这一形象最具代表性,他的"精神胜利法"都是在一系列富于夸张性的细节刻画中得以生动展示的。

除夸张外,戏拟也是漫画法中的重要手段。所谓戏拟,是为了达到某种讽刺目的而对特定对象的戏剧性模仿。例如西班牙作家塞万提斯的长篇小说《堂·吉诃德》,有针对性地虚构了一个因迷恋骑士小说、决心恢复中世纪的骑士精神而模仿古代骑士行侠仗义的落魄乡绅,通过他的一系列的荒诞经历讽刺了已经灭亡了的骑士制度。

4. 倒错法

倒错法是故意将人物或事件放置在两种或两种以上不同的时空条件下,来构造矛盾冲突,制造梦幻效果,以表现作家对社会人生某种特定态度的艺术构思方法。

倒错法在民间的神话故事中出现较多,其中一个最为典型的构思模式是"山中方七日,世上已千年",也就是把"现在"和"过去"两种较长的时空交互、倒错,以使读者产生隔世之感。据南北朝时期任昉的《述异记》记载,晋人王质上山砍柴,看见两个童子下棋,他在旁边观看,局终,发现手中斧头上结实的木柄已经腐朽断烂。回到家里,才知道世间已过百年,自己的同辈人都已死尽。唐代刘禹锡为此还作了一首诗(《酬乐天扬州初逢席上见赠》)来表达自己被贬离京二十余年后,对生命沉浮的悲剧性感受,其中"怀旧空吟闻笛赋,到乡翻似烂柯人",后半句说的就是上述这个故事。明代的戏曲家汤显祖对倒错法情有独钟，他的四部作品"临川四梦"都是倒错法成功运用的典范。作家在"现实"与"梦幻"两种截然不同的时空条件下来塑造人物，通过他们离奇的人生经历，不仅烘托出了"人生如梦"的思想主题，而且也对当时的社会进行了隐晦的批判。

巧妙运用倒错法，可以产生新鲜、别致的艺术效果，引导人们用一种新的眼光、新的视角来观察司空见惯的生活，并且还可以使文艺作品具有深刻的哲理和思想内涵。因此，倒错法在今天的科幻小说中已被广泛运用。

5. 变异法

变异法是一种很能体现作家创新思维的构思方法，它通过改变表现对象原有的性质和状貌以求得惊异的艺术效果。在文学创作中，变异主要体现为人性向物性的变异和物性向人性的变异两种方式。前者如卡夫卡的《变形记》所讲述的格里高尔·萨姆莎由人变成甲虫的经历，法国荒诞派剧作家欧仁·尤奈斯库在其代表作《犀牛》中，也虚构了某镇市民全部变成犀牛的离奇故事；后者如我国古典小说《西游记》中的孙悟空，以及《聊斋志异》中众多的狐妖鬼魅，它们本质上虽然都是非人的动物、植物或精魂，但作家又无一例外地赋予它们某种人的品性，甚至比一般人的品性更为高尚。

变异法不是单纯地追求新奇效果，而主要是为了造成思想上的震惊，促使读者从旁观的立场重新审视生活，认识社会人世的真相和本质。从构思的角度看，人性向物性的变异，表现的大多是作家对特定的社会制度和文明所作的批判，而物性向人性的变异，展示的往往是作家对于社会人生所持的美好理想和愿望。前者在20世纪以来兴盛的现代主义文学中频频出现，后者则在比较传统的童话或神话类作品中备受青睐。由此也可以看出，变异的构思方法与作家的人生态度、创作主旨其实有着密切的联系。

三、创作的传达阶段

创作的传达阶段，又称为创作的物化阶段，是指作家运用语言符号和各种创作技巧、规则将艺术构思内容转化为文学作品的过程。它是文学创作过程中最后、也是最关键的阶段。不管作家有多少奇思妙想，如果不能最终将其物化为可供阅读的现实的语言"产品",那对文学创作而言就没有什么意义。

(一)艺术传达的困境及成因

文学创作犹如绘画,有的泼墨挥毫,一挥而就,有的累月经年,不着一笔,表面看来是天壤之别,其实并不存在本质的差异。因为无论创作过程的"疾""徐"都掩盖不了艺术传达中的困境和问题。

首先是艺术传达的有限性。从理论上讲,借助于语言符号和艺术表现的技巧、规则,作家可以完美无缺地传达出事先构思好的内容,但在实际的文学创作中,这只是一个难以企及的目标。从构思到传达,其间还存在着相当长的距离,两者之间也很难达到完全一致。

我国文论家刘勰讲得更为形象,也更为明确:"夫神思方运,万涂竞萌,规矩虚位,刻镂无形。登山则情满于山,观海则意溢于海,我才之多少,将与风云并驱矣。方其搦翰,气倍辞前,暨乎篇成,半折心始。何则?意翻空而易奇,言徵实而难巧也。"(《文心雕龙·神思》)

在刘勰看来,艺术构思中人们的想象力非常活跃,各种意象纷至沓来,要想通过艺术的方式将其原样复写几乎是不可能的事情。实际上,作家的创作只是对艺术构思中非常有限的内容的表现(半折心始),而很大一部分信息则因得不到传达而丧失。原因主要是由于语言本身的局限所造成:语言的概念性、实指性无法追踪感性形象的灵活性和自由性。换句话说,艺术传达的不完整根本上是由"言""意"的矛盾特点所决定的,这也是艺术传达中的深层困境,要解决这一问题并不容易。

其次是作家意图与文学成品之间的矛盾性。在文学创作过程中,作家不仅难以全盘复现艺术构思的内容,有时还会出现传达与构思的矛盾与冲突,即作品文本与构思内容正相反,其主要表现是,作品中的人物性格往往不受作家的主观控制而背离作家的"原意"。普希金笔下的塔姬雅娜,托尔斯泰笔下的安娜·卡列尼娜和马丝洛娃都是此类人物形象。用作家本人的话说,她们是在故意同自己开玩笑嫁了人、卧轨乃至与心上人诀别。当然,这些并非玩笑,而是真实反映了艺术传达过程的复杂性和错综性。

（二）语言锤炼与技巧运用

20世纪初俄国形式主义文论家们认为，文学是一个独立自足的世界，它本质上是由语言、技巧和结构等诸因素构造出来的语言符号的组织形式。由此他们声称文学研究应当摆脱历史学、哲学、社会学等的外部研究，而立足于文学的内部规律，以回到文学的"文学性"层面上来。这一观念的致命弱点在于，它人为割裂了文学与外部世界的联系，把文学仅仅视为一种单纯的语言现象。但从创作的传达层面看，形式主义文论仍有其值得珍视的地方，那就是对文学语言和技巧运用的高度强调及认真分析。不管文学的外部联系究竟如何，也不论文学的作用到底有多大，文学首先毕竟都是一种语言的艺术，语言和技巧构成了文学的基本现实，离开它们文学便无以产生，也难以捉摸。因此，对语言进行加工、锤炼，对艺术技巧的选择和运用就成为作家创作、传达活动中的重要内容。

不过，文学的语言锤炼不像形式主义者所标举的那样，仅仅是通过对事物的重新命名而唤起人们对于司空见惯的事物或现象的兴趣，而主要是"寻找最准确的语言、文字把艺术构思中已初步成熟的形象、意念准确、鲜明而生动地呈现出来"。言、意之间尽管存在距离，但经过语言的锤炼，充分调动语言的声音和画面效果，尽量缩小两者间的距离是完全可能的。我国古典诗词创作为我们留下了许多成功的范例，如王安石诗"春风又绿江南岸"中的"绿"字，贾岛诗"僧敲月下门"中的"敲"字，不仅形象、准确，而且生动、传神，历来被诗坛传为佳话。当代作家汪曾祺也非常重视对语言的加工和提炼，他认为作家对语言的运用应当突出四个方面：内容性、文化性、暗示性和流动性。内容性指语言不仅是形式，也是内容，不仅是载体，也是本体；文化性强调语言作为一种文化现象所蕴含的文化内涵和民族特色；暗示性和流动性指的是语言的审美效果，强调语言应当富于艺术的表现力和内在的生气，给人一种美的享受。这四个方面兼顾到了语言的指称和表现功能，是对语言特性的高度概括。文学语言的锤炼应当以此为旨归。

（三）物质媒介对艺术传达的影响

在艺术传达过程中，语言和技巧虽然是关键，但物质媒介也必不可少。所谓物质媒介是指文学作品得以存在、传播的物质载体,通常包括口语媒介、纸质媒介和电子媒介等三种类型。物质媒介是艺术传达的物质基础,没有它,文学作品就不可能成为艺术事实,我们不能说:"我有一件非常优秀的作品,只是没有用物质媒介表现出来。"同时,物质媒介还对艺术传达本身具有一定的影响。

首先,物质媒介制约着作家对具体的艺术表现手段的选择。文学作为语言的艺术,它的基本表现手段是语言文字,因此文学语言历来是理论家们关注的焦点。这并不是说,语言就是唯一的文学表现手段,特别是在不同类型物质媒介的文学创作中,作家对艺术表现手段的选择范围会很不相同。如在以口语媒介为载体的口头文学中,除语言外,人的肢体、眼神和语气等都可用来传情达意;在以纸质媒介为载体的书面文学中,语言文字大多是作家创作的唯一选择;而在以电子媒介为载体的网络文学中,艺术表现手段就非常丰富,这是文学表现手段的极大解放,也为作家的自由创作和表达提供了一个理想的平台。

其次,物质媒介在一定程度上参与了作品意义的建构,并影响艺术传达的客观效果。网络小说《火星之恋》凭借网络优势,在叙事过程中,将音乐、图片和音像媒介穿插其中,给读者造成梦幻般的感觉和真切的情境体验,大大增强了艺术传达的审美效果。

第三节 文学创作思维与心理现象

一、文学创作思维

(一)关于文学创作思维的几种不同观点

文学创作活动和其他精神活动一样,也是一个思维的过程。但从思维方式和具体的思维过程来看,文学创作思维又有自身的独特性,它是创造性的审美思维。过去的文艺理论把创作思维看作是一种"形象思维",但现在看来,由于"形象思维"这一概念本身的含混性,用形象思维来描述创作思维是片面的。

"形象思维"的概念是19世纪中期德国美学家弗列德里希·费肖尔在《批评论丛》的一篇文章中首先提出来的,同一时期,俄国的文艺理论家别林斯基也提出了"形象思维"的概念。这一概念传入我国后,从20世纪50年代起,就受到广泛的重视,在文艺理论界引起了热烈的讨论。

这些讨论概括起来主要有三种观点。第一种观点否认形象思维的存在,认为语言是思维的工具,而语言必然是概念、是抽象,从而不用概念的思维(即形象思维)是不存在的。第二种观点承认形象思维的存在,认为形象思维是一种与逻辑思维(或抽象思维、理论思维)平行而独立的思维,因而人类有形象思维和抽象思维两种思维方式。第三种是李泽厚先生的看法,他认为"形象思维"即是艺术想象,是包含想象、情感、理解、感知等多种心理因素、心理功能的有机综合体,其中包含有思维—理解的因素,但不能归结、等同于思维。"形象思维"不只是一种表现方式、表现方法,而是区别于"理论地掌握世界"的"艺术地掌握世界"的方式。

前两种观点针锋相对,但从根本上说它们都有一个共同的缺陷,即都是从认识论的角度来看待文学创作过程中的思维活动。第一种观点否认"形象思维"的存在,认为"形象思维"的理论主张否认了理性认识(抽象思维)在文艺创作中的中介,"就是在实际上否定了马克思主义对文艺创作指导的可能性,反对了文艺为无产阶级服务的政治倾向性"。而主张文艺创作中存在"形象思维"的人,为了证明"形象思维"的合理性,也是从认识论的角度来展开论述的。比如著名的美学家朱光潜就从认识论上说"形象思维属于感性认识范畴"。我们认为,文学艺术的创作过程中当然也有认识的因素,但它还包含有情感、想象等非认识性的因素,因而仅仅从认识论来研究创作思维的"形象思维"概念是片面的,它并不能完全体现创作思维的全貌。

李泽厚的观点则是看到了前两种观点的缺陷,也指出了情感、想象等心理因素对创作思维的影响,但他用"艺术想象"这一概念来概括创作思维则是以偏概全。实际上,情感性、想象性是审美属性,所以创作思维可以看作是一种创造性的审美思维。

(二)创作思维的特征

创作思维就是一种审美思维,而审美通常包括情感性、想象性和无功利性等属性,所以创作思维的过程也体现出这些特征。

首先,创作思维是虚构性的想象思维。文学艺术是对实际生活的超越,也就是说文艺总是创造出某些虚灵化、情致化的艺术世界,使人认识到实际生活的不完满,并从这种虚灵化的理想世界中得到某种审美感受。很显然,艺术世界是一个虚构的心灵世界,创造出这个心灵世界必须依靠虚构和想象这种思维方式来进行,这就决定了创作思维必然是一种以想象为主的思维。很多艺术家和理论家都强调了虚构和想象这种思维方式在创作中的重要性。伏尔泰说:"我们看到人、动物、花园,这些知觉便通过感官而进入头脑;记忆将它们保存起来;想象又将它们加以组合。正是凭借这种想象,诗人才创造出他的人物,赋予他们个性和激情;才能构造他的故事情节,将它铺展开来,把纠葛加紧,然后酝酿冲突的解决。"如果缺乏想象思维,就根本无法将零星的材料组合在一起,无法打破时间和空间的界限,无法创造出血肉鲜活的人物形象和富有生命气息的艺术世界。

其次,创作思维是伴随着强烈情感的思维。情感性是文学的一个重要的审美属性,无论是文学创作还是文学欣赏,都伴随着强烈的情感,创作思维自然也不例外。艺术家和科学家不同,艺术家在创作时总是充满感情的,而科学家在进行科学研究时则需要理智,感情用事反而有碍。也就是说,科学家的思维常常力求排除主观情感,而艺术家的思维则常常以情感为动力。这是艺术家的创作思维作为一种审美思维的另一重要特征。创作思维的情感性特征常常使作家的创作进入一种如痴如醉的全身心投入的状态,从而创作出感人肺腑的作品。

再次,创作思维是一种不涉及实际功利的审美思维。无功利性是审美的另一个重要属性。作为一种审美思维,创作思维的过程同样体现出无功利性的特点。文学创作显然可以给作家带来名声、荣誉、地位和财富等这些功利目的,但一个作家要是在创作之前或运用创作思维进行构思时一心只想着如何获得名声和财富,那他是无法创作出优秀作品的。优秀的作品往往是对现实的一种审美超越,这种超越与创作构思时虚静心境不无关系。在构思时作家要摆脱日常功利性事务的干扰,要排除各种杂念,否则会导致创作思维中断,使创作无法顺利进行。宋人葛立方在《韵语阳秋》中载:诗之有思,卒然遇之而莫遇,有物败之则失之矣……小说载谢无逸问潘大临云:"近日曾作诗否?"潘云:"秋来日日是诗思。昨日捉笔得'满城风雨近重阳',忽催租人至,令人意败,以此一句奉寄。"亦可见思难而易败也。这说明创作思维是一种不涉及世俗功利的审美活动,一旦受到功利性的世俗事务的干涉,创作思维常常会因为虚静无为的心境被打破而中断和败坏。

总之,创作思维过程中体现出来的想象性、情感性和无功利性都说明创作思维是一种创造性的审美思维。而作为一种审美思维,它又与直觉、灵感、无意识等心理现象息息相关。

二、文学创作中的心理现象

(一)文学与直觉

直觉是人所独有的一种奇特的思维方式,它是省略了推理的过程而直接从事物的感性形象上直接把握到事物的本质和底蕴。在日常生活中我们常常从看到某个人的第一眼就可以断定这个人的品质,这靠的就是直觉。而文学艺术创作活动更是与直觉结下了不解之缘。

古今中外的很多理论家都谈到了直觉在文艺创作中的作用。在西方,系统地论述文艺创作与直觉之间的关系的理论家有很多,其中最有名的是克罗齐和柏格森。特别是克罗齐提出的"直觉即艺术"的观点对后世产生了深远的影响。中国古代文论中的"觉悟""顿悟""妙悟"等概念实际上说的就是西方文论中的直觉。其中影响比较大的是严羽在《沧浪诗话》中提出的"妙悟"说:大抵禅道惟在妙悟,诗道亦在妙悟。且孟襄阳学力下韩退之远甚,而其诗独出退之之上者,一味妙悟故也。惟妙悟乃为当行,乃为本色。

这里,严羽指出,孟浩然学问不如韩愈,诗却作得比韩愈好,原因在于他对诗有着更好的悟性。这说明文学创作更多的是依靠直觉(妙悟),而不是理性化、逻辑化的学力,也说明了创作思维是一种不同于理性思维的独特的思维方式,即严羽说的"夫诗有别裁,非关书也;诗有别趣,非关理也"。(《沧浪诗话》)由于直觉无须逻辑推理和理性分析,往往在非理性的状态和大跨度的思维跳跃中,超越了具体的物象,所以作家运用直觉常常能从一些不起眼的事物中领悟到平时难以领悟到的人生哲理或事物的真谛。

在文学创作中,直觉能够使作家从各种偶然的、寻常的事物中见出不寻常的意味;能够使作家跳出日常生活的思维定式,从新的角度创作出新奇独特的艺术形象。但我们也应该认识到,直觉带来的思维的飞跃,其实与平时的经验积累和情感体验是分不开的。所以,创作思维需要直觉,但不能仅仅依靠直觉。①

(二)文学与灵感

在文学创作过程中,灵感这一独特的创作现象常常为许多的艺术家和理论家所津津乐道。灵感这种超常的思维方式往往更能体现艺术创作的本质,因而很多人都试图把握灵感的实质,以便从中总结文学创作的独特规律。

1."灵感"论的发展

无论是中国还是西方的艺术家、理论家,很久以前就注意到了灵感这一特殊的创作现象。在西文中,"灵感"(inspections)的原意就是指通神,或吸入神的灵气。西方最早提出"灵感"说的是古希腊哲学家德谟克利特,他认为"没有一种心灵的火焰,没有一种疯狂式的灵感,就不能成为大诗人"。德谟克利特所说的"疯狂式的灵感"主要是指神灵对创作的某种神秘的启发作用。随后的柏拉图也有类似的观点,他认为文艺创作"不是一种技艺,而是一种灵感"。文学艺术总要创造出一个与我们的现实世界不同的充满灵气的艺术世界。柏拉图认为艺术世界是诗人对神的世界的回忆,所以,要创造出世俗的人所看不到的神的世界,诗人只有获得灵感,即"神灵的凭附",才能代神说话,从而创作出非凡的作品。柏拉图还指出灵感的表现是迷狂,得到灵感的艺术家"心理都受到一种迷狂支配","若是没有这种诗神的迷狂,无论谁去敲诗歌的门,他和他的作

---

① 成远镜,余向军. 文学理论[M]. 长沙:湖南教育出版社,2006.

品都永远站在诗歌的门外","得不到灵感,不失去平常理智而陷入迷狂,就没有能力创造,就不能作诗和代神说话"。德谟克利特和柏拉图的灵感论在西方产生了很大的影响,他们对灵感的神性因素的强调开创了西方灵感论的非理性方向,后世浪漫主义的"天才论"以及弗洛伊德的"无意识论"都是对非理性主义灵感论的某种继承和发展。

汤显祖说:"予谓文章之妙不在步趋形似之间。自然灵气,恍惚而来,不思而至。怪怪奇奇,莫可名状。非物寻常得以合之。"这些论述都论及了灵感爆发时的种种神奇的特征,这跟西方的灵感论有相似之处。但对灵感的实质则语焉不详,归结为某种神秘的因素,正如汤显祖所说的"怪怪奇奇,莫可名状"。甚至也有与西方的"神灵附体"论相类似的观点。例如,《管子·心术下》中有一段文字:"专于意,一于心,耳目端,知远之证,能专乎?能一乎?能毋卜筮而知凶吉乎?能止乎?能已乎?能毋问于人而自得之于己乎?故曰:思之。思之不得,鬼神教之。非鬼神之力也,其精气之极也。"从这里可以看出,无论是中国还是西方,人们早就注意到了文学创作中的灵感现象,只是由于不了解灵感的实质,就只好把灵感神秘化,把灵感产生的根源归结为神灵的凭附。

2. 灵感的实质

随着思维科学的发展和人脑生理解剖研究的深入以及现代心理学理论的发展,灵感的神秘面纱逐渐被揭开。当今的理论家一般都认为灵感既不是神灵的凭附,也不是"天才"独有的才能,而是一种创造性的思维形式。比如,钱学森在《关于形象思维的一封信》中指出:"凡是有创造经验的同志都知道光靠形象思维和抽象思维不能创造,不能突破;要创造要突破得有灵感……创造性思维中的灵感是一种不同于形象思维和抽象思维的思维形式。"

还有人从心理学上的意识和潜意识理论出发来进一步论述灵感的实质。例如刘奎林认为"灵感的孕育也有一个过程,只不过不在意识范围之内,而在意识范围之外,在潜意识;当孕育成熟,却突然沟通,涌现于意识,成为灵感"。由此可见,灵感现象并不神秘,灵感产生时的那种偶然性、瞬间性、突发性和物我两忘的迷狂性,看起来好像很神秘,其实灵感产生的内在机制还是可以用一些思维规律来把握的。

首先,灵感产生时的那种"来不可遏,去不可止"的突发性、偶然性和

"如兔起鹘落,稍纵即逝"的短暂性、易逝性,似乎说明灵感的产生不是人的理性思维所能控制和把握的。而实际上,灵感的这种非理性是作家、艺术家平时经验积累的结果。灵感不是创作的起点,而是作家创作思维活动中质的飞跃。作家首先对生活有了深入的体验和思考,后来由于某种机缘,触动平日的积累,于是思路豁然贯通,这就产生了灵感。很多作家的创作实践都表明,灵感的产生与平时的积累受到触动有很大的关系。

其次,灵感爆发时的那种非理性的迷狂状态,其实是创作思维在无意识中进行的结果。在创作中,作家有时冥思苦想依然打不开思路,于是在意识里暂时丢到一边而去做别的事,但在无意识领域仍然在积极地进行思索。当无意识中已经完成而在作家的意识里认为已经丢在一边的构思,由于某种偶然机缘的触发,无意识构思的成果奔涌而出,使人在意识里好像有神灵凭附一样,陷入某种非理性的迷狂状态,这就是灵感的爆发。所以,灵感的迷狂状态其实是创作思维在无意识中进行的结果。

(三)文学与无意识

无意识是指人的意识所不能控制的、完全感知不到的心理过程。系统地提出无意识理论的人是弗洛伊德,虽然早就有很多理论家提到过无意识现象,但直到弗洛伊德精神分析理论的提出才使无意识的存在成为一个无可争议的事实。

弗洛伊德把人的整个精神活动分为意识、前意识和潜意识三个部分,其中的前意识和潜意识都属于无意识。意识是主体能够明确觉察到并自觉加以控制的部分,它处于精神活动的表层。前意识是暂时退出意识而进入无意识的部分,它属于无意识,但在某些条件下又可以重新回到意识中去。潜意识是人类精神活动的最深层和最原始的部分,它包含不符合社会规范的各种本能和欲望。它虽然被意识和前意识压抑在意识活动的底层,但它却在冥冥之中影响甚至决定着人的最细微的活动,无时无刻地影响着人的言行。例如日常生活中的直觉、做梦、说错话等行为和心理活动都是无意识的流露。弗洛伊德把无意识的内驱力都归结为人的性本能欲望,很多理论家都不赞同这一点。例如荣格就是针对弗洛伊德的"泛性论",提出了"集体的无意识"理论。此外,还有心理学

第三章 文学创作与心理现象

家认为无意识是意识活动的反复、深化和习惯化的结果。总之,无意识现象引起了很多人的兴趣和探索,形成了对无意识的内涵的多种不同解释。其中与文学关系密切的有梦幻无意识、集体无意识和习惯无意识。

1. 文学与梦幻无意识

梦境是人的无意识的流露,梦有很多神奇的作用,据说很多文学艺术作品是在梦中完成的,例如弥尔顿的《失乐园》、柯勒律治的《忽必烈汗》、刘克庄的《沁园春》、唐明皇的《霓裳羽衣曲》等。王仁裕的《开元天宝遗事》说:"李太白少时,梦所用之笔头上生花,后天才瞻逸,名闻天下。"还有江淹的梦也很神奇:江淹梦中得到郭璞之笔,于是文思大进,后来,这支笔又在梦中被郭璞拿去,于是江郎才尽。

这些说法都很神奇,但由于不了解梦的内在机制,所以只能作为故事传说来欣赏。人们常说:日有所思,夜有所梦,梦其实是人的日常生活中的意识活动进入无意识领域的结果。例如柯勒律治的梦,据说,柯勒律治在临睡前偶然在一部游记里读到这样的记载:"忽必烈汗令在此地建一座宫殿,并且修一个堂皇的花园,于是一道围墙把十里肥沃的土地都围在里面。"读到这里,他就睡着了。睡梦中根据这段内容,他写了一首长诗,梦醒之后记下来,就是《忽必烈汗》。柯勒律治能够在梦中写诗的原因在于,一方面与他的意识活动有关。他平时经常进行诗歌的创作,积累了丰富的创作经验;另一方面也与梦幻无意识的作用有关。他临睡前读游记,这是一种意识活动,然后睡着了,意识活动停止,意识转为无意识(做梦)继续思考。由此可见,梦幻虽然很神奇,但它依然是平时意识活动的结果。没有平时意识活动的思索和创作实践,单凭梦幻进行创作是不可能的。

2. 文学与集体无意识

集体无意识是瑞士心理学家荣格针对弗洛伊德的个体无意识理论而提出的。他认为在无意识心理中,不仅有个体的体验,而且还积存着许多原始的、祖先的经验,这种"种族记忆"或种族经验,就是潜藏在每个人心灵深处的集体无意识。它是由遗传保留下来的一种原始经验和普遍精神,是人类共有的一种经验模式。荣格的这种集体无意识理论在很大程度上还是一种假说,现代科学到目前为止还没有能够确证:非生物性的经验可以通过生物机制本身得以自然遗传。但荣格的这一假说依然有着巨大的理论意义,运用集体无意识理论可以对很多文学艺术现象作出新的解释。例如,儿童学习语言的能力就是一种集体无意识的结果。无论多么聪明的动物,即使从小就受到很好的照顾,也只能说有限的几个词语。而儿童由于具有遗传下来的某种集体无意识,所以能很快地学会说话。又比如,运用集体无意识理论也能很好地解释为什么一些书香世家、艺术世家的子女学习起文学艺术来相对来说更容易取得成就。

3. 文学与习惯无意识

习惯无意识是指经过反复的练习、强化和深化,对某些心理和行为过程已经达到了习惯成自然的程度,因此在重新进行这些心理和行为的时候,可以脱离意识的控制而自动完成的一种心理状态。这是一种随心所欲、出神入化的自由状态。庄子在"庖丁解牛"这个寓言中所阐发的"以神遇而不以目视,官知止而神欲行"的境界,正是习惯无意识的体现。在文学创作中,有些作家能够即兴创作,出口成章,这是由于他们的创作活动已经成为一种习惯无意识。例如,在哥哥的威逼之下,曹植在七步之内能够吟出著名的诗句:"煮豆燃豆萁,豆在釜中泣。本是同根生,相煎何太急?"这在很大程度上要归功于他平时酷爱创作,对诗歌的韵律、表现技巧早已达到了随心所欲、出神入化的习惯无意识的结果。

当然,无意识现象在文学创作中大量存在,这并不意味着文学创作完全是一种无意识的活动。事实上,无意识和意识共存于文学创作过程中,并且意识对无意识起着制约作用。

第四节 文学创作个性与文学风格

文学创作风格是一个作家成熟的标志。而创作风格的形成既有主观的因素,也有客观的因素。作家自身的素质、个性、人格以及在个性、人格基础上形成的创作个性就构成了文学创作风格的主观因素。创作风格的形成还与作家所处的时代、地域有关,也与作家赖以生存和发展的民族文化传统有关,由这些所形成的时代风格、地域风格、民族风格就构成了创作风格的客观因素。

一、文学创作个性

创作个性突出地表现在作家对文学艺术对象的独特的感受方式、思考方式和传达方式上。一个作家一旦形成了自己的创作个性,他就能够区别于同时代、同民族、同阶级的其他作家,从而形成自己独特的个性风格。

(一)个性与创作个性

以前,很多人总是把创作个性与作家的个性混为一谈,实际上,这是两个既有区别又有联系的概念。个性主要是一个心理学概念,对一个作家来说,他本人的人格、个性会对他的创作产生很大的影响,但作家的个性并不是创作个性。创作个性是作家在创作活动中体现出来的个性,它是在作家个性的基础上,通过创作活动形成并体现在作品中的个性特征。

(二)影响创作个性形成的因素

创作个性形成的基础是作家本人的个性。对于这一点,中国古代的文论家谈得很多。他们一般是从作家的个性气质上着眼。例如,曹丕在《典论·论文》中说:"文以气为主,气之清浊有体,不可力强而致。"但他把创作完全看作是先天的,认为文是因气而成、不可强求的显然,曹丕只看到创作个性形成的先天因素,而刘勰的看法则比较全面。刘勰在《文心雕龙·体性》里说:"夫情动而言形,理发而文见,盖沿隐以至显,因内而符外者也。然才有庸俊,气有刚柔,学有浅深,习有雅郑,并情性所铄,陶染所凝,是以笔区云谲,文苑波诡者矣。故辞理庸俊,莫能翻其才;风趣刚柔,宁或改其气;事义浅深,未闻乖其学;体式雅郑,鲜有反其习;各师成心,其异如面。"刘勰把创作个性形成的因素归结为才、气、学、习四个方面,其中既有"情性所铄"的先天因素,也有"陶染所凝"的后天学习和熏陶的因素。后来的很多理论家也是从这两方面来谈论创作个性的。具体来说,影响创作个性形成的因素主要有下面几个因素。[①]

首先,作家自身的气质、天分等先天因素对创作个性的影响。个性是形成创作个性的基础,而气质、天分又是个性心理的重要组成部分,创作个性的差异,很大程度上是气质的差异。

我们中国从古代的"文气论"开始就非常注重气质、天分等先天因素对创作个性形成的影响。当代作家陈染也说:"……什么样的环境都可以成为作家,我还是觉得天分是比较重要的。你看,莫言在农村的地头上看到无尽无休的庄稼地,日出日落,农民们光着脊梁耕作,他充满了复杂的感想,而广大农民却没有,所以莫言成了一个优秀的作家。王朔生活在一个大都市的胡同里,他后来成为一个充满机智、很有特色的作家,而更多的生活在城市或胡同里的人,并没有成为作家。"这说明作家的气质、才情等先天因素对创作个性的形成有重大的影响。

其次,独特的生活经历和情感体验对创作个性的影响。人的成长过程也是个性的形成过程,随着年龄的增长,人的生活经历日益增多,其中的一些独特的经历和情感体验,对个性的形成往往产生巨大的影响。对于一个作家来说,成长过程中的一些人生变故,会在他的心灵中产生很大的震撼,产生某种独特的情感体验,从而对他日后的创作个性的形成产生巨大的影响。例如,莫泊桑童年时父母不和的经历,就对他的创作个性产生了巨大的影响。

创作个性是作家在其成长过程中,随着生活经历的增加和情感体验的深化而逐渐形成的。特别是作家生活中的一些重大事件更是对创作个性产生巨大的影响。

再次,人生意识对创作个性的影响。人生意识是个性心理结构的有机组成部分,虽然并非每个人都能创立和总结一套系统规范的理论化的人生哲学体系,但是每个人事实上都有自己独特的看待人生的眼光、衡量世事的尺度、与人交往的准则,有的还有更加明确的思想、政治信仰。这些内容共同构成了一个人的人生意识。人生意识的获得,一般是在青少年时代,它的发生,往往是一些突发的事件、巨大的震动、强烈的刺激所引起,使人产生对人生的一定看法,并在心中留下鲜明的印象,成为其

---

① 李衍柱.文学理论思辨与对话[M].上海:复旦大学出版社,2016.

第三章 文学创作与心理现象

心理结构中的特殊成分。随着时间的推移、经历的扩展,一个人的人生意识也会不断地丰富和提高。对作家来说,他的人生意识就是其对人生的意义和真谛的体验和认识,是其创作个性的基本要素。

作家艺术家的心理多是比较敏感的,他的人生意识,不但反映着他自己的身世、经历、家庭变故、人生遭遇和故乡(乡土、地域)特点,而且往往同社会状况、国家民族的命运、时代精神密切相关。他的人生意识一经形成,便会在其创作中颇具哲理意味地表现出来,从而形成独特的创作个性。例如,鲁迅在成长过程中,祖父的入狱、父亲的病逝,这一系列的家庭变故对他的心灵产生了很大的震动,从小康之家的富足生活沦落到贫困日子的过程使他深切品味了世态炎凉,逐渐认识到了旧社会的没落与腐朽,产生了走与书香世家子弟不同的人生道路的想法。于是进新式学堂,出国留学,试图通过学习西方的先进科学技术来改变中国贫困落后的局面。后来,在日本仙台学医时的"幻灯片事件"使鲁迅认识到,无论国民的体格多么的强壮,精神上的麻木终究是难以改变贫穷落后的面貌的。于是他决定弃医从文,用文艺来唤醒国民的精神。鲁迅从家庭的没落看到了旧社会的衰落,从思考个人的人生道路到思考国家、民族的出路,这种思考就构成了他的一种稳定的人生意识。当他创作时,这种"改造国民劣根性"的人生意识就不自觉地流露出来,形成鲁迅的独特的创作个性,进而形成了他独特的创作风格。

最后,艺术熏陶对创作个性的影响。创作个性中的先天的气质、才气等因素"虽在父兄,不能以移子弟"。(曹丕《典论·论文》)但创作个性中的后天因素却是可以通过学习、熏陶形成的,其中艺术熏陶对创作个性的形成有着显著的影响。很多作家都谈到早期的艺术熏陶对个性的形成以及走上文学艺术创作道路的重要作用。例如巴金作品中那种强调真诚、真爱的创作个性,就与他早年受到的母亲的艺术熏陶有关。他说:"每天晚上在我们临睡之前母亲总要把我和另一个哥哥唤到她面前,叫我们摊开她亲手给我们抄写的《白香山词谱》,选了一首词给我们讲解,教我们诵读。过后我们就阖了书听她讲故事,听她叙说种种的事情。每晚,每晚都是这样……她教我们将来长大成人以后应该怎样忠实地去生活,去爱人,去帮助人,因为在世界上有着那么多的人是需要着爱、需要着帮助的。"一个人在其成长过程中,家庭、社会和时代的各种艺术氛围会对他的个性产生潜移默化的影响,唤醒了他的审美意识;一旦他继续学习和接受,并通过艺术时间来提高和创新,就会逐渐形成自己的创作个性。

二、文学风格

(一)文学风格的内涵

文学风格是作家创作的独特标志。关于风格,西方有人说,风格即人。我国历来也说,文如其人。所以文学风格从内在的本质来说是作家创作个性的体现。帕斯卡尔说:"当我们阅读一篇很自然的文章时,我们感到又惊又喜,因为我们期待着阅读一位作家时却发现了一个人。"这就是说,文学风格不是由字句的堆砌构成的,它来自作家的人格,正如老舍所说的,"它是心灵的音乐"。所以,创作个性决定了文学风格的内在本质。但是创作个性只是构成文学风格的潜在因素,文学风格总是要通过语言、文体等形式因素表现出来。同时,文学风格还与时代精神、民族传统、地域特色等外部因素密切相关。由此,我们可以把文学风格界定为:文学作品中体现了作家的创作个性和凝结了时代、民族、地域等外部因素的艺术独创性和审美特征。

(二)文学风格的表现

文学风格的含义具有多层次性,在表现形态上,文学风格体现为作家的个性风格、时代风格、民族风格和地域风格等。

1. 作家的个性风格

作家的个性风格往往是由作家的个性、人格决定的,这就涉及风格与人格的关系问题。通常作家的创作风格与他的人格是相一致的,西方说的"风格即人",古人说的"文如其人"指的就是这个意思。要使自己的作品有好的风格,就首先要有好的人格。罗丹说:"在做艺术家之前,先要做一个人。"歌德也说:"一个作家的风格就是他的内心生活的准确标志。所以一个人如果想写出明白的风格,他首先要心里明白;如果想写出雄伟的风格,他首先要有雄伟的人格。"一个人如果没有一定的人格修养,想单纯依靠几句漂亮的口号来创作某种风格的作品,在创作实践中是行不通的。鲁迅在20世纪30年代就批评了这样的人,当时有些人缺乏革命的思想意识,没有革命家的伟大人格,却自称革命文学家,写的是"革命文学"。鲁迅就批评说:"我以为根本问题是在作者可是一个'革命人'……革命人做出来的东西才是革命文学。"

当然,也存在文学风格与作家的人格不一致的情况,也就是"文不符人"。例如,西晋诗人潘岳,写过一篇《闲居赋》,格调高雅,把自己描绘成一个淡于利禄,忘怀功名的人,而实际上他却趋炎附势,对当权的贾谧,望尘而拜,人格十分卑下。这样的例子还有很多,刘勰在《文心雕龙·程器》篇里一口气就数了一二十个没有品行的文人,齐梁以后有许多更显著的例子,如冯延巳、严嵩、阮大铖之流。

如何来看待风格和人格的不一致呢？在意大利美学家克罗齐看来,这不足为奇。他认为风格是艺术范畴,人格是道德范畴;艺术活动出于直觉,道德活动出于意志;艺术是超功利的,道德是功利的,两者并不相同。因此,一个人道德上的卑下并不妨碍他在艺术上的成就,批评家也不应从他的人生事迹推论他的艺术的人格。我们认为,人是一个有机体,艺术活动与道德活动恐怕不能像克罗齐分得那样清楚。对于风格和人格不一致的现象,朱光潜认为可以用心理学上的"双重人格"去解释。他认为人品卑鄙而文艺优越的人是双重人格的人,是一种变态,只是少数人身上出现的现象。正常的情况是文品表现人品,风格是人格的体现。所以一个人要在文学上有真正伟大的成就,有自己独特的个性风格,他必须注重人格修养。

2. 时代风格

文学的时代风格,就是作家作品在总体特色上所具有的特定时代的特征,它是该时代的精神特点、审美要求和审美理想在作家作品中的体现。每一个作家都生活在一定的时代环境中,生活环境、社会风尚的变化,必然影响到作家的创作,从而使他的创作体现出鲜明的时代风格,这就叫作"文变染乎世情,兴废系乎时序"。由于生活环境、时代精神以及审美风尚的影响,个人的创作总要体现出某种时代风格。

3. 民族风格

民族风格指文学作品受民族生活、民族文化、民族个性等因素影响而形成的带有民族特点的独特的审美风貌。每个民族都有自己独特的社会条件、经济状况、自然环境、风土人情、习俗爱好、语言文字等,在这个基础上形成各自不同的社会生活特点和文化传统。不同民族的作家,受其民族性格、民族文化传统、民族审美情趣与民族语言等因素的影响,其作品在内容与形式上,必然会染上浓郁的民族特色。

4. 地域风格

地域风格是指文学创作受地域环境影响而形成的审美风貌。不同的地域有不同的自然环境和社会环境,某一地域的作家艺术家受到当地的生产水平、生活条件和文化传统的影响,形成了自己独特的精神气质和审美情趣,这些特点反映在其文学创作中,便形成独特的浓郁的地域特色,这就是文学的地域风格。例如,我国自古以来就有南北两地不同的文学风格。早在东周列国时代,反映我国北方地区民风为主的《诗经》和代表南方楚地风采的《楚辞》,风格就截然不同。《诗经》重于显示生活的描绘,文风平实;《楚辞》耽于幻想世界的驰骋,色彩瑰丽。到后来,由于南北朝的分裂和南宋与金的对峙,南北两地文学风格的差别越发明显。

第四章　文学欣赏与文学批评

第一节　文学的传播与接受

文学活动并不单指作家的创作,还包括作品的传播与接受。作家创作出来的文学作品只有经过传播,被读者接受,才能转化为现实的作品,才能实现其审美价值和社会功能。文学接受具有多层次性,通常是指文学欣赏和文学批评。本章主要论述文学欣赏的基本规律,包括文学欣赏的性质、文学欣赏的过程以及文学欣赏的效果等。

一、文学传播

作家写作并不是像有些人所想象的那样,是自娱自乐,或只是为写作而写作。事实上,作家创作文学作品是供人们阅读、欣赏的。他是以文学作品的形式与别人进行对话、交流,并试图获得社会的认可,乃至赞同。但是,作家的创作毕竟是一种个人化行为,要想使个人创作出来的作品能被社会读者所接受,获得现实的意义,还必须经过传播这一中介。

传播是传递、输送、沟通、交流信息的意思。换言之,所谓传播,就是人类通过一定的方式,进行直接或间接的信息交流。传播的重要意义就是分享信息,如亚历山大·戈德所强调:传播是使一个人或数个人所独有的信息,化为两个人或更多人所共有的过程。据此,所谓文学传播,就是指传播者运用一定的物质媒介和传播方式,将文学作品及各种文学信息传递给文学接受者的过程。文学的传播过程包含人们通常所说的文学的出版、发行与流通活动。在整个的文学活动中,文学传播联结着文学创作与文学接受,它以一定的物质媒介和传播方式使作家的个人作品社会化,并在某种程度上成为一种社会流通,使广大接受者能够自由地选择、阅读和欣赏,从而使文学价值的实现成为可能。

二、文学接受

在文学活动中,文学传播与文学接受是紧密相连的两个环节。没有传播,作家创作的作品便无以面世,读者的接受也会因没有对象而不复存在。文学接受是文学传播引导的社会行为。

(一)文学接受界定

"接受"作为一个专门的文学理论术语,源自20世纪六七十年代兴起的德国接受美学。简单地说,是指读者通过多种阅读方式与作品进行的对话、交流。接受美学的理论家认为:文学本文的接受是一种解释活动。作品的意义并不是固有的、隐藏在作品之中,而是存在于读者对作品的阅读活动中,是从具体化的阅读活动中生成的,是读者与作品相互作用的结果。[①]

在文学接受活动中,读者作为接受主体具有很大的自主性与能动性,起着举足轻重的作用,直接影响着接受的效果和作品的意义。但这并不是说读者可以随心所欲地理解作品,读者的自主性与能动性必须以作品为基础。换言之,即应当承认作品是客观存在的、第一性的,读者的具体化是在其基础上进行的。有的论者把读者的自主性与能动性推向极致,认为"本文的客观性只是一个幻想",这就陷入了主观化的误区。

(二)文学接受的多层次性

由于接受主体的素质有别,阅读作品的目的、态度不同,文学接受呈现出不同的层次,概括地说,主要有欣赏、批评、借鉴三个层次。

欣赏性接受,其接受主体主要是普通读者,着眼于对作品的阅读欣

---

① 陈文忠. 文学理论[M]. 合肥:安徽大学出版社,2002.

赏,目的在于通过对作品审美性的感受、体验、赏玩,获得精神上的愉悦和美感享受。它是一种审美接受活动,满足的是个体性读者的审美需要,着重实现的是作品的审美价值。

批评性接受,其接受主体主要是学者、评论家,侧重于对作品的鉴赏研究、理性评判。它是在审美体验的基础上,根据一定的理论观点和审美标准的指导,对作品进行理性的分析、研究和评价、判断。它是一种建立在审美接受活动基础上的科学活动,是审美性与科学性的统一,着重实现的是作品的包括审美价值在内的广泛的社会价值。

借鉴性接受,其接受主体主要是文人、作家,着眼于对作品的借鉴、学习。它是在审美体验的基础上,对作品进行个性化的研究、分析,意在探寻其成功的奥秘,借鉴其艺术上的优长,学习其创作技巧,提高自己的写作能力,创作出更好的作品。它是一种以审美接受活动为基础的学习再创造活动,审美性、创造性是其追求的目标。

在欣赏、批评、借鉴三个层次中,欣赏性接受是一种比较纯粹的审美接受,是文学接受的主要方式和主要内容。无论是带有浓厚科学意味的批评性接受,还是带有鲜明创造倾向的借鉴性接受,都必须建立在欣赏性接受的基础之上。事实上,欣赏也是文学创作的真正目的所在。因此,在文学接受中,首先要了解的便是欣赏的基本规律。

第二节 文学欣赏的过程与效果

一、文学欣赏的过程

文学欣赏是主客体之间交流、对话的过程。从欣赏主体说,文学欣赏是一个极其复杂的心理活动过程,一系列心理因素和心理运动形式交融互渗,共同作用,彼此关联,动态展开;从欣赏客体说,呈现在读者面前的只是静态的符号的存在的本文,必须对本文进行解读,才能将其潜在的意义和价值转化为显在的多种功能。因此,研究文学欣赏过程必须从主客体两方面入手进行分析。既要研究主体的心理活动过程,又要分析客体的本文构成及其特点。但是,一直以来,人们对文学欣赏过程的研究鲜能做到二者的融合,总是有所侧重。概括起来,主要有两种倾向:一种立足于主体,或者从把握形象的角度,由浅入深地分析读者对文学形象从感知、想象到体验、品味,再到最后的理解、判断的心理活动过程;或者侧重分析读者的具体阅读行为,分析读者对作品所进行的审美再创造的具体表现及其结果,从填补空白到还原,再到理解等。一种立足于客体,以本文的构成和特点为基础来解读本文,把握其意蕴和价值。它通常由辨识文学符号入手,在对本文符号的语音、语义、形象、情感等的综合辨识中,通过对本文文体的语言方式、结构方式、形象类型和表现手法等构成规则的综合把握,进而对本文进行整体感受和合理阐释。毋庸置疑,这两种研究从不同角度对欣赏过程的特点作了有益的探索。但我们认为,文学欣赏作为一种特殊的审美活动,是读者与具体作品碰撞、沟通、契合的双向互动过程,只有将两者结合起来,在解读本文的同时,也对读者不同阶段的审美心理和经验进行剖析,才更切合欣赏过程的实际。

(一)接受预示与期待视野

从总体上说,文学欣赏发生于读者对作品的阅读。但是,大多数读者在真正进入阅读、欣赏之前,还有一个欣赏的准备阶段,也就是在正式进入欣赏之前,对具体作品的有关知识作一些必要的了解。这对欣赏过程有深刻的影响。成功的欣赏,离不开必要的知识准备。欣赏前的准备,对欣赏的意义主要表现在两个方面:一是获得"接受预示",二是形成"期待视野"。

1. 接受预示

接受预示是指读者在进入欣赏之前,从作品的文体、题目、题解提要,以及文学史和文学评论等方面获得的有关作者、作品的预示信息。拿到一部(篇)作品,首先就会知道这是什么体裁的作品,诗歌、散文,或者小说、剧本;从题目和题解又能对作品内容有所了解。这是作品本身所提供的最基本的预示信息。在此基础上,最好还应借助文学史和文学评论,对作品的缘起和本事、作者的生平和思想作一些必要的了解。因为,无论是一部小说或者一本戏剧,一首好诗或一阕好词,往往都有它的本事与历史事实,如果不知道它的本事与历史事实,很难充分领略到它的好处。对作者情况的了解也是十分必要的。我们如要读《浮士德》,当作预备知识,先须去读歌德的传记,了解他的宗教观,他的对于科学(知识)的见解,他的恋爱经过,他曾入宫廷的史实,当时的狂飙运动,以及他在幼时曾看到英国走江湖的人所演的傀儡剧《浮士德博士的生涯与死》等,那么,素称难解的《浮士德》,也就不难入门了。这就是古人所说的,"必先得诗人之心,然后玩之易入"。

2. 期待视野

期待视野是姚斯提出的一个重要概念,是指对作品的某种"先入之见",是读者在进入欣赏过程之前已有的对于所读作品的预先估计和期待,是一种预先存在的阅读意向。它将决定读者对所读作品内容的取舍,决定他的阅读重点,也决定他对作品的基本态度与评价。期待视野是欣赏活动的基础。

(二)本文解读与审美体验

文学作品是一个多层次的审美结构,它制约着读者的欣赏活动,并使文学欣赏明显区别于其他艺术品的欣赏。文学作品的结构层次有不同的划分法。从欣赏主体感知和深入作品本体的角度看,可以把作品分为三个基本层次:语言层、形象层、意蕴层。文学是用语言刻画形象表现作家情思、反映社会人性心理和时代精神的艺术作品。语言、形象、情意,是文学作品由外而内的结构层次。在这三个层面中,语言层处于最表面,语句形成的声韵节奏和字面意义最先被读者感知和理解;形象层是语言刻画和再现的形象体系和景物场面,它凭读者的再造想象被感知;意蕴层是形象体系和景物场面所蕴藏的思想情感意义,处于作品的最深层也最难以把握。文学欣赏过程,一般总要经历语言的玩味、形象的感知、意蕴的领悟这一由表及里、逐步深化的过程。

1. 语言的玩味

文学是语言的艺术,对欣赏者来说,语言是进入作品艺术世界的桥梁,窥视作品诗情画意的窗户。因此,文学欣赏首先是对语言的玩味。阅读小说,必须透过语言文字才能如临其境,如见其人;诗是语言的精华,欣赏诗歌,更离不开对语言的涵咏玩味。钱钟书说得好:"诗藉文字语言,安身立命……品诗而忘言,欲遗弃迹象以求神,遏密声音以得韵,则犹飞翔而先剪翮、踊跃而不践地","是以玩味一诗言外之致,非流连吟赏此诗之言不可。"

关于汉语文字的审美特性和美感特点,鲁迅有精辟的论述:"诵习一字,当识形音义三:口诵耳闻其音,目察其形,心通其义,三识并用,一字之功乃全。故其所函,遂具三美:意美以感心,一也;音美以感耳,二也;形美以感目,三也。"古人论文学欣赏有"玩赏""玩咏""玩绎"之说;汉语文字有"形美""音美""意美"之分。文学家尤其是抒情诗人又总是最充分地利用语言的每一种审美特性。因此,语言的玩味,应包括造型美的玩赏、音乐美的玩咏、意义美的玩绎三个方面。

造型美的玩赏与中国文字本身充满了视觉意象这一特点有关。诗人有时从诗情出发,匠心经营,选用特殊的文字,使诗意图像化,给读者以造型美感。最常见的是将许多偏旁相同的象形字重复排列,用以增强视觉形象感,即如鲁迅所说:"写山曰峻峭嵯峨,状水曰汪洋澎湃,蔽芾葱茏,恍逢丰木,鳟魴鳗鲫,如见多鱼。"杜甫《曲江陪郑八大南史饮》:"雀啄江头黄柳花,鵁鶄鸂鶒满晴沙。自知白发非春事,且尽芳樽恋物华。"往上看,一只雀在江头黄柳花上跳啄;往下看,"鵁鶄鸂鶒"密密麻麻地卧满了晴日的沙滩。二句之中一连用了四个"鸟"部的字,群鸟戏嬉,排满沙滩,其中的画趣是很值得玩赏的。在诗歌创作中,语言造型美的表现是多方面的,就单字而言,或利用文字的原始象形而突出其印象;或将单字连续层叠以加强画面感等。就句型而言,有分行布段、变换句读位置或换行、利用句型长短排列以模拟形象等。

语言的玩味,包括造型美的玩赏、音乐美的玩咏和意义美的玩绎,这二者常常是同时进行的,并且构成欣赏活动的基础。但从对作品的审美理解看,还是属于表层的和局部的,在此基础上应当进入艺术境界和形象体系的整体感受。

2. 形象的感受

文学形象的感受,明显不同于造型艺术的形象画面的感受,大致有

第四章　文学欣赏与文学批评

两点区别。首先,绘画、雕塑的欣赏都是"并时"的,作品形象在一瞬间便全部呈现在欣赏者的面前。文学形象的感受则是"历时"的,读者所面对的只是白纸黑字,他必须通过向纵深发展的阅读过程,才能把白纸黑字在自己的头脑中逐步转化为生动活泼的形象。因为,造型艺术是空间艺术,文学是时间艺术,绘画表现的是在空间中并列的事物,文学表现的是在时间中先后承续的事物。其次,造型艺术是视觉艺术,形象的感受有赖于艺术对象的实际存在,如对绘画的欣赏就是通过视觉直接感觉和认识眼前的画幅,或《蒙娜丽莎》或《清明上河图》。文学艺术是想象艺术,文学形象的感受并没有艺术对象的实际存在。阅读小说而"如见其人",并不是通过"感知",而是通过"呈像"。所谓"呈像"就是赋予不存在以存在,在阅读过程中使原来不存在的形象在我们心目中呈现出来。所以,文学形象往往缺乏造型艺术、表演艺术那样强烈的直感性。因此,文学欣赏特别需要主体的参与,强调欣赏者的情感体验和想象再创造。

3. 意蕴的领悟

在深切感受整体形象的基础上,就进入对作品深层意蕴的理解和领悟。所谓意蕴的领悟,就是读者通过思索与回味,由个别把握一般,从有限进入无限,体悟韵外之旨,领会言外之意,把形象意境的深层意义转化为自己的思想认识,获得人生真知,升华精神境界。面对李白的《玉阶怨》,读者在深切体验的同时,经过进一步的思索,会获得这样的认识:荒淫无耻的封建皇帝、暗无天日的封建制度,酿成了这位少女的悲剧。而在那罪恶野蛮的痛苦时代,曾经有多少渴望自由幸福的少女被幽禁深宫,在寂寞和痛苦中变为白头宫女。读王之涣的《登鹳雀楼》,人们从诗中领悟到了"站得高,看得远"的哲理,还可能获得这样的启示:要实现自己的理想和抱负,必须自强不息,奋进不止。在欣赏中,意蕴的领悟极为重要,它是成功的欣赏活动的标志。倘若仅局限于故事情节和字句画面,就不能算欣赏活动真正完成。因为,正如梁宗岱所说:"一切伟大的诗都是直接诉诸我们底整体,灵与肉,心灵与官能的。它不独要使我们得到美感的悦乐,并且要指引我们去参悟宇宙和人生底奥义……使我们全人格都受它感化与陶熔。"

二、文学欣赏的效果

(一)文学欣赏与文学功能

1. 文学功能的实现

文学的社会功能也就是人们常说的文学的社会作用,只不过功能是从作品自身的角度来说,作用则侧重于作品对社会的影响而言。简单地说,文学的社会功能,就是文学价值的具体体现。文学作为人类有意识创造出来的精神产品,总是带有一定的目的和意义,包含着丰富的审美价值。文学作品被作家创造出来,进入社会生活,便会通过读者的欣赏、接受活动显现其丰富的价值内涵,并反作用于社会生活,对人类的心理与社会实践活动发生影响,这便形成了文学的社会功能。[①]

作家创造的文学作品具有价值,但只是一种潜在的价值。如果作品一经诞生就将其藏之名山,其价值就永远无法实现,它的社会功能也无以存在。只有经过读者的欣赏,在读者的欣赏过程中文学价值才能得以显明,文学的社会作用才能得以发挥。文学欣赏是对象与主体之间相互联系的纽带,是作家与读者、作品与现实相互联系的必要环节,也是文学功能得以实现的途径。离开了欣赏,文学的诸多社会作用只能是一句空话。读者欣赏作品、接受影响的过程,正是文学得到社会承认,发挥社会作用的过程。也正因此,许多作家往往直接向读者发出吁求,希望作品得到人们的欣赏。

2. 文学功能的特点

文学的功能不同于经济,也不同于政治,它不可能使人获得直接的物质利益,也不可能取代政治直接影响社会发展进程。文学的功能是精神性的,它直接指向的对象是读者,主要是对读者的精神世界产生影响和作用。文学的力量在于打动人心,它通过陶冶人心,塑造灵魂,提高民

---

① 陈文忠. 文学理论[M]. 合肥:安徽大学出版社,2002.

族的文化素质和精神文明水平,从而间接地影响到人们的实践活动。用王国维的话说,这是一种"无用之用"。对于这种"无用之用",丰子恺曾作过精辟的概括:"艺术及于人生的效果,其实是很简明的:不外乎吾人对艺术品时直接兴起的作用,及研究艺术之后间接受得的影响。前者可称为艺术的直接效果,后者可称为艺术的间接效果。"这从一个侧面道出了文学作用于人生的两个基本特点:直接感发和间接影响。

(二)文学功能的多样性

文学功能具有多样性。亚里士多德在《政治学》中指出,文艺的学习有几个目的,那就是:"①教育,②净化,③精神享受,也就是紧张劳动后的安静和休息。"关于文学的多种功能,历来有不同的说法,但概括起来主要不外乎以下四个方面。

1. 心灵情感的交流

无论是叙事文学,还是抒情文学,其作品中总是深深地渗透着作家本人的情感态度,这种情感并非作家臆造,而是人们生活中存在的,被人们体验过的。作家的深刻与独到之处在于他以艺术的手法塑造了一个人们似曾相识的文学世界,将这些人们熟视无睹的、被掩饰了的、被遗忘的甚至被诋毁的情感加以重新体验和表现。所以,在某种意义上也可以说,作家创造的文学世界其实也是一个情感世界。读者对文学作品的欣赏过程,就是一个情感体验的过程,如刘熙载《艺概》所言"作者情生文,斯读者文生情"。

2. 人格境界的提升

这是文学的教育功能。文学欣赏的过程,不仅是情感体验的过程,也是受教育的过程。优秀的文学作品能够对读者的思想、道德产生深刻的影响,帮助他们明辨是非善恶、真假美丑,提高思想认识,增强道德感,使读者心灵得到净化,人格境界得到提升。

文学是生活的反映,但作家对社会生活的描绘、反映并不是纯客观的,它带有主体性色彩。任何一部文学作品,总是或隐或显地渗透着作家主体对生活的理解、评价和情感态度。作家的思想情感倾向通过生动的艺术形象构成了对读者的潜在影响,而且,读者也的确会被影响。因为文学特殊的审美形式,使读者在阅读文学作品时会不由自主地进入作品所规定的情境,并自然而然地将自己的生活、思想与作品中的人物相比较,从而产生思想、情感上的微妙变化,甚至影响到行为。文学的教育功能之所以比"严厉而生硬"的说教来得有效,是因为它的思想情感倾向、它的教育意义是蕴含在优美生动的艺术形象之中的,作者是在被吸引的审美体验中不知不觉地接受教育和熏陶,这是一个耳濡目染的过程。这种潜移默化的影响是文学教育功能的特点。

3. 审美能力的培养

文学具有审美功能,这是不争的事实。作为特殊的审美意识形态,文学是人类对美的追求的结晶,是人的审美意识的集中表现:优秀的文学作品能够满足读者的审美需要,将读者带入自由的审美境界,并在审美的愉悦和精神自由的快乐之中,培养、提高他们的审美趣味和能力。

文学的审美功能不同于单纯的娱乐,它在令读者情感愉悦、精神放松的同时,还能培养、提高他们的审美情趣和审美能力。文学作品是作家按照一定的审美理想和美的规律对社会生活素材选择、提炼、加工、创造的结果,它不像科学著作那样,以精确的判断、缜密的论证、充实的材料来显示它的力量。优秀的文学作品呈现给读者的是内容与形式的辩证统一,既源于现实又高于现实的艺术世界,它以生动的形象、丰富的情感、精巧独特的艺术形式感染读者,不但影响读者的理智,给人以知识,同时能激发人们喜怒哀乐、爱憎好恶之情,锻炼人们对作品艺术形式的感受和品析能力,给人审美愉悦和形式美感,唤起人们对美好事物的热爱和追求,从而使人们慢慢形成健康、高尚的审美趣味和敏锐、细腻的审美能力。别林斯基说"美文学感受力在一个人身上是被美文学作品本身发展起来的",确非虚言。五四新文化运动后,在小说、诗歌等领域,人们开始大量借鉴西方的一些表现手法和艺术技巧,如心理描写、开放性结构、隐喻、象征等。起初,它们并不能为广大读者所接受、理解,但是在这类作品长期熏染中,人们开始慢慢感受到其中的妙处,领悟到其独特魅力,甚至能对它做出恰当的评判。显然,是这类作品自身培养了人们对它们的兴趣和鉴赏能力。

4. 认识视野的拓展

这是文学的认识功能。优秀的文学作品本身就是一个自足的艺术世界，涵容着社会、人生方方面面的知识和信息。对它们的阅读，读者能看到不同时代的社会生活的具体面貌，获得关于社会、人生的多方面知识和规律，使作为个体的读者有限的视野、知识和生活经验得到开拓、增长和丰富，提高了观察生活、认识人生、理解现实的能力。正是在这个意义上，车尔尼雪夫斯基指出，文学是"人的生活的教科书"。

人是文学描写的中心，写人必然要触及社会和自然、经济基础和上层建筑、物质生活和精神生活等各个领域，而且文学又是以形象的方式来反映这一切，所以优秀的文学作品提供给读者的社会生活画面和知识信息不仅是丰富的，而且是综合性的，既有显在的表层的具体感性的生活图景和时代风貌，又有潜在的深层的社会本质规律和人性心理、时代精神，这往往是社会科学著作难以达到的。正如马克思对狄更斯等英国批判现实主义作家的称赞："他们在自己的卓越的、描写生动的书籍中向世界揭示的政治和社会真理，比一切职业政客、政论家和道德家加在一起所揭示的还要多。"优秀的、容量较大的文学作品一般都具有这种功能。如曹雪芹的《红楼梦》鲜明生动地描绘了中国封建社会末期的生活图画，六百多个人物活动于其中，内容涉及政治、经济、文化、习俗、宗教、艺术、建筑、医药、烹饪等各个方面，形象地揭示了那个时代的社会面貌和错综复杂的社会关系本质。

尽管文学能够拓展读者的认知范围，提高人们的认知能力，具有巨大的认识功能，但也应认识到对知识的呈现并不是文学的目的，所以这种呈现是有限度的。

第三节　文学批评的过程、功能与态度

有创作就有欣赏，欣赏又导致批评。文学批评是文学活动中不可缺少的一个环节，它对创作和欣赏都有促进作用。文学批评是在欣赏基础

上的提高,主要是对文学作品的评论分析,也包括对作家、创作、文学现象、文学思潮等方面的评论分析。文学批评以理性分析为特色,故刘昼说它是"绳理"。

在古代文论中,批评理论比欣赏理论成熟和发展得早。先秦时期,季札对周乐的评论及孔子对《诗三百》的评论,标志着已有文学批评了。特别是孔子对《诗》的评论,文学批评的色彩很浓。如《论语·为政》云:"《诗三百》,一言以蔽之,思无邪。""思无邪"就是对《诗三百》思想内容的评价。《论语·八佾》云:"《关雎》,乐而不淫,哀而不伤。""哀乐中和,不淫不伤"是对《关雎》思想感情的评价。孟子提出"知人论世"的批评方法,影响极为深远。批评理论之所以早于欣赏理论,大概是因为先秦时期《诗三百》作为政治应用工具在社会上广泛流行,思想家们自然要对其作出一定的评价,从而形成批评理论。到汉代,《诗》在政治外交方面的应用性虽不如先秦时期,但由于它上升为"经",经学家们对它的研究格外热衷,构成了汉代文学批评的重要内容。汉儒在经学阐释中也提出了一定的批评思想。如《毛诗序》提出的"止乎礼义""主文而谲谏"等,体现了儒家的诗学批评思想。而王充对复古、崇古之风的批评,对"文必艰深论"的批评,具有鲜明的文学批评色彩。进入魏晋南北朝,批评论亦进入成熟期,曹丕《典论·论文》就是一篇极为重要的文学批评文章,文中对"文人相轻""闇于自见""贵远贱近,向声背实"等不良文学风气的批评及"审己以度人"批评态度的提出,标志着文学批评的发展。刘勰《文心雕龙》设《知音》篇论述欣赏批评问题,并提出"奇正""复义""六观"等批评标准。钟嵘的《诗品》作为第一部诗歌论著,也是一部成熟的文学批评著作,建立了以审美为中心的文学批评原则。唐代以来,批评理论大量出现,特别是到了明清时期,小说、戏曲理论亦出现于文学批评领域,标志着古代文学批评理论的全面展开。

源远流长的古代文学批评理论在发展过程中积累了大量的资料,形成了自己的特点和理论系统。古代文论家对文学批评的论述,主要包括批评过程、批评功能、批评态度、批评标准、批评方法及批评家的修养等方面内容。

一、文学批评的过程

刘勰认为,文学欣赏、批评同文学创作一样,也是一个审美活动过

第四章 文学欣赏与文学批评

程,但是这一过程的顺序却完全不同。《知音》篇云:"夫缀文者情动而辞发,观文者披文以入情。沿波而讨源,虽幽必显。世远莫见其面,觇文辄见其心。"这是说,作家创作是从情感出发,先有情感的产生,然后再用文辞加以表现,即"情动而辞发"。而文学欣赏、批评则相反,欣赏者、批评家必须从作品的语言形式入手,通过阅读语言文辞而了解作品的内容和作家的思想感情,是一个由文到情的过程,即"披文以入情"。创作是由隐到显、由内到外、由情到文;欣赏批评则是由显而隐、由外而内、由文而情。文辞语言是沟通读者、批评家和作家的中介。

刘勰揭示文学欣赏、批评与文学创作的不同特点很有意义,因为这正是读者、批评家对作品评价往往与作家本人有所不同的原因之一。读者欣赏作品,首先要接触作品的语言、形象等,而作品的艺术形象包含着作家的主观因素和现实生活客观因素两个方面,是一个意义复杂的复合体。作家的主观情意、褒贬态度及形象本身的客观意义,都包含在艺术形象之中。读者接触艺术形象,一般来说首先要了解形象本身的现实内容,对于这种形象本身的客观的现实内容,由于读者本人的生活、思想、经历等不同,可以得出和作家的主观认识很不同的理解和看法,甚至相反的看法和见解。如贾宝玉这一人物形象,作者的态度是同情和肯定的;而封建遗老则认为他是败家子;具有民主思想的封建时期的受压迫者则从中得到鼓励,视为知己。对张生、莺莺等人物形象,也有不少不同的看法。同一篇作品,不但读者和作家可以得出不同的结论,不同的读者也可以得出不同的结论。如《长恨歌》,有人认为是讽刺批判唐玄宗,有人认为是歌颂李杨爱情等。①

二、文学批评的功能

古代文学批评论之所以特别发达,因为它有极强的应用功能,对古代文学的发展起着重要的作用,古代文学批评家格外重视。

文学批评的功能首先体现为对作家、作品的评论,因为对作家、作品展开批评是文学批评最重要的任务。清末陈衍《与邓彰甫》云:"且所谓批评者,一则能抉古人胸中欲吐之妙,以剖千古不决之疑;一则援引商

---

① 陈文忠. 文学理论[M]. 合肥:安徽大学出版社,2002.

略,判然详尽,以自见其赅博。""抉古人胸中欲吐之妙",主要是对作家的评论,"判然详尽,以自见其赅博",主要是对作品的评论。古代文学批评家对作家、作品的评论,资料非常多。孔子对《关雎》及其《诗三百》的评论,是作品批评的较早范例。汉代刘安、司马迁、扬雄、班固、王逸等对屈原的评论,是较早的对作家的评论。此后,曹丕对建安七子的评论,是较有代表性的对作家的评论。刘勰《文心雕龙》各种理论的提出,实际都是以对大量作家、作品的评论为基础的。钟嵘的《诗品》主要就是对一百二十二位诗人及作品进行的评论。唐宋元明清文论中对作家、作品的评论,难以胜数。通过对作家、作品的评论而提出理论观点,是中国古代文论的一个突出特点。特别是明清时期的小说、戏曲理论,以评点为方式,其理论观点就建立在对作品的分析评论上,并且理论与作品文本结合在一起。

实际上,古代文学批评"驳正谬误,指陈是非"的功能,更广泛地表现在对各种文学现象是是非非的指陈评论上,包括对各种谬误的文学思想、理论观点进行批驳,对各种错误的文艺思潮、创作风气进行拨正,对作家及创作得失的评价等。文学批评的这种功能在古代文学的发展中体现得很充分,就文学思潮、创作风气看,每当错误思潮、不正风气兴起流行时,批评家总会起来进行"驳正谬误,指陈是非",使创作走上正路。其例很多,如南朝流行形式主义诗歌,钟嵘的《诗品》就是"疾其淆乱……感而作焉",针对玄言诗、事类诗、永明体等展开批评。初唐流行形式主义宫体诗,陈子昂提出"风骨""兴寄"等口号,进行针锋相对的批评。中唐流行形式主义骈体文,韩愈、柳宗元开展古文运动。北宋初流行"西昆体"及骈体文,欧阳修等掀起诗文革新运动,并提出一系列文学批评理论,从而扭转了错误文学潮流的流行。明代唐宋派、李贽、公安派等对前后七子复古主义的批判,也是如此。

由于文学批评具有"驳正谬误,指陈是非"的功用,因而创作离不开批评。若缺乏正确批评的指导,就会导致创作的失误。

三、文学批评的态度

要想展开健康的批评,必须要有正确的批评态度,因为正确的批评态度是正确批评展开的必要条件,古今文学批评莫不如此。古代文论家对于正确的批评态度非常重视,曹丕在《典论·论文》中就批评了多种不

第四章　文学欣赏与文学批评

正确的批评态度,如"文人相轻""善于自见(张扬自我)""贵远贱近(盲目崇古,轻视当代),向声背实(只看名声,不顾实际)""闇于自见(不了解自己的缺点),谓己为贤(自认贤能,藐视他人)"等。刘勰《文心雕龙》也批评了"崇己抑人""信伪迷真"等错误态度。

但是,正确批评态度的建立又是非常困难的事。因为"会己则嗟讽,异我则沮弃",批评中很难摆脱主观因素的影响。清代康发祥《伯山诗话再续集》云:余意说诗者难于不存成见。……或位高望重,惜墨如金;或谊浅气浮,操瓠任意。

人们很难公平地评价作品,常常从一己之好恶出发,爱同憎异,合乎自己兴趣的作品就大力赞扬,不合口味的作品则不屑一顾,"夫赏其快者必誉之以好,而不得晓者必毁之以恶,自然之理也"。"近人之情,爱同憎异,贵乎合己,贱于殊途"。这种不顾客观实际的批评态度,只能导致刘勰《知音》篇所说的"东向而望,不见西墙"的结果。因而,批评家首先必须克服自己的缺点,端正批评态度,这是保证正确批评得以展开的前提。

第四节　文学与审美

人们常说,文学是语言的艺术。"艺术"这个特征,一方面将文学与其他以语言为媒介的文类区别开来,另一方面又将文学与其他非语言媒介的"艺术"门类联系起来。如果从"艺术"这个角度看,文学与音乐、绘画、舞蹈、戏剧、影视艺术等都具有一个基本的特征——审美,它们都属于康德所说的"美的艺术"。

一、文学审美性在文学作品中的表现形式

(一)文学反映的是人与世界的审美关系

在长期的社会历史实践中,人类与世界间建立了多种价值关系,包括实用价值、认识价值、道德价值、政治价值、宗教价值、审美价值等。文

学所反映的主要是人与世界的审美价值关系,体现的是社会生活的审美价值。当然,文学所反映的人与世界的审美价值关系不是一种孤立的存在。审美价值与非审美价值是辩证统一的:一方面,对审美价值的获得往往与对其他价值的拥有相互矛盾,例如对实用价值和认识价值的追求会抑制甚至破坏审美价值,对政治价值的过分强调也会导致对审美价值的忽视和贬低。另一方面,审美价值永远和世界的其他价值内在地联系在一起,审美关系和人与世界的其他关系永远是共生的,它们相互渗透,相互依存。审美价值不是一种抽象的存在,它总是具体体现在社会生活的各个方面。现实的审美价值具有一种溶解和综合的特性,可以把认识价值、道德价值、政治价值、宗教价值等都溶解于其中,综合于其中。因此,我们在文学作品中看到的实际情形是,文学艺术不但不排斥非审美价值,相反,总是将非审美的认识因素、道德因素、政治因素以及宗教因素交融在一起,使之成为文学审美对象的一个有机的组成成分。文学作品中的审美因素总是以一种独特的方式凝聚起政治、道德、认识等各种信息。在审美价值与认识价值、政治价值、道德价值、宗教价值的关系上,一方面不要走向唯美主义,唯美主义主张文学作品的美仅仅在于作品的形式,如色彩、节奏、韵律等,轻视文学对认识、政治、道德等社会生活的反映,将审美与认识、道德、政治割裂开来;另一方面也不赞成单一的认识论观点,这种观点片面地强调文学作品的认识价值、道德价值和政治价值,往往使文学作品成为某种政治观念图解、道德说教甚至变相的社会学著作。上述两种偏颇在中外文学史上都曾经多次出现,甚至给文学自身的发展造成了很大的干扰和破坏。

(二)文学作品的审美性

审美性是文学艺术的特质,它与文学中的其他因素如认识、政治、道德等不即不离,但是又不等于这些因素本身。缺少了审美性,文学作品就成了一些人事景物的堆砌;有了它,即使是那些庸常丑怪的事物也会产生艺术魅力。可以借用"格式塔"心理学派的术语"格式塔质"来命名文学作品的这种审美特质。格式塔质不是事物各种成分的性质的简单相加,也不同于其中的任何一个因素的性质,而是一种超越于各个组成因素的整体质。如果以音乐为例,那么格式塔质不是那些单个的音符,甚至也不是节奏或旋律,而是节奏与旋律之上的"音乐"。

如果以绘画为例，那么格式塔质不是那些线条与色块，也不是构图与物体，而是构图与物体之上的"画面"。文学作品中的格式塔质也是这样，它不是作品的具体题材，也不是传达的媒介——语言，它是中国古人欣赏的"气""神""韵""境""味"以及"象外之象""景外之景""言外之意""韵外之致"，它是西方文学家、文论家推崇的"诗意"和"文学性"。有了它，诗也是诗，小说也是诗，戏剧也是诗，散文也是诗，甚至哲学著作、历史著作中也有诗。

二、文学审美主体的审美把握

（一）审美价值在审美把握中产生

中外艺术史、文学史和美学史上，都曾有不少人坚持认为美是与人无关的客观事物的客观属性。他们把美归之于某种线条、色彩、形体，某种比例、节奏、音色，并且将这种所谓的美的客观规律奉为艺术创作的永恒信条。从古希腊的毕达哥拉斯学派发现的"黄金分割率"到文艺复兴时期众多画家对人体解剖比例的精心测算，都是这种努力的表现；在西方源远流长的摹仿说也是以这一美的理念为基础的。对这些"美的客观属性"的发现的确帮助艺术家创作了大量美的艺术作品，但是这并不能证明真的存在着一种与人无关的美。这些美的规律无论多么"客观"，仍然是人通过人的眼睛和人的心灵发现的，它们从一开始就是人按照自己的尺度、为了满足自己的精神需要选择出来、领悟出来的。也就是说，审美对象只有在审美主体的视野中才能出现，审美价值只有在审美把握中才能产生。我们可能无法否认达·芬奇的《蒙娜丽莎》中没有某些人体解剖学的规律，但是《蒙娜丽莎》的美表现在那神秘的微笑以及画家洒在画面上的心灵之光，来自画面上的人物形象和画家的内在精神以及这精神的表现。

另一种观点也许更接近艺术审美的实际，这就是以康德开端的审美理论。黑格尔对艺术的基本观点是："只有通过心灵而且由心灵的创造活动产生出来，艺术作品才成其为艺术作品。"清代诗论家叶燮也一再说："凡物之美者，盈天地间皆是也，然必待诗人之神明才慧而见。"（《集唐诗序》)"名山者,造物之文章也。造物之文章,必藉乎人以为遇合,而人之与为遇合也,亦藉乎其人之文章而已矣。"(《黄山倡和诗序》)"天地之生是山水也,其幽远奇怪,天地亦不能一一自剖其妙,自有此耳目手足一历之,而山水之妙始泄。"(《原诗·外篇》)"天地之心,而赋万事万物之形,朱君以有心赴之,而天地万事万物之情状皆随其手腕以出,无有不得者。"(《黄叶村庄诗序》)这些论述都强调了主体心灵在文学审美中的主导作用。

(二)审美主体的心理机制

还需要进一步思考的是,在文学审美活动中,审美主体的心理机制究竟有什么特点?与其他精神活动中的心理状态相比有哪些异同?文学审美活动自身又有哪些不同类型?

从心理角度看,文学审美是一种自由和谐的内在体验。康德认为审美体验是"内心诸能力的游戏中那种一致性的(内感官的)情感"。在非审美活动中,各种心理机能不是相互贯通、和谐活动的。如在单纯的生理体验中,只是某些感官以及与之相应的心理机能处于极端兴奋状态,其他的精神机能则被压抑了。在单纯的道德实践中,责任感和义务感被充分激发,向善的意志成为心灵的主宰。在紧张的科学活动中,理智的因素压倒一切,情感与个人倾向被尽量排除。只有在审美体验中,人的以情感为中心的一切心理机制被全面地、充分地调动起来,达到了高度的和谐。正是在这个意义上,我们说审美是自由在瞬间的实现,审美是苦难人生的节日。在审美的节日里,人的感知、回忆、联想、想象、情感、理智等一切心理功能都处于最自由的状态,人的这个心灵都暂时告别现实而进入无比自由的境界。康德在他的"美的艺术"论中声明:"人们只应当把通过自由而生产……称之为艺术。"[1]

文学审美的自由不仅是体验的自由,而且是行为的自由。以体验的自由,文学艺术与手工艺区别开来;以行为的自由,文学艺术与科学区别开来。文学审美是自觉高尚的精神追求,不是屈辱强制的谋生手段。文学为审美、为塑造健全自由的人格服务,为了将人从庸常狭隘中提升出来,进入一个与物为春、天地澄明的境界。因此黑格尔说:"审美带有令

---

[1] 刘建国. 中外文学理论研究[M]. 陕西师范大学出版总社,2017.

人解放的性质。"

　　文学审美是人的合规律性与合目的性的发展的重要保证,是个体心灵健康与社会组织健全的不可或缺的文化条件。

第五节　文学与抒情

一、抒情与表现

　　抒情诗的题材往往是某种内心活动。抒情诗有其"内倾性",它往往从人的内心活动寻找写作的对象。就像再现与叙事紧密相连,抒情与表现的关系非常密切。

　　由于抒情自身的表现性特征,抒情与"自我"表现具有非常密切的关系。正如艾布拉姆斯所言:"浪漫主义时期大多数主要的诗篇,同几乎所有的主要批评一样,都是以诗人为圆心而画出的圆。"抒情诗中的"我"与诗人的自我表现有着极其同一的关系。惟其如此,抒情诗人与外物的关系,就很像王国维说的"有我之境"的境界:"以我观物,故物皆著我之色彩。"就这个意义而言,所有的抒情诗都不可能是"无我之境",所谓的"无我之境",只是指"自我"表现成分相对不明显而已。因此,抒情诗人往往使外在事物成为诗人内心境况的写照与象征,其真正的描写对象还是诗人本人的内心境况。

二、抒情与修辞

　　修辞是使用语言的一种技巧,抒情诗与修辞的关系非常密切。抒情诗使用大量的修辞性语言,从而使语言极富艺术感染力。单纯地说"我的爱人很美",远非说"我的爱人是一朵红红的玫瑰"要来得更有感染力。同样,单纯地说"我很寂寞",远非说"我的寂寞是一条蛇/静静地,没有言语"(冯至《蛇》)要来得更有表现力。修辞是诗歌对语言的一种艺术性用语方式。运用修辞手段的语言,不仅能给读者以意外,而且能在这意外中获得某种"惊喜"。不同于一般的陈述语言,使用修辞的艺术语言是作者想象活动的展开,是一种曲折的但往往是更深入地表达自己意思的方法。仅仅辨明诗的语言中使用修辞的名称——何为比喻、何为夸张、何为拟人——并没有多大用处,重要的是要懂得从这种修辞方式的使用中体会作家意欲表达的情感与观念,具体的修辞方式很多,这里只谈反复与比喻两种。

(一)抒情诗与反复

文字在纸页上占有一定的空间,当我们阅读一首诗的时候,就是顺着这种文字的空间一行行地往下阅读的。有时候,在阅读一首诗的时候,我们会注意到文字里会有一些重复,这种重复可能出现在一行诗中或数行诗中,也可能出现在整首诗中,包括字、词的重复,也包括句子、章节的重复。这种重复是诗歌写作相当常用的一种技巧。从修辞上讲,可以称为反复。

在中国古代最早的诗歌总集《诗经》中,特别是在其中的"国风"里,我们经常能够读到反复咏唱的篇章。像《秦风·无衣》:

岂曰无衣?与子同袍。王于兴师,修我戈矛。与子同仇!
岂曰无衣?与子同泽。王于兴师,修我矛戟。与子偕作!
岂曰无衣?与子同裳。王于兴师,修我甲兵。与子偕行!

这是一首典型的章节复叠的诗,属于上面讲的句子和章节重复的例子。这首诗3章12句,章与章之间句式完全一致,第二章和第一章相比,只换了4个字,第三章和第一章相比,只换了5个字,而且,意义基本一致。章节的复叠在这儿形成平行的诗歌结构。这种独特的诗歌结构形式,应当与诗的原始起源有关,亦即与最早的诗的歌唱传统有关。它使诗便于记忆和吟唱,是人类早期诗歌的特色之一。章节的回环反复,可以增加诗歌语言的节奏感和音乐性,同时能够起到更好地表达情思的作用。直到今天,与诗分离的"歌曲"仍然保留着章节复叠这一传统,并将之作为歌曲写作的一种基本技巧。可以想象,先民同声吟唱这首充满阳刚之气的"战歌"时,反复的铺陈吟唱能够更好地抒发同仇敌忾的精神

第四章　文学欣赏与文学批评

气概。章节的复叠,在这儿并不是意义的无效重复,而是对诗意起到不断的加强和渲染作用。

字的重复一般称为叠字,也是相当常用的诗歌写作技巧。像《诗经》中的《小雅·采薇》"昔我往矣,杨柳依依,今我来思,雨雪霏霏"。"依依"与"霏霏"这两个叠字不仅传神地写出杨柳与雨雪的形貌,而且也传神地表达出抒情主人公久别后重回家乡细腻曲折的情感。这种例子在古诗中是非常多的。像《古诗十九首》中的《迢迢牵牛星》:

迢迢牵牛星,皎皎河汉女。
纤纤擢素手,札札弄机杼。
终日不成章,泣涕零如雨;
河汉清且浅,相去复几许!
盈盈一水间,脉脉不得语。

这首诗共10句,却在其中6句中用了6个叠字。全诗以五言诗的形式重写了民间关于牛郎织女的故事。"迢迢"写出牛郎与织女这一对相爱的人相隔的距离之遥远,"皎皎"写出"河汉女"(织女)之明亮(美丽),"纤纤"写出织女手的柔美,"札札"以象声的形式写织女织布,"盈盈"写出水的清浅,"脉脉"写出相爱的人的多情。6个叠字在这首诗中不仅加强了诗歌语言的节奏与音乐性,同时也有助于表达织女的相思之情。

(二)抒情诗与比喻

比喻,是借另一物来表现一物的语言方式。为分析的方便,人们往往认为一个比喻有三个要素:本体、喻体和喻词。本体指被比的事物,喻体指用来作比的事物,喻词指用来作比的词语。

古今中外的诸多诗歌都使用了比喻这一修辞方式。在中国古代诗歌中,使用比喻的诗歌比比皆是,宋代的贺铸写过一首词《青玉案》:

凌波不过横塘路,但目送,芳尘去。锦瑟华年谁与度?月台花榭,琐窗朱户,只有春知处。碧云冉冉蘅皋暮,彩笔新题断肠句。试问闲愁都几许?一川烟草,满城风絮,梅子黄时雨。

这里用一连串的暗喻来形容"闲愁"之多,达到非凡的修辞效果,使"闲愁"这一抽象的心理状态成了一系列具体可感的物象,而且,这些物象还不是无意义的拼凑,而是共同组成一幅美丽的南方烟雨图。这种表达方式在古诗中很多。像"离恨恰如春草,更远更行还生"(李煜《清平乐词》)以"春草"比喻"离恨",并展开性地把春草界定为"更远更行还生",用形象化的语言描述出了一种无法言明的心理状态。再如"问君能有几多愁,恰似一江春水向东流"(李煜《虞美人》)以"一江春水向东流"比喻"愁",用一种有形的动态的事物(水的绵延不绝和浩荡盛大)来比喻抽象的心理状态,将之写得具体可感。试想一想,如果一个诗人只是在一行诗中重复使用"很多很多"这样的描述性词语,即使是写上十个,也不如一个形象生动的比喻能够表达愁与恨的多与深。

当然,上述谈到的诗歌语言的修辞性,更多的是列举性的,而且似乎更适合传统诗歌。对现代诗来讲,情形会复杂得多。

第五章 文学活动与文化建设

第一节 文学活动的文化功能

　　社会精神价值状态对人的生存和发展极为重要,文学活动作为一种心灵文化活动,最鲜明地表征着社会精神价值状态,并直接与人的心灵即内在文化环境的建设密切相关。荣格在其《现代灵魂的自我拯救》一书中说道:"世界发展的趋向显示,人类最大的敌人不在于饥荒、地震、病菌或癌症,而是在于人类本身;因为,就目前而言,我们仍然没有任何适当的方法,来防止远比自然灾害更危险的人类心灵疾病的蔓延。"荣格看到"人类心灵疾病"比"自然灾害更危险",这是十分深刻的见解。当然,在荣格看来,文学活动也属于不是防止"人类心灵疾病的蔓延"的"适当的方法",但这并不否定文学活动建设人的内在文化环境的基本功能。人类的实践已经证明,从事任何活动的十全十美的适当方法是没有的,然而人类却在进步。文学活动虽不是防止人类心灵疾病蔓延的"适当方法",却能相对有效地提醒人们重视医治自我的心灵疾病,并为其提供应该具有的生存价值,而这就能使人类在精神上不断得到提升。特别是文学活动通过审美来激发人们的再造性和创造性的形象构想,非常有利于其将把握对象的方式组合成以感性为主导的感性与理性相统一,以情感为主导的情感与认知相统一,以想象为主导的体验与评价相统一的感染与熏陶活动,即主体借助与客体(文学作品)相互作用的关系,在文学作品中发现了能促进自我存在优化的信息与愿望,激情饱满地以此反窥自己现实的存在状态,并在丰富的联想中达到与价值自我的沟通。这是一种潜移默化的过程,它对防止人类心灵疾病的蔓延很有益处。

一、文学活动促进人对自我生存状态的自觉

人生最可悲的莫过于对自我生存价值选择的盲目和失误。一些杰出的作家之所以不厌其烦地提醒或追问人们"你为什么如此生活?""你知道你是谁么?"就是想让人们为了对自我生存状态有一个真正的自觉,而去关注和参与文学活动。《追忆似水年华》的作者普鲁斯特认为:"真正的艺术是重新发现现实,重新捕捉现实。"作家们的这种"重新发现"和"重新捕捉"目的就是要给人们提供创造性的新启示,使他们有可能随着时代的前进而不断地完善和提高自己的生存意义。"五四"时期,当鲁迅通过"狂人"的口,呐喊出"从来如此的就对么"这句惊世骇俗的话时,他扛住黑暗的闸门,放些阳光进来,无非是要冲击直至改变一下中国人所处的做稳了奴隶和想做奴隶而不可得的时代。他笔下的一系列人物形象,在给人的心灵以强烈震撼的同时,就是让人们思考自我和民族的命运,所谓改造"国民性",所谓"哀其不幸,怒其不争",其本质就在于唤醒人们对自我生存状态的自觉。把精神胜利法玩得烂熟的阿Q,心安理得地买和吃人血馒头的华老栓、华小栓,偷书被人打断了腿的孔乙己,抱着香炉心里就慰藉了的闰土以及倒毙在祝福爆竹声中的祥林嫂,等等,这些艺术形象给人们最重要的审美价值就是深刻的历史反思。[①]

法国存在主义代表作家、诺贝尔文学奖获得者阿尔贝·加缪,当其成年时,欧洲正陷于极端尖锐的矛盾冲突之中,随后他生活在虚无主义、矛盾、暴力和触目惊心的破灭残缺中。在他的作品里深刻地描写了人生的"荒谬",他对"荒谬"的分析,是以人的自我认识为起点的:通常人对自己的例行"功课"都能乐于接受,但突然一天人心中产生了一个活着为什么的疑问,这是在追问生命的意义。于是人立刻觉得自己似乎"置身于一个毫无光彩、毫无幻想的宇宙,自己只不过是个局外人,一个陌生者而已"。有了这样的感觉,便会进一步觉得自然界,甚至人与人之间的关系,都显得充满敌意与残忍。各种平凡的表情和姿势,"即使隔在电话亭玻璃门后面的两片无声无响的嘴唇,都呈现着毫无意义的哑剧的一面"。到最后,人们被一种可怕的死亡意识所占据。原来在这个荒诞的世界

---

① 畅广元.文学文化学[M].沈阳:辽宁人民出版社,2000.

第五章　文学活动与文化建设

中,理性并不能满足人类追求生命意义的"狂野欲望",而舍去理性,更是一无所有。正因为如此,荒谬才成为荒谬,因为人总要不断地思考自己的处境。死亡的必然与永恒之欲望,悲惨的坎坷与幸福的追求,离乱之忧与长聚之乐,万物存在的奥秘和对它的解答,这些尖锐相对而永难得到协调的事物,不就是人生"荒谬"表征么。在加缪看来,人生的荒谬的确是难以避免的,但它不应是促进人们感到绝望的理由,而应是促使人们提高生命价值的动力和迫使人们追求快乐与生活得更热烈的必要压力。

在《西西弗斯的神话》里,在作品结尾时,作者写道:"与高度搏斗(指把巨石滚到坡上)的心情就足以使人心里充实了。我们必须想象西西弗斯是快乐的。"从这种处理神话的方法,人们可以看到加缪崇尚一种不对命运束手就擒的精神。在该书的美国版本序言里,加缪写道:"此书写于……1940年,其时适逢法国和欧洲处于大灾难中,但此书所要宣称的是,即使局限于虚无主义的范畴中,我们仍然可以超越它而继续向前。"这说明,加缪对人生"荒谬"的描写,意在催人觉醒,他既要人们理解人生现实"荒谬"之不可避免,又要人们敢于面对"荒谬",对自我生存状态有一个清醒而坚定的选择。①

当然,对自我生存状态的自觉,并不意味着要把自我生存价值极端化,即把自己选择的生存价值置于最优地位,并与他人的生存价值完全对立起来。一般情况下,把自我生存价值极端化了的人,虽然他们的生存自觉性不低而且敏感,但由于其是以极端性生存经验为依据,具有自我中心的特性,因而它容易强化自我和与自我利益密切相关的群体自恋情结,在对现实和历史的认知上,往往呈现出鲜明的功利性以及恩怨犹存的偏激情绪。科学、健康的生存自觉性,是以对人的生存与其本质实现的深刻思考为基础,它关注人自身的完善,对自我的实存状态总是从其类本质,即自由自觉的活动来审视,因而更多的是看到其不健康、不完美的一面,在精神上追求前沿性和超越性。大凡优秀的文学作品,虽然不可避免地具有不同性质的局限性,但就其启示人的生存自觉性的总指向看,并不是要引导人们追求以极端性生存经验为依据的对自我生存状态的自觉性,而是激励人们尽可能地完善自我,并敢于超越自我。

---

① 陈汝倩.中西方文学理论研究与实践[M].长春:吉林出版集团股份有限公司,2020.

二、文学活动促进人对自己认知范式的丰富和更新

　　人类创造出关于我们世界的基本构成和总体意义的思想观念和知识体系,人们再运用这些观念和知识构筑自己关于世界的图式,作为其内在文化环境把握主客体的基本范式,以便为自我在不断变动的各种实践中,构想出其所需要的思想和行为的方式,保证实践活动的顺利进行。然而,人类的历史和现实却表明,即使在同一文化中生存的人们,由于人类创造出的关于我们世界的基本构成和总体意义的思想观念和知识体系有许多种,它们之间的关系极为复杂,既有彼此对立的关系,又有彼此互补的关系,还有两者兼之的关系,而个体的选择又是各式各样的,于是,人们内在文化环境的认识范式也是千差万别的。面对历史的发展和人类的进步,这千差万别的认知范式会为人们构想出性质不同的思想和行为的方式,使某些人随着历史的发展而进步,使有些人几经反复之后最终跟上了历史前进的步伐,而使有的人则成为时代的落伍者。这说明,人的内在文化环境认知主客体的基本范式,是否能适应历史的发展而能动地更新至关重要。文学活动具有促进人对自己的认知范式丰富和更新的功能,加缪说:"文学创作就是双重的生存。"所谓"双重的生存",就是既生存于现实世界,是现实世界给作家的启示,没有这种启示,他就无法进入创作。但是文学不是现实世界的复写和模仿,而是现实的变形,之所以要"变形",那是因为非如此无法传达出作家在现实中获得的新启示,所以,作家还得生存在和现实世界不同的另一个他创造的世界里。人们在文学活动中也要生存在两个不同的世界里,一个是文学作品所建构的世界,一个是自己实存的世界,当审美的方式让人们全身心沉入作品的世界中时,精神上的沟通和反照自身实存状态的活动,便会产生对自己的认识范式的丰富和更新的效应。一般情况下,这种效应主要是从以下两个方面实现的。

　　一是通过对作家把握世界即认识、表现和评价世界的方式的考察,使人们获得一种对认识的有机整体性和融会贯通的全面性的新感受,而这正是人们的认知范式丰富和更新的需要得以形成的契机。人要更新什么,首先得有一种内在的更新需要,没有这种需要,更新便不是能动的,即使由于种种原因而强行更新了也不会持久,最终还是要恢复旧

貌的。

　　人在文学活动中,当其从考察作家把握世界的方式中,强烈地感受到一种认识上的特征,并由此而体会到自己认识上的缺欠时,便会产生一种迫切提高自己认识能力的需要,进而认真地总结其认识上的教训,丰富甚至更新其认知范式。在相当长的一个时期里,我们习惯于从阶级的立场出发认识和评价历史文化现象,这种认知范式的依据是人们误把阶级斗争当作人类有文字记载以来的历史的全部内容。

　　二是通过对作品的总体精神、价值观念或形象系列的意义的体悟,使人们获得一种认识上的升华,自觉到自我既有的认知范式存在明显的局限性而接受作品对事物认知的范式。在文学活动中人的认知范式的丰富和更新,最终都要转换为以人已有的知识结构来接纳新的知识,一旦新的知识为旧的知识结构所吸收,旧的知识结构也会相应地得到改造与发展。这种改造后的知识结构必然会增强人的智慧,提高人对现实和文学作品的认知和分析能力;由于人们的行为往往是由需要通过其认知世界而引发的,所以得到改造的知识结构带给人的将是内在文化环境的优化和整体素质的逐步提高。

三、文学活动促进人对自己情感体验的关注和优化

　　人是有情感的。明末清初的黄宗羲,身处民族矛盾极为尖锐的时代,对国破家亡之惨痛的体验至深至切,力主情有"至"与"不至"之别。他说"情者,可以贯金石动鬼神","情之至真,时不我限也"。这"贯金石动鬼神"的至真之情,毫无疑问是用生命体验了的有着正义的民族气节的情感,正因为如此,他才痛斥"今人亦何情之有! 情随事转,事因世变,干啼湿哭,总为肤受。……习心幻结,俄倾销亡,其发于心著于声者,未可便谓之情也"。这显然是针对当时某些人的"情随事转",惺惺作态而发,与有"时不我限"作用的至真之情相比,它实质上表明其主体不过是"无性情"之人罢了。可见,情感体验是有其价值评估内核的,它的指向决定着人的情感体验乃至整个内在文化环境的境界之高下,因而成为人对其内在文化环境关注的重点。[①]

---

① 陈文忠. 文学理论[M]. 合肥:安徽大学出版社,2002.

四、文学活动有利于人的内在文化环境中基本矛盾的正确解决

　　文学活动促进人对自我生存状态的自觉,促进人对自己认知范式的丰富和更新,促进人对自己情感体验的关注和优化,目的就是要使人的内在文化环境不断地美好起来。但是,由于人总是生活在错综复杂的矛盾始终存在的外在文化环境中,而这些矛盾又与人的生存质量有着千头万绪的联系,它反映在人的内在文化环境中常就形成自我需要与其规范系统的冲突。所谓内在文化环境的美好,就是指它能正确有效地解决自身这一基本矛盾冲突,并不能因此而使自身得到完善。人的生存有一个基本的心理运作序列,这就是需要、规范和行为,它们之间的关系是双向互动的。行为由需要引起,需要通过行为得以满足;需要凭借规范系统制约行为的质和度,成功的行为转化为理性,沉淀到规范系统,再升华需要的级次。由于人的需要相对于规范系统来说,是个非常活跃的因素,尽管它的萌生和强烈都要受到既有规范的制约,但终究由于它与人的利害有着最直接的联系,因而它的超越性较之稳定性要鲜明得多。规范系统是人的理性结构,它虽然具有既制约需要的内容和行为的方式,也调节需要与行为的关系,使二者相互协调,尽可能保持一致的作用,但由于人总是要为前人创造的历史文化所占有,即用既定的社会、集团和家庭的价值观念、价值序列来塑造个体,而人的规范系统也正是通过这种方式开始确立的,这就使它具有较为稳定的历史与传统的视野。

　　因为人总要在自己的历史活动中向新的可能性展开,产生与前人不同的需要,这样需要与规范系统的冲突就是不可避免的。人的内在文化环境如何解决这种冲突,直接关乎自己生存方式的性质,而上述文学活动的三项文化功能,恰就有利于人们正确地解决这一冲突:人对自我生存状态有着清醒的自觉,就会对其内在文化环境里需要与规范冲突的解决提供明确的价值指向;人能自觉地丰富和更新自己的认知范式,就有可能成为一个敏锐者,对视野里的事物注意的力度大,并对差异易生警觉,而且认知心境也能处于包容状态,使主体能自由地考虑很多情况,包容现象的多种解释,甚至思想那些最初似乎是荒谬的假设,保证主体处于广阔的思维空间。这就为其内在文化环境处理需要与规范的冲突,创

造了良好的认知条件;人能自觉地关注和优化自己的情感体验,就有可能具有追求主客观统一的品格,在"原情准势"的原则下;理解自己、他人、社会和时代。这就为其内在文化环境处理好需要与规范的冲突,奠定下良好的感性基础,使其不因此而在情感上失衡。

一旦妥善地解决了需要与规范的冲突,首先是人的规范系统得到发展和完善。当规范系统由于自身的陈旧而与需要发生冲突时,这种需要必然寓含着一种新的价值观念或价值序列,冲突的解决使需要得到满足,这就意味着新的价值观念或价值序列被规范系统所吸纳,这种吸纳必然会引起规范系统不同程度的结构变化,使其陈旧性得到淡化和削弱,直至重构。

五、文学活动文化功能的实现有赖于作家与读者的努力

文学的文化功能要得到发挥,作为文学创造主体的作家为人们提供的文学作品必须是优秀的,是能够启发人的生存自觉性,丰富和革新人的认知范式并优化人的情感体验的,这关系到艺术对象能否创造出懂得艺术和能够欣赏美的大众的问题。如果没有这样的前提条件,所谓文学活动的文化功能的发挥纯然是句空话。有了优秀的文学作品,作为文学活动的接受主体,也必须具有相应的阅读能力,这关系到读者能否创造出对文学作品的新知觉,使作品成为满足自己精神提升需要的对象问题。[1]

文学作品由三个层面构成:物理语言层面、心理意象层面和思想意义层面,习惯于从自己习得的理论出发,去解析作品的读者和满足于对作品的某些细节或情节的记忆的读者,其阅读大都停留在一般化的心理层面,这是不可能发挥好文学活动文化功能的。文学阅读是读者的生存体验与文学作品流程的审美结合,这种结合的实质,是读者的审美意向与作品的审美结构的一种相互作用。从既定的理论出发解析作品,满足于复述作品的细节与情节,这两种阅读之所以不是文学性的阅读,就是因为接受主体从精神上没有进入审美状态,没有经历那种自我生存体验与作品流程的审美结合。前者是用理论取代了自己的生存体验,是理论

---

[1] 成远镜,余向军. 文学理论[M]. 长沙:湖南教育出版社,2006.

与作品流程的对照,这种对照更多的是一种理性辨析;后者虽不无感性色彩,但由于主体的兴趣在于撷取可资谈论的细节与情节,阅读常处于一种详略不一的状态,因而不可能实现完整的审美结合。真正的文学阅读要求接受主体具备以下基本条件。

第一,对现实人生的实际分析能力,这是至关重要的一条。阅读文学作品就是读者在精神上经历一次作家笔下的人生,这种经历虽不与读者产生实际的利害关系,却能激发其强烈的爱憎,使其不得不在阅读过程中不断地做出某种审美判断。不可设想,一个在现实人生中缺乏实际分析能力的人,会对写入文学作品的人生做出应有的分析。它的状态如何直接关系到分析能力的品位和水平;要与分析对象保持相应的心理距离,这关键是个体要有科学的"将在"人生价值目标,有了它,就有了一个较为宏观的视野,就不会仅囿于"现在"看问题,而是以"将在"为价值目标,把"曾在"与"现在"相结合来认知对象。

第二,要重视审美经验的积累。一个人读经典名著读得多了,而且读得很认真,在他的头脑里便会自然而然地形成一种审美尺度。这种尺度即使他难以言传,却仍然实际存在着,他关于文学作品的艺术感觉,自觉不自觉地受着这种尺度的制约,因此可以说它标志着一个人的审美经验的品位。如果一个人阅读了大量的一般性的文学作品,不能说他的审美经验没有丰富和提升,但这与在经典名著濡染下的审美经验是不可同日而语的。它们的差异就在于给读者积淀下的审美尺度的档次不同上。审美是一种复杂的精神现象,它既与审美对象本身有着直接的联系,又与和审美对象相关的文化状况关系密切。一部文学名著往往并不一定能顺利地得到社会的认同,它的遭遇作为文学接受主体应该知晓,这有利于他审美经验历史感的构成。有这种历史感与没有这种历史感是大不相同的,人们常说历史的经验值得注意,就是因为它凝聚着规律性的东西,往往给人一种前车之鉴的启示,使其审美实践不致重蹈误途。文学接受主体理应重视其审美经验历史感的建构。文学阅读是不具有强制性的,但文学接受主体却需要超越审美经验建构的自在状态。一个人的审美经验是其审美实践的总结,如何总结,这就关乎到审美经验的建构状态了。盲目的或纯兴趣的审美实践必然会导致审美经验的某种不完整性,对此,人们容易理解;在审美实践的基础上,认真回味一下自我在审美活动中的艺术感受如何,思考一下它与审美对象所呈现的艺术特征是否和谐,同时总结一下本次审美对象与既存的艺术惯例是一种什么

第五章　文学活动与文化建设

样的关系,等等,人们往往认为没有必要。其实,这正是对审美实践的总结。开始这样做,人确实有某种游离审美活动的感觉,但坚持下去,一旦它成为一种阅读习惯,审美思路的整合,将会把这种总结性思考,内化到审美过程中,使其不再成为审美之后的一种思辨。此时的接受主体,不仅审美经验的建构超越了自在状态,而且其审美活动的能动性与创造性也得到了强化。

第三,要善于对自我生存体验进行审美梳理。一个人的生存体验能够以不同的形态保存在自己的记忆中,对于文学接受主体来说,尽可能地多保留一些审美形态的生存体验,有利于他审美品位的提升。这就需要对自我生存体验做必要的审美梳理。一般讲,审美梳理有两种,一种是赋予生存体验以审美形式,使其客观化。作家们常常这样做,文学接受主体虽不易做到这一点,却应该在这方面自觉锻炼,以培养自我对文学作品的敏锐感受力。据说,贾平凹与一批作家参观煤矿后,在休息时间向大家提出"形容黑"的要求,于是,你一言我数语,不同形态的"黑"便呈现在人们面前,而唯独贾平凹所说的"黑",不仅给大家留下了深刻印象,而且让人捧腹大笑了一阵子。他言简意赅地说:有人娶了个矿工的女儿作媳妇,媳妇三年里的小便是黑的。两句话讲了一个故事,还把黑形容得不一般。这就是生存体验的即兴式审美梳理,人们尽可以根据被两句话所客观化了的东西,展开自己的联想与想象,在规定的人际关系中去感受贾平凹形容的那种"黑"。对生存体验的这种审美梳理,旨在形象化的传达,它当然需要主体的感悟和体味,但主要是为了外化给他人。接受主体如能具备这种能力,不仅容易与作家在艺术思维层面上相互沟通,而且能够比不具备这种能力的读者,更敏锐地发现文学作品艺术的成就与不足。另一种是对生存体验(自己的或他人的)细细品味基础上的审美辨析。在文学作品中,每个人物都生存在特定的人际关系中,而且要面对不同的人生际遇,因此,他们的情感和行为便会在不同情况下显示出不同的特征。读者如果具有对自我这方面生存体验的审美梳理,便会使自己的鉴赏力敏锐起来。因为对不同境遇中人的生存体验的"细细品味",实际上就是将人当作审美对象来观照,并在观照中作出饱含激情的辨析,这种辨析使主体的差异感特别灵敏,这有助于其对艺术形象个性化的把握。实践表明,经过审美梳理的生存体验,不仅容易与主体通过阅读文学名著所积累的审美经验相互融合、相互强化,而且有利于提高主体对现实人生的实际分析能力,更重要的是,它最易于在阅读中被激活,并由此引发起主体的联想与想象,使主体对文学作品的具体化富有鲜明的个性色彩。

第四,要保持开放的审美心态。审美心态是接受主体进行的接受活动的直接心理状态,它的变动性强,这不仅因为接受主体将要面对的审美对象是多样化的形态,而且其阅读本身也要受艺术创新和探索的无止境性的制约。审美心态的变动性,虽然在客观上有可能具有某种开放的特性,但由于审美心态的真正开放,是与主体的文艺观本身的开放与否有着至为密切的关系,因而不能简单地视"变动"为"开放"。我们说"保持开放的审美心态",就是旨在强调自觉,强调主体应该从文艺观的层面,对文学的创新和发展的难以预测性与不确定性保持清醒,只有这样才能处理好文学阅读中的"同化"与"顺应"的关系,使其审美心态不但开放,而且还能在阅读实践中提高其品位。为了保持开放的审美心态,主体的阅读还应该是虚静专一的,排除外界事物的干扰,相对地终止纯理性逻辑的制约,为思维易生直觉的、非功利的、富有情感的联想和想象创造条件。苏东坡说:"欲令诗语妙,无厌空且静。静故了群动,空故纳万境。"这虽讲的是关于诗的创作心态,其实对建构开放的阅读审美心态也是颇有道理的。真正做到"空且静"了,既定的社会文化必然带给接受主体心理上的防御机制就会松懈乃至暂时消除。在这种情况下,主体的全身心便是轻松的,既没有清晰理念规范下的排他意识,也没有严密逻辑层次决定的转换、递进等思路的干扰,更没有一般思维活动中所不可缺少的中介环节,"了群动""纳万境"的审美效果便会产生。而且还会使主体已获得的艺术发现的思路,在保持自身指向的同时,形成一种弥漫性,给主体的联想与想象以特定的氛围,从而保证了阅读全过程的审美完整性。

第五,作为接受主体除了具备上述诸条件外,还应对所处时代有一个宏观的科学把握。文学作品的题材虽是多样化的,但这种多样化总是要为展现人生,描写人的命运,揭示人的心灵奥秘服务的。而人的在世,是无论如何脱离不了他的社会历史文化环境的,因此可以说,不了解特定时代的社会历史文化,就不可能理解特定时代的人和文学。更何况现实的人为了使自己生存得更好,不可能不立足于现实的需要去面对历史和未来。对历史传统,现实的人依据其所处社会总体实践的需要,对它进行选择和重构,使之能为己用而活化;对未来,现实的人同样要从其社会总体实践水平出发,根据解放人、建设人和提升人的愿望,来构想将会有的价值人生。这就是说,把握了现实的时代特征和需求,才可能找到历史、未来和现实的视域交汇点,才可能高屋建瓴地理解人的生存。接受主体真正具有了这种宏观审视人生的认知品格,其胸襟、气度就会博大起来,审美视野也会广阔得多。不过,从理性上懂得宏观把握时代特征和需求对文学阅读重要性的道理容易,实际上做到,特别是科学地把握却很难。它需要丰富的人生阅历和渊博的文化知识,需要对人类最基本的文化属性——创造精神的客观理解,需要熟悉本国的和世界的总体社会实践趋势,而真正具备这些条件,对于不处于宏观的社会实践领域和全方位把握社会态势岗位的普通文学阅读者几乎是不可能的。但明确地意识到它的重要性,并在自我有限的实践范围内,尽可能地通过各种文化交往,不断强化自己的实际分析能力,个体还是会逐渐逼近对时代特征与需求的科学和宏观把握的。

我们对文学接受主体提出的五项要求,目的是使一般读者能够转变为名副其实的文学接受主体,进而使文学活动的文化功能得以充分发挥。其实,对接受主体的这五项要求,从本质上讲也是对其内在文化环境的一种建设,这就说明,不仅文学活动的结果是建设人的内在文化环境的,而且参与文学活动本身,特别是自觉地为追求精神上的丰富和高尚而参与文学活动者,同样是对其内在文化环境的建设。这就更加凸显出了文学活动的文化功能的全面性。

第二节 文学活动与文化创造

文学创作作为文学活动的一大要素,历来成为文学理论关注和研究的基本问题之一。而在创作理论的研究中,首先引起人们注意的是创作活动的性质问题,也就是文学创作是一种什么样的活动。在古希腊人看来,文学创作不过是一种模仿活动,是对已存在的事物的仿效性的制作,不是创造性的,因而被归入工艺和技艺的范畴。只有到了近代,即从文艺复兴开始,文学创作才被看作是一种创造性的活动或行为。

一、作家是一种特殊的文化创造主体

新历史主义关于文学的理解有一个十分重要的观念:文学并非游离于文化话语系统之外,文学恰恰是其中坚力量,并以三种相互关联的方式在文化系统中发挥着独特功能。这三种相互关联的方式在文化系统中发挥着独特功能。这三种相互关联的方式是,作为特定作者的具体行为的体现,作为文学自身对于构成行为规定的代码的表现和作为对这种代码的反省、观照。在这里,新历史主义把作者具体行为的体现看作是文学发挥文化功能的首要条件。正如我们理解的那样,文学创作所具有的特殊的文化属性是由创作主体的特殊状况决定的。因而,讨论这一问题的理论前提在于对作家主体属性的客观分析和认识。

作家的主体性质中也具有特殊的审美倾向,这是作家所以成为作家的内在规定。海德格尔在《艺术作品的本源》中说:"艺术家又是通过什么成其为艺术家的?艺术家从何而来?使艺术家成为艺术家的是作品;因为一部作品给作家带来了声誉,这就是说,惟作品才使作者以一位艺术的主人身份出现。艺术家是作品的本源。作品是艺术家的本源。"把文学作品视为作家的标志,尽管肯定了作品体现出作家对人性的审美把握,显示出作家主体独特的审美魅力,也是作家审美倾向的集中体现;但客观而论,这只是构成主体审美倾向的外在标志。其内在标志在于,作家有特殊的审美心理结构和审美感受方式。别林斯基把作家身上这种特殊的东西称之为"诗情观念",并说:"诗情观念不是教条,不是规则,它是活生生的情欲,它是激情。"现行文学理论的研究成果已表明,作家作为社会生活的存在物,同所有的人一样从根本上受到社会生活制约,但是他又有不同于一般人的地方,即在他把握社会生活的理性认识、实践经验、审美情感三种方式中尤以审美情感为主导,这就是说,艺术家的理性认识和实践经验总是受到审美情感的渗透、融合和凝聚。它不再是抽象、枯燥的思辨、说理和推论,而变成一种情感意蕴;不再是裸露的直接的感性欲望、伦理意志和功利目的,而变成一种情感体验。

总之,作家作为文学行为的发动者与其内在环境的这种审美情感结构关系极大,正是它赋予作家的理性认识和实践经验以新的形式并将它们熔于一炉,使作家把握社会生活的方式从认识的、实践的转化为审美

第五章　文学活动与文化建设

的,从而这一审美情感结构成为作家与社会生活相互联系的中介环节。而作家之所以有这种特殊的审美能力与倾向,从心理结构方面看,作家的美感形态作为一种以情感为中介的多种心理过程的集合,其中沉淀着历史文化和审美智慧的丰富结晶,本质上是感性的和自由的,它追求变化、差异和多样性,总是以一种新的感知和体验为媒介,不断超越狭隘功利状态,而追求对人类普遍的价值,即美的价值的自觉创造。①

作家审美倾向和美感结构的生成,意味着作家完整的主体状态的建立,这种东西能使作家摆脱有限需要和狭隘意图,不断克服外在世界的功利性的束缚,从而使作家的精神世界始终趋向自由与无限的广阔空间。

文化倾向与审美倾向的内在统一,审美人格中的自由性、创造性和超越性特质的生成与展现,既是作家作为特殊的文化创造主体的标志,也是形成文学创作具有特殊的文化属性的内在根据。

二、文学创作具有特殊的文化属性

在西方哲学领域,从人的活动状态去探讨文化与文明本质,探讨人之为人的文化本性,是一条重要的理论方向。如生物人类学的代表人物格伦(Arnold Gehle),从人的生物学方面出发找到人的未特定化和未确定性,并以此作为人的根本特征,由此断定人存在的全部起点是"活动","活动"构成了人的全部文化生活、文化的人的第二本性。人必须通过自己的活动来塑造和形成自己,人必须面对世界开放,人必须发挥潜能,用文化来补偿自己。这样,人的活动作为一种创造,就不仅成为人的存在的前提,也具有文化的意义。由人的活动来系统审视人的文化本性及其文化创造,是卡西尔的重要思想。而且,卡西尔把包括艺术在内的诸多文化现象,看作是人的整个本性的不可分割的组成部分和各个扇面,从人的活动本性去认识人的文化属性与人类文化产品,这一思考方式是极富启发意义的。它表明了人类的一切创造都具有文化属性,无论是物质创造还是精神创造,作为人类以意识、语言、思维等观念形式对外部世界自觉反应和把握的结果,由于它包含了合规律性与合目的性的统一,体

---

① 董小玉.文学创作与审美心理[M].成都:四川教育出版社,1992.

现了人类在漫长的历史发展中所积累起来的精神成果,所以,人的创造具有突出而普遍的文化属性。然而,在人类的创造诸形式中,文学创造却具有特殊的文化属性。

几乎所有的艺术作品,都不同程度地包含着一种对人类存在的可能性的追求,都包含着作家对文化现象的本质性审视与理解。比如,19世纪20—30年代,俄罗斯民族曾把普希金的创作看作是俄罗斯文化中的自我意识。我们也把鲁迅的创作看作中国现代文化的一面镜子。恩格斯讲巴尔扎克的作品有十分丰富的社会认识价值。这些都是在强调作家的文学创作所具有的自我意识功能。文学创作所以能构成文化发展的内部机制,根本原因在于,它始终立足于作家主体的自我反思和体验,并体现出作家对人类自身的生存状态所进行的自觉关注与审视。总之,文学创作过程中作家总是要站在时代意识的前列,以强烈的情感体验和文化性反思感悟时代氛围、分析文化现象、反省和剖析民族文化心理及人格,以促进人类精神的健康发展,为文化的进步提供新的价值参照。这种功能属性,将随着文学交流扩大而越来越显得重要。

文学创作具有特殊的文化属性,也由作家创造行为所具有的广泛性、内隐性和概括性所决定。所谓广泛性,是指作家的创作活动体现出特殊的文化时空意识。恩格斯曾指出,"一切存在的基本形式是空间和时间"。对于人类及人类的一切活动来说,时空形态所以成为一个重要的存在概念,这是因为人与人的社会实践活动作为物质世界的一部分,与客观世界的任何事物一样,总是在一定的时空背景下来表现其现实的存在状态与发展状态的,这似乎已经是一种自然的法则。任何文化创造都依存于一定的时空框架,而时空意识对文学艺术的创造来说,其作用和价值就显得尤为重要。因为与人类一般的文化活动相比,文学艺术的创造受时空维度的限制较小,并且拥有广泛的时空意识属性。从时间之流上说,文学创作具有三维境界,即它是作为文学传统的历史性、作为文学状态的现实性和作为文学理想的未来性的完美融合;而从空间结构上说,它展示人类的整体情境或可能性远景。这就是文学创作所具有的广泛性含义,作家以自己的主观心灵与整体的世界对话,"微尘见大千,刹那间见终古气"。严格地说,每一位作家的文学创作都处在过去—现在—未来三个彼此关联而又依次递转的时间链条之中,这是一个逐渐发展丰富的时间轨迹,它包孕着广泛的文化信息、内容和意义。像古希腊神话、文艺复兴时代的悲剧、唐代诗歌及明清之际的小说等,均完整再现

第五章 文学活动与文化建设

了不同历史时期人类丰富多彩的生活样态和感性追求过程。由此可见，作家创作的广泛性——即特殊的艺术时空意识不仅在外在形态上标志着人与自然、社会及现存关系状况的改变、扩大与延伸，它以活动的整体化形式，打破了物理时空给人带来的限制，在与对象的丰富联系中，使作家主体的文化创造获得了具有普遍意义的属性，即自由意识；而且在内容属性方面，作家的艺术时空意识具有比一般文化意识（政治意识、道德意识）更为恢宏、更为深广的意识属性，即人们通常所讲的具有普遍意义的人类意识。

所谓内隐性，是指作家的文学创作作为一种特殊的文化活动，其主体人格的表现不带有任何规范和制约，总是在一种潜移默化的过程中实现的。许多文化学家都认为，文化是塑造人类行为模式的整合系统。如果按此看法，把人类行为区分为外显的和内隐的两种模式的话，作家的创作便是内隐的行为模式活动。毋庸置疑，作家创作的内隐性是指文学生产是以"心灵"说话，是主体心智的表现，是一本已经打开了的人类心理学，它经由主体智慧和整个生命力的灌注，使文学生产脱离了物质实在性的范畴，并在作家的各种心理功能、精神因素的协同作用下，产生出新的审美意向。所以，内隐性不仅表明了这是一种主体对象化的过程，即作家以更为隐蔽和更为内在化的方式，将自己的心灵、愿望、情感投入到客体之中，使客体成为主体内在生命的表现与结晶；而且，内隐化也表明了文学创造总是深深植根于人类文化精神的深层领域，它和人类精神生活中所具有的爱恋、激情、灵性、想象等永恒的主题相联系。这就是荣格所说的，文学创造根系于集体的无意识，"伟大艺术的奥秘……在于从无意识中复活原始意象……从而使我们有可能寻到一条返回生命的最深源泉的途径"。

所谓概括性，是指作家的创作所具有的一种形而上的哲理品质。它是作家以心灵的创造，对人类文明成果和价值体系进行高度综合的结果，含有对人和人类社会，以及对人的存在状态进行确证的综合意义；也是作家按照审美的理想和规律，对人类社会及时代、审美心理所作的深刻概括。

三、文学创作具有特殊的文化话语含蕴

在理解文学创作是一种特殊的文化创造行为这一观念时，除了分

析创作主体的性质与创作本身的文化属性外,我们还需要重点分析和把握创作行为的具体内涵——即文学创作所具有的特殊的文化话语含蕴。

文学史上常常把作家称为人类灵魂的工程师和精神价值的创造者,对于作家的创造给予极高的评价,究其原因,正是由于文学创作具有特殊的文化内涵。关于这一点,许多有见地的作家和理论家,都曾做过精确的论述。孔子说:"诗可以兴,可以观,可以群,可以怨。"梁启超说,小说有"熏""浸""刺""提"四种力。这些观点表明了,文学创作作为作家主体的一种特殊的精神活动,在根本的意义上体现了对人类的精神价值的追求过程。与人类其他精神活动相比较,文学创作不以追求具体的精神价值为目的,像伦理活动对道德价值的追求,科学活动对知识价值的追求,而以一切精神活动所追求的精神价值的总和为目标,即追求真、善、美的完整统一。文学创作没有具体的学科规定带给主体的束缚和限制,也没有现实的陈规和命令,其独特性在于,通过作家的自由创造,给人类提供整体的精神价值,从而促进个体的和谐发展,不断加快人的提升。所以说,文学创作是对人类多种精神价值活动的概括与综合,它在人类的价值系统中占有独特的不可取代的地位。

第三节　文学接受与文化阐释

文学接受的概念在 20 世纪的理论中已显得越来越重要。这不仅是由于文本只有经过读者的接受,才能变成有生命力的作品,接受经验已内在地构成批评的必要环节和前提,构成艺术创新的特殊催动力。更为重要的是,接受是一个广义的交流概念,它代表了一种特殊的文化理解和文化阐释行为。我们的重点并不打算讨论诸如文学接受的含义、特征以及接受过程的若干心理机制等问题,而是侧重对文学接受现象作文化学的分析和透视,其要点是:文学接受具有特殊的文化属性;文学接受中的文化阐释方法;文学接受的文化意义。

第五章 文学活动与文化建设

一、文学接受具有特殊的文化属性

众所周知,传统理论在理解读者的文学活动行为时,习惯使用的是欣赏或鉴赏这样的概念。所谓欣赏或鉴赏,按照语义学的解释,它是指读者愉悦状态下的赏玩心理,显然更多地是指读者的一种狭义的美感活动,并且是常态的和理想化的。文学的欣赏或鉴赏活动,从对象方面看,往往专注于那些优秀的文学作品,从而把大量的不可能归属于欣赏本态的现象遗落在研究范围之外,而从主体的方面看,则是一种较单纯静态的观赏活动。因其距离式的、被动式的领悟态度,以致决定了主体对作品意义的发掘和解释是十分有限的。相比来说,文学接受作为一种主动性行为,它所指示的是主体和对象之间所具有的一种广泛的关系域。[1]

更为重要的是,如果把文学接受纳入到文学史的框架中去看,一部作品能不断地得到再版或是改编,一部戏剧作品反复地搬上舞台,一部作品的内容经常被引为例证材料等,或者正好相反,一些作品一直被冷落或突然走红之后,永远被接受者所遗忘,等等,无疑,在这些现象中也同样隐含了接受者的评价态度,其中对这种接受行为发生直接影响和作用的,无疑有普遍的心理、社会和文化性的因素。因此,从"接受"这一概念的基本内涵看,它已超越了纯审美的倾向,而指向一种新的文化交流和对话,即进入人与人之间的相互联系之中。在这里,文学接受不仅成为文学作品和文学史的有机组成部分,而且也成为一种在历史语境中塑造人性的最重要的文化力量。

文学接受所具有的特殊的文化属性,还体现在它与文学创作的显著区别上。文学接受作为一种文化的再生产,则具有突出的过程性和交流性。别林斯基把文学的接受与批评称之为"运动着的美学",现代解释学认为接受是一种理解循环(或释义循环)。

所谓文学接受的过程性,是指从历时性(或时间性)的角度看,文学接受是一种动态发展和无限延伸的过程。正是由于这种特征的存在,才导致文学接受作为文化再生产活动,具有文化累积和文化增殖的属性。文学活动作为时间的艺术,必然要求接受者一次次地去探求作品所具有

---

[1] 畅广元. 文学文化学[M]. 沈阳:辽宁人民出版社,2000.

的深不可测的蕴含,在这种开放性的过程中,接受者和作品形成了一种双向转化与融合的关系。因而,接受者的活动永远是指向新的境界,这也就是文学作品具有无限性的重要依据——接受主体是文学活动的重要变量。从这种意义上看,文学接受是一种无穷累积的再发现的过程,某些优秀的经典文本的"再发现",甚至会形成一个学科,如莎学、红学等。

所谓文学接受的交流性,是指文学接受是一种性质特殊、含义丰富的文化沟通活动。在文学交流过程中,文学生产和文学接受两者相互作用,构成文学作品的意义整体。文学交流包括两大环节:一是以文学作品为中介的读者与作家间的对话、交流,二是以阅读为中介的作家与读者、作家与批评家、批评家与读者的复合交流。从功能与效果性上去分析,人类的一般交流可分为手段性和满足性两大类型。手段性的交流是指带有功利目的的交流,像告知性、劝服性、激励性的交流活动,如文化传达、理论报告等皆属此类。而满足性的交流是指无直接功利目的的活动,它是在接受者特定的精神、情感和心理得到某种愉悦和满足的状态下进行的,文学接受就是一种满足性的交流活动。它是以符号、语境和形象的方式,在对话、领悟与解释中进行的。

二、文学接受中的文化阐释

(一)文化阐释的特征

按照我们的理解,文化阐释的完整含义既包括文化学的视野、手段与方法,也包括文化学的观念、思想和价值。只有两者的融会贯通,才可能使文学接受在文化形态比较与背景还原分析中,把握文学作品的深层意蕴和生命之根,从而使作品得到根本性的解读。因此,文化阐释不仅只是一种方法和手段的运用,它更多地是指寻求研究的人文价值意向;更多地是指文学研究如何进入广泛的文化背景,接近或者达到人类学的高度;如何反映或体现人类文化精神的真实状况;如何发现或揭示文学作品何以产生、发展与演变的文化学根据。而要达到这种目的,就不能不关注文学作品的深层领域——"文化精神"。这是构成文化阐释的重要特征。

按照美国著名人类学家菲利普·K.博克的理解,文化精神是由人

第五章　文学活动与文化建设

类学家阐释的、用以描述价值系统整合性的一般模式和方向。文化精神与价值系统之间的关系是和文化形象与信仰系统之间的关系相同的。它凝聚着一种文化的价值意向,文学作品的内容牢固地植根于文化的精神领域之中,超越这种领域来理解作品是不可能的。

文学作品是表现文化现象最敏锐的部分,文化阐释正是力图深入到文学作品的文化内层,进一步发掘作品所蕴含的民族文化精神与人类普遍的文化精神,进而揭示作品所承载的文化含量与意义深度。

(二)文化阐释的原则

就文本的客观性而言,文化阐释所把握的因素应当是分层次性的。弗雷德里克·詹姆逊指出:"一定文本板结的既定东西和材料在语义上的丰富与拓展必须发生在三个同心的构架之内:这是一个文本从社会基础意义展开的标志,这些意义的概念首先是'政治历史'的,狭义地以按时间的事件以其发生时序编年的扩展开来;继之是'社会'的,现时在构成上的紧张与社会阶级之间斗争在较少历时性和拘于时间意义上的概念;最终,历史在其最宽泛的意义上被构想,即生产方式的顺序和种种人类社会形态的命运和演进之中,从史前期生命到等待我们的无论多么久远的未来史的意义。"詹姆逊所讲的文本的三个同心构架,其实正是文化阐释理应关注的不同文化视界。即从文本第一层的狭义政治或历史的视界,扩展到包括社会秩序的文化对象、"意识形态元"等第二层面,最后再进入到一种特定的社会形态的,激情和价值甚至发现本身似乎是处在一个以新的作为整体人类历史的最终视界。三个逐渐开展的视界的一般运移即是把握文本的阐释视界。它表明了文本有客观而复杂的文化背景与构成,文化阐释的原则应依此而运用。①

就阐释的主体属性而言,现代阐释学强调,一种有效的阐释必须在理解中显示历史的真实。因此,我们把所需要的这种历史叫作"效果历史"。"理解本质上是一种效果历史的关联。"效果历史原则表明,理解在影响历史的行为中进行,它具有某种程度的意义确定性,有利于校正理解过程中的偏见和盲目性,也要求理解者自觉从艺术作品影响历史的行为中进行理解。这样,它便揭示出作品的三重意义与阐释的三个功能。

---

① 畅广元.文学文化学[M].沈阳:辽宁人民出版社,2000.

作品的三重意义是:艺术作品具有超时代性,它的意义只有在有效的历史间距中方可显现;艺术作品的丰富意蕴是在不同的具体理解中不断生成、显现的;艺术作品的全部意蕴只存在于历史理解的无限性和作品的无限有效性,它只能在连续理解的总体历史进程中逐渐地被揭示出来。所以,作品意义的实现需要不间断的文化阐释。阐释的功能是:阐释行为的展开,有利于使理解者与作品保持活的联系;作为理解原则,它引导理解合乎文化传统所许可的理解范围,革除盲目的偏见;阐释也使理解者意识到自己理解的历史有限性,从而敞开自己的视野,直接面对无限的可能性。因而,主体的文化阐释把作品从有限的历史境遇中扩张到了无限,艺术作品的全部丰富意蕴即真理,就在人的无限循环的阐释中显现出来。文化阐释也是一种开放性的文化创造行为。

从20世纪文学接受(批评或研究)最普遍的状况看,文化阐释的原则可分为结构性与模式化两大类型。

结构性的文化阐释是指对作品整体的层次性把握与分析,这是一个由表层到深层、由原义到新义、由意义到意味无限扩展和延伸的过程。傅伟勋在《从德法之争谈到儒学现代诠释学课题》一文中,把这种文化阐释的原则归纳为"创造的诠释学模型",并从一般方法论的角度将这种模型(或原则)分为五个"层次"。

(1)"实谓"层——探问"原作者(或原典)实际上说了什么?"

(2)"意谓"层——"原作者(或原典)想要表达什么,他的真正意思是什么?"

(3)"蕴谓"层——"原作者可能想说什么?"或"原典可能蕴涵哪些意思意义?"

(4)"当谓"层——"我们诠释者应该为原作者说出什么?"

(5)"创谓"层——"为了救活原有的思想,或为了突破性的理论创新,我们必须践行什么,创造性地表达什么?"

"创造性的诠释模型"之所以能从"实谓""意谓""蕴谓",延伸和过渡到以主体的解释为核心的"当谓"与"创谓"层次,从阐释者的角度看,关键在于主体文化视野的融通性与跨文化性。融通性是指和主体生存状态与经验的融通,即"文本与生存""历史与现实"是有机统一的。跨文化性是指接受行为并不受审美性行为和艺术接受特质的限定,它尽可能借助多学科的思想与方法解读文本。因而,结构性的文化阐释作为一个循序渐进的整体接受行为,其实正是中国文化研究所推崇的方式或原则。

第六章 文学作品与社会关系

第一节 文学与社会的关系

我们通常理解的文学概念形成于18世纪末。最初是没有人专门"搞"文学的,但却"有"文学。那是属于"文人雅士"一类人的标志。对伏尔泰同时代的人来说,"文学"与"大众"这一平民的对偶词,是相互对立的。文学是文化上的贵族的事。当这类现象就是一种社会事实时,人们是不大会有意识地提出文学与社会的关系问题的。

然而,自16世纪初演变开始,18世纪之后,进程愈益加速。一方面,知识的专门化促使科学和技术活动跟从严格意义上讲的文学逐渐脱离;文学范围缩小了,成为仅供消遣的东西。从此,失去写作动机的文学竭力设法与集体建立起崭新的有机联系。斯达尔夫人在引言中是这样阐明自己的看法的:"我打算研究宗教、风俗和法律对文学有什么影响,以及文学对宗教、风俗和法律有什么影响。"

总而言之,这是把斯达尔夫人的精神导师之一孟德斯鸠处理法学史的方法扩大应用到文学上,从而写出一本《论文学的精神》来。当批评的词汇里现代的、民族的这两个词获得新的含义时,也就提出了通过人类社会的变迁及其不同的特点,来解释文学在时间和空间上表现出来的多样性。[①]

时代精神和民族精神,这两个基本概念是1800年前后,在斯达尔夫人的一些德国朋友中间产生并发展起来的。后来,丹纳学说把这两个概

[①] [法]埃斯卡皮(Escarpit,R.)著;王美华,于沛译.文学社会学[M].合肥:安徽文艺出版社,1987.

念分散在一个更为灵活的三元论中：种族、环境、时代，就是这三要素决定着文学现象。

丹纳对"人文科学"缺乏明确概念。因此，半个世纪后，乔治·朗松对他进行了反驳。他那张种族、环境、时代的简图过于粗糙，无法把一个无限复杂的现实的各个方面都包括进去；特别是他采用的方法不适合文学事实的特殊性：除了生搬硬套自然科学的方法外，他还是运用文学史及文学批评的传统方法来进行研究：作家生平分析和文本评注。

但是，丹纳学说的精华至今犹存。自他之后，无论是文学史家还是文艺批评家，都再也不敢（当然不能说个个如此）无视外部环境，尤其是社会环境，对文学活动所具有的举足轻重的分量。

由于经济学是一门人文科学，所以，人们可以期望马克思主义比丹纳学说更能解决问题。事实上，最早的一批马克思主义理论家在文学问题上显得万分谨慎。《论文学与艺术》收集了马克思和恩格斯的文章。但是，这本集子相当令人失望。只有从20世纪初的普列汉诺夫开始，才真正建立起马克思主义的文学理论；当然，这个理论主要着重于社会学方面。尔后，出于政治效果的考虑，苏联的文学批评（接着整个共产主义世界的文学批评），把重点转移到文学作品带来的社会见证上面。

下面让我们看看V.日丹诺夫于1956年曾怎样给这一态度下定义："应当从跟社会生活的不可分割的关系、从影响作家的历史及社会因素这一背景来考察文学……（它）摈弃那种把一部书看作是一个孤立的独立实体的主观、武断的观点。"因此，这种方法"把表现复杂纷繁的现实的忠实程度作为一切艺术作品的第一标准"。

在苏联，反对社会学方法的主要力量是"形式主义"，30年代受到官方谴责的这个强大的形式主义学派，主张把美学科学应用到文学艺术的形式及手法上去。这个学派事实上只是那场起源于德国、受到W.狄尔泰的新黑格尔哲学、语文学评论以及格式塔心理学等各种影响，声势浩大的运动的一个侧面。这门文学的科学，自19世纪末直到现在，始终是建立一门真正的文学社会学的巨大障碍之一。

社会学这门科学，经过了康德、斯宾塞、勒普莱、杜尔克姆，早已获得了完全独立，不再过问文学，这个资料与定义都叫人捉摸不定，而且又是受到人们崇拜的领域。

对高等院校的评论界来说，无疑是比较文学，这个文学学科中的新生儿在这方面提供了数量最多的、饶有趣味的新鲜课题。

第六章　文学作品与社会关系

保罗·阿扎尔在他的著作中探讨过集体意识这个问题；对集体意识中各大思潮的研究结果，产生了"思想史"，美国人勒夫乔伊专攻这门学问。"思想史"一旦产生，便成为深入理解文学事实所必不可少的内容。让-玛丽·卡雷指导学生研究"幻像"问题，这类问题就是一个民族集体通过作家的见证，从另一个民族集体那儿得到的，然而是走了样的观点。

就文学史来说，最能供人发挥的一种思想，也许是世代的思想；这一思想早在1920年就由库尔诺的学生弗朗索瓦·芒特莱在《社会的世代》一书中系统地阐述过。但是，通过对世代划分的合理运用，第一个让文学编纂史受益、获得社会学深度的功劳，要归阿尔贝·蒂博代。他于1937年出版了那部具有革命意义的从1780年到今天的法国文学史。

奠基性著作是亨利·佩勒于1948年发表的《文学世代》，他真正指出了"集体灵感这个问题，即文学世代问题的社会学意义"。又如居伊·米肖，他1950年在伊斯坦布尔出版了《文学科学的导论》，他是第一个明确提出如我们现在所理解的文学社会学的概念。

很早以来，社会学倾向就以指导思想的形式，而不是以方法论的形式出现；有时，它又与形式主义倾向纠缠在一起：如L.L.许京的审美趣味社会学和R.韦勒克提出的作为文学的社会要素的说法。

以乔治·卢卡奇思想为指导的文学社会学的第一个严密体系，是在第二次世界大战后，由他的弟子吕西安·戈德曼提出并加以系统化。

尽管受到马克思主义的影响，但是吕西安·戈德曼的发生学结构主义还是考虑到美学特有的问题。他的基本假设是："文学创作的集体性来自如下事实：作品宇宙的诸结构跟某些社会集团的精神结构是同源的，或者说，有着明显的联系。"

1960年以后，结构主义思想的发展为文学社会学开辟了新天地，尤其在开始时就受到罗朗·巴特的影响。符号学强调写作和作品，以此作为社会学的切入点。发表在《如实》杂志上的研究文章代表了这个也受到马克思主义影响的倾向的最高水平。

本研究工作的倾向，不可否认跟以上各种思潮有着千丝万缕的联系，但主要建立在让-保罗·萨特在《什么是文学？》一书中阐述的基本思想，即：一部书的存在只是为了被人阅读；文学应当理解成是一个交际过程。

资料的短缺，直到最近还是无法有力地对文学社会现象进行研究的根本原因。幸好在1945年以后，情况有了明显的转机。

首先应当提及联合国教科文组织所起的作用：它所属的各个机构进行的清理工作使我们获得了以前无法得到的有关文学的集体面貌的资料。1956年，在题为《把书送到每个人的手里》的报告中，R-E. 巴克对尚属零星且凭臆测收集到的资料作了总结；这些资料作为基础工作还是可以利用的。

罗贝尔·埃斯卡皮于1965年出版的《书籍的演变》以及 R.E. 巴克与罗贝尔·埃斯卡皮为1972年"国际书籍年"共同准备的《阅读之饥馑》这篇研究论文，对世界形势、特别是发展中国家的形势作了总结。对图书出版业进行系统研究经历了由畏畏缩缩到非常坚决的过程。在法国，由图书业俱乐部于1956年创办的定期刊物《出版界专题论文集》不断充实提高。如今对文学的消费、阅读及生产进行系统的研究；一门真正的书籍学学科正在形成。

联合国教科文组织根据《图书发展纲要》召集的专家会议，以及根据纲要成立的许多"图书中心"，制定了一项十分英明的图书政策，帮助新兴国家改变文化上的落后状况。

这样，我们就接触到了在今天，也许将来也是如此，为开展文学社会学研究的最有效的推动力问题：必须制定一项图书政策。

第二节　社会心理与艺术文体

普列汉诺夫在何处止步呢？第一，普列汉诺夫认为社会心理是社会经济基础与文学艺术之间的中介环节，但对于什么是社会心理，社会心理为何会对文学艺术产生直接的作用，则语焉不详；第二，在社会经济基础与文学艺术之间的空阔地带，恩格斯认为有许多中介环节，可普列汉诺夫只揭示出社会心理这一个环节，是不是还有其他的重要的中介环节被他遗漏了呢？如果有的话，这个中介环节与社会心理这个中介环节又是什么关系呢？本章我们将从普列汉诺夫止步的地方起步，回答普列汉诺夫没有回答的问题，并为本书后面的部分设定一个逻辑框架。

第六章　文学作品与社会关系

一、两个相互联系的重要中介

　　按恩格斯的设想,在社会的经济基础与文学艺术之间有"诸多"中介,社会经济基础作用于文学艺术要通过这些中介,文学艺术反作用于社会经济基础也要通过这些中介。的确,在社会经济基础与文学艺术活动之间,存在着许多中介环节,这些中介环节不但与社会经济状况发生联系,而且彼此之间也相互作用,因此,文学艺术活动的实现不是容易的。所以,社会心理只能说是文学艺术和其他意识形态与社会经济基础之间共同的中介环节。换言之,对文学艺术活动来说,它只是一个一般中介。文学艺术活动的实现仅有这一个中介是不够的。社会心理不会直接转化为文学艺术作品。文学首先是文学,艺术首先是艺术,文学艺术有其独特的性质。文学艺术并不单纯是社会心理的结晶。这一点,普列汉诺夫作为一个艺术的行家,当然也是清楚的。但他在利用马克思的社会结构的公式并进行补充时却忽略了这一点。

　　在普列汉诺夫之前,别林斯基就明确说过:

　　艺术可以是某种思想和倾向的传播者,但艺术首先必须是艺术。否则,艺术作品就成了死的声喻,冰冷的论文,而不是现实的活生生地再现。

　　文学是整个社会的所有物,反过来,社会又通过文学,在自觉的、优雅的形式中获得以其直感生活为源泉的一切东西。社会在文学中找到提升为典范,化为自觉的自己的现实生活。

　　别林斯基的论点是比较全面的,他谈到了文学艺术的社会内容,又强调优雅的艺术形式。普列汉诺夫自己也清楚认识到文学艺术的特征,他说"艺术既表现人们的感情,也表现人们的思想,但是并非抽象的表现,而是用生动的形象来表现。艺术的最主要的特征就在于此"。照例,普列汉诺夫在补充马克思的公式时,应该把"艺术的最主要的特征"考虑在内,他的忽略可能是由于他没有把艺术的特征推到形式的层面。[1]

　　比普列汉诺夫稍晚一些开始活动的俄国形式主义文论派,就把这个

---

[1] 李丛中. 文学与社会心理[M]. 昆明:云南教育出版社,1990.

问题提得更极端一些,罗·雅各布森说:

> 文学科学的对象不是文学,而是文学性,也就是说是使一部作品成为文学作品的东西。不过,直到现在我们还是可以把文学史家比作一名警察,他要是逮捕某个人可能把凡是在房间里遇到的人,甚至把旁边街上经过的人都抓了起来。文学史家就是这样无所不用,诸如个人生活、心理学、政治、哲学,无一例外。这样便凑成一种雕虫小技,而不是文学科学,仿佛他们已经忘记,每一种对象都属于一门科学,如哲学史、文化史、心理学等等,而这些科学自然也可以使用文学现象作为不完善的二流材料。

他们提出"文学性"这个概念,力图揭示"使一部作品成为文学作品的东西",这在当时庸俗社会学流行之际,确实起到补偏救弊的作用,从一个侧面揭示文学的特质,是有意义的。

二、作为特殊中介的艺术文体

艺术文体的表层,具体又可分为三个层面。

(1)艺术体制。例如文学中的体裁,作为历史形成的规范,是作家们大体上都要遵守的,写诗应该遵守诗的体制,写小说应该遵守小说的体制等,刘勰说:"夫才童学文,宜正体制,必以情志为神明,事义为骨髓,辞采为肌肤,宫商为声。"体制对艺术创作十分重要,创作之前,"宜正体制",创作之后,要"不失体裁"。当然,艺术的体制也不是僵死的,它也可以发展、变化,所以我们的古人又说:"定体则无,大体则有。"

(2)艺术语体。语体就是艺术语言的体式,例如在文学创作中,诗的语体不同于小说的语体,小说的语体不同于剧本的语体,这是任何写作者都知道的。

(3)艺术风格。作家、艺术家将艺术语体(特别是其中的自由语体)稳定地发展到一种极致,就形成了艺术风格。艺术风格的形成是某种艺术文体完全成熟的标志,因此艺术风格是艺术文体呈现的最高层面。

第三节　文学创作主体与社会心理

一、创作主体的规定性及其内在结构

社会心理对创作主体的影响与创作主体的特性密切相关,所以在进入社会心理如何影响创作主体之前,首先对创作主体的一般规定性、特殊规定性及其内在结构要有一个基本的理解。作家、艺术家毕竟与普通人又有所不同,他们作为创作主体又有其自身的特殊的规定性。

(一)创作主体的精神性

创作主体不是物质活动主体,而是精神活动的主体。文学艺术活动是人的审美活动的集中表现。在创作的审美活动中,创作主体并不生产人类的物质需要,他们生产的是人类的精神需要。这就决定了创作主体所运用的不是像工人、农民那样的实践感觉力量,而主要是精神感觉力量,当然,对作家、艺术家来说,他们也是要运用体力的,像文艺复兴时期的达·芬奇,为了在教堂里画一幅巨型壁画,也需要巨大的体力,然而他的作品的成败不决定于他的体力,而决定他的精神感觉力量。从他所从事的活动的性质看,他从事的不是生理性本能活动,也不是实践性的物质活动,而是精神活动。总之,创作主体是在精神领域活动,他的追求,他的理想,他的本质力量实现的方式,都是精神性的。正因为创作主体活动的精神性,作为意识的社会心理才与他们发生密切的关系。[1]

---

[1] 童庆炳,李春青,王一川,程正民. 文学艺术与社会心理[M]. 北京:高等教育出版社,1997.

(二)创作主体的情感性

创作主体不完全靠理性工作,他们主要是情感活动的主体。这当然不是说,从事别的工作的人(例如科学家)就不需要情感,或在工作中不需要情感的投入。任何人从事任何工作都需要情感的投入。但情感的投入不是决定他们的工作成败的关键。而作为文学艺术创作主体的作家,他们创作活动是审美活动,审美活动的实质就是情感评价活动,刘勰说:"情者文之经",说作家"登山则情满于山,观海则意溢于海",说作家在创作之际会出现"情往似赠,兴来如答"的情境,道出了创作的一条基本规律。的确是如此,不动情,作家、艺术家就不能走进创作,不动情,作家、艺术家就不能走出创作,情感的风暴充满整个创作过程。当然,并不是说作家艺术家不需要理智,理智同样也是创作的一个资源,所以创作主体的活动并不排斥理智。但从总体上说,在创作活动中,创作主体呈现为精神活动的情感状态,则应肯定,否则创作主体也就不能进入作为审美活动的创作境界。正因为创作主体总是呈现为情感状态,所以与还未形成系统理论的、具体的、感性的社会心理也就容易息息相通。

二、内化:社会心理作用于创作主体的机制

主体之所以成为主体,是因为有客体。主体与客体是相互依存的,没有主体,无所谓客体,没有客体也无所谓主体。作家、艺术家之所以作为创作主体存在,是因为他们面对着社会生活这个客体。

社会心理是通过什么机制作用于创作主体的呢?按华生行为主义心理学的理论,社会心理作为刺激物,直接作用于创作主体,那么创作主体就必然会做出相对的反应。行为主义心理学把这理论概括为 S-R 的公式,意思是有什么样的刺激,就会有什么样的反应,刺激与反应永远是对等的。这种理论把人当成没有意识的动物,是很难说服人的。实际上,人不是动物,如前所述,人在接受外物的刺激之前,已存在一个前结构,人是以自己的前结构去接受外物的刺激的,因此所作出的反应可以是千差万别的。当然,人的前结构不是如康德所说的那样是天生的,而是在后天的实践中形成的。作家、艺术家在接受社会心理前,也有一个

在生活实践和创作实践中形成的前结构。创作主体接受社会心理的影响是根据自己的前结构并通过"内化"这一机制实现的。

社会心理内化为创作主体的过程,还有两点值得强调。

第一,创作主体在对社会心理的感应活动中,每一次活动实现之后,活动的内容都作为历史的东西而消逝,但活动的一般形式,如活动的时空结构、活动的模式、活动的先后顺序等,则随着活动的无休止的重复而游离、凸显出来,逐渐在主体身上成为一种相对固定的"逻辑的格",这种"逻辑的格"不是个别内容而是通行的形式,在创作主体的创作活动中将不自觉地发生作用。而"逻辑的格"的形成,关键是重复。离开重复,主体的"逻辑的格"是难于形成的。

第二,社会心理在创作主体身上的内化,如前所述,不是循着S-R公式进行的,原因就在创作主体有一个在实践中形成的前结构,因此对创作主体来说,社会心理在他们身上的内化是一个"建构"过程。所以,一个作家、艺术家都处于同样的社会心理氛围中,其反应可以是很不相同的,他们的心理建构也可以是很不相同的,原因就在他们的前结构不同,他们赖以同社会心理交换的信息不同。

第四节 文学艺术形式与社会心理

艺术文体的中心是什么呢?就是本章所要讨论的艺术形式。社会心理作用于创作主体,创作主体在感应到社会心理的力量之后,产生了创作的冲动,并进入艺术构思,于是就需要运用一定的艺术形式将艺术构思中的种种材料以有序的方式固定下来,这样艺术作品才得以产生。从社会心理作为推动力和材料到艺术形式的诞生,这是一个艰难和曲折的过程。本章将讨论这一过程中的一些重要问题,如艺术形式与内容的关系,社会心理如何呼唤艺术形式,艺术形式如何塑造社会心理,使其成为内容与形式有机统一的艺术作品。

一、艺术形式、内容、题材及其边界线

为了阐明艺术形式与社会心理的关系,首先必须弄清楚艺术形式的内涵,如果我们对这个基本的问题缺少清晰的界定,那么要搞清楚艺术形式与社会心理的关系是不可能的。

长期以来,国内的文艺理论界,一直用哲学上的内容和形式的二分法来套艺术作品的内容与形式及其关系。内容决定形式,形式有相对的独立性,形式反作用于内容,这是最流行的说法。在这一理论模式中,内容与形式是两个可以分离的东西,形式如同一个酒瓶,它可以装旧酒,也可以装新酒。这样,内容与形式的边界线似乎很清楚,问题在于这种说法符不符合艺术的实际呢?就一部作品而言,内容是具有形式的内容,形式是具有内容的形式,内容与形式是不能分离的,换言之,艺术作品中被表现的东西(内容)是形式化的,"内容"作为艺术作品的要素,在作品未完成之前是不存在的,任何未经艺术形式塑造的作家、艺术家所体验到的人类经验、社会心理等,都还不是内容,至多只能成为素材或题材,它还不具备"内容"的资格。一个小孩儿痛哭他死去的母亲,诚然是感动人的,但它未被艺术形式所表现前,是不能称为"内容"的。

黑格尔说:"只有内容与形式都表明为彻底的统一的,才是真正的艺术品。"在这样一个理论原则下来讨论艺术形式等问题,才有希望获得较为科学的结论。

由于艺术作品的内容与形式,犹如盐溶于水一样不可分离,孤立地就形式与内容这两个概念来研究,想取得成果十分困难,把盐溶解于水是很容易的事,但要重新从盐水中提炼出盐来,如不借助于科学的方法和仪器,就几乎不可能。所以我们认为要在艺术内容和形式的关系中来理清艺术形式和艺术内容,就不能不借助一个概念,这个概念就是题材。

二、艺术形式征服社会心理

艺术形式如何切合社会心理材料的内在逻辑呢?艺术形式是不是只要消极地适应社会心理材料的需要,并将社会心理的材料呈现出来,

第六章 文学作品与社会关系

就可转化成为艺术作品呢？情况并不是这样简单。如果只是讲两者的适应，那么艺术形式就只能单纯去模仿社会心理材料的形貌，所创作出来的作品，往往因形式不能以艺术的力量"限定"题材，而使作品失去应有的艺术品格。如前一段流行的所谓纪实作品，单纯注重事实本身，艺术形式则被忽略，题材超越了形式，这种作品是难于跻身艺术之林的。

第七章 文学发展与网络文学

第一节 文学文体与网络传播

一、网络传播的复合形态

以互联网为载体的网络传播,既是人际传播与大众传播的复合,又是印刷媒体与电子媒体的复合,同时还包容了同步传播形态和异步传播形态。从而,网络传播是区别于所有以往传播形态的多向的、多元的传播形态系统,是一个复合性的交往平台。

所谓异步传播,是指传播者的信息发送行为和受传者的信息接收行为是一先一后依次发生的,而不是同时发生的。反之,即为同步传播。

离散媒体(空间媒体)是在空间上展开的,因此时间因素与信息内容没有关系,即"时间不属于离散媒体的语义部分"。因此,离散媒体采取异步传播方式,比如书信这种传播方式,写信人先写好信,收信人只有当收信后才能读信。连续媒体(时间媒体)是在时间上展开的画面或者声音,各信息项之间的时间依赖关系是信息本身的一部分。如果时间被改变,或者信息项的顺序被改变,意思也就变了。时间是连续媒体的语义部分。比如打电话时,发话人一边说,受话人一边听,双方在时间上基本没有差别。①

异步传播与同步传播的差别,不能简单地视同大众传播与人际传播

---

① 柏定国. 网络传播与文学[M]. 北京:中国文史出版社,2007.

的差别、印刷媒体与电子媒体的差别。即不能说人际传播、电子媒体就是同步传播，大众传播、印刷媒体就是异步传播。不过，比较而言，人际传播的同步性比大众传播好，电子媒体的异步性比印刷媒体更好。某种传播方式的同步性好，意味着在传播过程中，传者可以立即得到受者对传播效果的反馈。及时地反馈，直接影响到传播参与者的角色是否可以充分地互换。传者与受者的角色越是不受限制地互换，传播的互动性就越强。比如人际传播，言者与听者的角色扮演是不固定的，其反馈、再反馈都是即时性的。

二、网络传播的动机考察

传播行为的发生，总是在一定的动机之后，是动机决定传播的方向。因此，没有动机的传播内容是不可理解的。只有把传播动机和传播效果结合起来，才能更好地理解传播行为和传播效果。对网络传播的动机的考察，是洞悉这种新媒体的特殊视角和有效途径。

（一）人际传播与大众传播动机分析

1. 人际传播动机

由于在人际传播中，传者和受者的角色是经常地、自动地互换的，所以关于传者与受者的动机具有一致性，可以拿来一并讨论。人际传播的动机主要有自我维护动机、咨询动机、导向动机等外部动机，以及游戏冲动、人类合群倾向等深层心理因素。

众所周知，每个人都有自己的世界观、人生观、价值观，有一定的政治倾向或宗教信仰、道德标准、审美趣味等不易变动的、安身立命之本根。在人际传播中，人们通过发表见解、流露情感、显示态度，以便强化自己的固有观念、默念自我，从而寻求他人的理解与认同。这种自我表白式的交际，也可以争取到别人对自己的良好评价，有助于维护个人的公众形象。此为自我维护动机，是人际传播的主要动机。

对世界和自我形成正确的认识，是人们成功地从事社会实践活动的基础。在实际生活中，每个人也的确都希望自己总是成功的、正确的。

于是，人们通过传播，努力地寻求反馈，以便咨询、了解和掌握外部世界的异动情况，了解周边人群对世界异变的基本态度，实现对生存环境的有效监控。同时，通过反馈，了解关系人群对自己的看法，从而帮助自己形成和修正自我评价，正确形塑自我。所有这些努力，使人们在咨询中实现了与他人的沟通，不断检验自己的观点，调整自己的行动，适应社会规范，因而是一种更为积极的自我维护。此为人际传播之咨询动机。

所谓导向动机，指的是人际传播中传者对受者掌控式期待；传者希望通过传播影响受者的思想和行动。比如教师对学生、家长对孩子、军官对兵士、经理对雇员等固定的人际关系中，前者总是坚持对后者的导向权利和义务。还有一种情况，受利益、个人信仰的驱动，传者同样存在对受者的导向动机。比如商务合作中的人际传播和游说布道中的人际传播，传者的导向动机便多源于利益或个人信仰。

人际传播中的心理因素的推动，也可以看作类如自我维护、咨询、导向的动机，不过前者更为深层。席勒认为，人的感性冲动要求人的潜在目的成为现实，理性冲动要求实现服从必然性的规律，两者的结合就是游戏冲动。游戏是人类特有的、理想状态的活动，因为它把人的感性和理性结合起来。在人际传播中，游戏冲动表现为"为传播而传播"。小伙子同姑娘聊天，可以完全不是为求婚，也不是为求好感，他只是觉得这么做很快乐。"游戏是自由的活动"，游戏中的快感是忘我、忘利的。传播游戏使人的内心世界变得充实，是"无用而有大用"，正如朱光潜转引席勒话："只有当人充分是人的时候，人才游戏；只有当人游戏的时候，他才完全是人。"[①]

人是社会性的动物，需要与他人共处，即人类具有合群倾向。人们总是渴望了解外界和他人的种种信息，期待与他人交往。合群倾向使人们为了保持人际关系的和谐，倾向于态度一致。

2. 大众传播动机

大众传播的受者与传者的动机不一样。有学者将大众传播的受者接触媒介的动机，归纳为消遣动机、认知动机、社会交往动机和逃避动机，这与人际传播中的自我维护、咨询、导向的动机乃至深层的心理因素并无根本的差别。

---

① 柏定国. 网络传播与文学[M]. 北京：中国文史出版社，2007.

第七章　文学发展与网络文学

消遣动机是受者接触媒介的主导动机。受者通过媒介增加见闻,满足好奇心;打发时间,寻求刺激和快乐;放松情绪,消除烦恼和疲劳,释放压力等。认知动机指的是受者欲利用大众传播媒介获取列部信息,以便控制环境。通过媒介获取外部世界的异动情况和别人对这些变异的评价,目的是为自己在社会中寻找准确的定位,从而决定自己的行为方式和处世方法。社会交往动机是指受者利用大众传播媒介,想象同具体节目中的人物发生联系,以求克服孤独。同时,这种想象也可以为自己在今后的人际交流中增加话题,通过发表与众不同的议程来显示个人趣味。受者还可以在大众传播媒介接触中逃避现实,或利用大众传播媒介在自己与相关人群之间建立一个缓冲带,以摆脱外人的打搅和制约。与合群倾向相反,这是一种"离群倾向"。

与前者动机比较,大众传播媒介传者动机似乎更加复杂。主要原因是,大众传播媒介的传者是媒介组织而非个人。组织是无所谓"动机"的。事实上,媒介的传播行为往往是由许多动机综合作用的结果。首先,组织内部的每个人都怀有动机,而且可能各不相同;其次,媒介外部还存在无数的利益联合体,它们会以各种方式对媒介施加影响。有学者提出,对影响大众传播媒介行为的各种力量加以考察,大体可以归结为三种动机类型,即:宣传动机、营利动机、成就动机。

大众传播的宣传动机类似人际传播的导向动机,是指传者欲影响受者的思想和行动。政府、政党以及社会团体,都会设法利用大众传播媒介宣传自己的观点和主张;广告商想宣传自己的产品;媒介自己也想自我宣传。这种宣传动机,势必程度不同地影响到大众传播媒体议程的设置。营利动机是由大众媒体的生存现实决定的。在现代社会中,绝大多数媒体都具有产业属性,都要依靠广告费和资金投入才能生存和发展。媒体从业人员也以媒体为安家立命之所。所以,许多时候大众传播媒介的内容和方式都是由营利的动机决定的。成就动机类似人际传播中的自我维护动机,是指传者期望通过传播获得成就感,或者追求媒介或个人的社会地位的上升,扩大自己的社会影响力。值得注意的是,大众传播媒体为了达到自己的目的,往往把传播动机隐藏起来,令普通受者浑然不觉。

(二)网络传播动机分析

有一个问题必须首先解决,那就是网络传播的传者身份确认,因为

文学理论初探

网络传播中的传者和受者的身份是不确定的、变动不居的。也就是说,在网络传播不存在真正意义的传者和受者,他们可以笼统地被称为"网络用户"或"网民"。譬如,无论是收发电子邮件、在线聊天还是在电子广告栏中,网民都是信息的发布者和交流者。只有在浏览网页的时候,网民才以信息受者的身份行为。但即使在这时,网民也不是完全被动地接受信息,而是在接近于无限的范围内主动地选择信息;或者通过反馈功能及时发表自己的意见,甚至可以对网络信息进行加工、处理、修改、编辑、转贴等。也就是说,网民可以参与网络传播的这个过程,网络媒体根本不可能独立控制对信息使用的结果。这是网络传播与传统的大众传播截然不同处。

事实上,互联网的信息结构并没有完全摆脱传者和受者的二元对立模式,这是由互联网的物理本质决定的。互联网的基本结构模式是"服务器—客户机"模式,即互联网中一切信息交往必须通过服务器为中介;服务器是网络传播的中心点。网民分别处在不同的客户机一端,接受服务器的信息交换服务。也就是说,没有服务器,网民之间就不可能交流任何信息。因此,服务器实际充当了网络传播媒体传者的角色。因为服务器是由一些系统管理员管理着。这些被俗称"网管"的服务器管理员有权访问服务器上的任何信息,也有权删除这些信息,即对信息进行选择、过滤。

因此,在网络传播的过程中,网民在或发布或接受或反馈信息的同时,有一个"沉默的传播者"隐蔽在后台。这个不发送信息的传者,可以是个人,也可以是利益组织,也可以是信息技术;它们通过控制网络传播媒体、传播过程而非控制传播信息,实现对网络传播的控制,从而成为网络传播实质性的传者。

有学者提出了一个传播动机和传播内容的"一致性假定"。如果网络传播的内容和大众传播的内容没有本质的区别的话,那么网络传播者的动机也应该和大众传播的传者没有本质的区别,如果网络传播者存在着不同于大众传播者的动机的话,至少会在网络传播的内容上表现出来。通过对具体案例的比较研究,发现网络传播的内容并没有脱离现行的大众传播的框架,新闻是网络传播最主要的传播内容,娱乐性、服务性内容也占据了极其重要的位置。尽管网络能够提供的新闻数量和种类是大众传播不能比拟的,在线聊天、网络论坛、计算机软件和各种信息的下载,都是大众传播媒介无法提供的,但所有这些还是不能掩盖网络传播者的宣传动机、盈利动机和成就动机。也就是说,网络传播的内容可能是与大众传播不一样的,但是其传播动机却是和大众传播完全一样;宣传动机、盈利动机、成就动机,仍旧是网络传播媒介"传者"的主导动机。

第二节 网络文学的特征与价值

一、网络文学的特征

(一)创作媒介的数码性与创作过程的互动性

在网络时代的背景下,文学的存在方式,文学的功能,文学的创作、传播、欣赏方式,文学的使用媒介和操作工具,以及文学的价值取向和社会影响力等方面,都发生了或正在发生着诸多变异。网络文学依赖网络技术。数码技术产生的电子超文本是一种开放的、活的文本。作为一种精神产品,网络文学与传统文学一样,是人类进行情感交流和生命体验的一种方式。[①]

(二)创作目的的娱乐性

创作目的娱乐性的转变,使中国网络文学表现个人经验的内容居多,像中国传统文学中那种表现时代、社会精神的题材就被搁置。文学深度淡化了,中国网络文学就呈现出非常鲜明的个人倾向,又被称为"个人文学",但有的网络写手往往随自己的兴趣,随写随贴,不太注重作品的艺术性和严密性,使得中国网络文学在形式上呈现出十分浓厚的拼盘

---

① 梅红等.网络文学[M].成都:西南交通大学出版社,2010.

化色彩，当然，这只是针对绝大多数网络文本而言，那些专业作家参与进来所发表的文本，或是有较高文学涵养的业余作家所发表的文本，与中国传统文学还是比较接近的。

(三)传播速度的迅捷化与传播渠道的多样化

传统文学作品的问世是一个相当漫长的过程，从完稿到编辑手中，再经由审稿、改稿、录入、校对、印刷、发行等一连串烦琐的环节，耗时之多、传播周期之长可想而知，极大降低了作品的传播效率。网络文学作品的传播速度就快多了，但是通过"比特"这种数字化载体形式以光速在网络中传播就大大缩短了作品和读者的见面时间，凸显了网络的特点和优势。

二、网络文学的价值

网络文学不仅仅是一种高新技术的产物，同时也是一种文化。它对传统文化的生产、流通和传播、接受方式产生着深刻的影响，促使传统文化生成新的文化范式。而且，网络文学自身蕴含着丰富的文化价值意蕴，本身就构成一种崭新的文化传承范式。这种新文学、新文化是在一个前所未有的载体上发生，又是以一种全新的界面出现在人们面前，对传统文学范式来说，进行一场脱胎换骨式的变革不可避免。因此，建构网络文学新型的价值观念，应以网络时代新型的思维方式和对网络文化价值的全面认识为出发点，结合网络文学的特征，从网络文学对文体学的创新、对话语权的重建、对自由精神的复归等几方面，全面认识网络文学的价值。

当前，对于网络文学的前两种价值已有相当的肯定性认识，但对于第三种和第四种价值的认识，却还远远不够全面和深入，没有充分认识到网络文学作为一种文化本身对于传统社会和传统文化的解构和建构作用。其实，早在1962年，科学哲学家兼科学史学家托马斯·库恩在《科学革命的结构》一书中就已提出"范式转变"的概念，即随着科学的发展而产生许多新事物、新现象，而原来的一些理论却无法解释过去的理论框架与现实之间出现了"方枘圆凿"的尴尬，必须有一种全新的和更加完善的理论框架来解释新事物、新现象,这就必然导致范式的转变。今天,互联网上产生的不仅仅是新技术、新经济,还更是一种新文学、新文化。

第三节　网络文学的语言分析

　　网络文学之所以在短时间内取得繁荣,正是由其大众娱乐性的特质催发的。有学者说,如果我们承认文学是一种自由,是人性的、游戏的、非功利性的,那么网络文学正是在这点上将文学的大众性、游戏性、自由性还给了大众。这种"还给",恰恰是通过语言这一介质来实现的。正是网络文学语言的恣意妄为,正是它大胆突破传统语言的种种规范,从而形成了网络文学千姿百态、风格独特的面貌。

　　网络文学的语言与传统文学是不同的。如果说通过时间线性叙述达成空间的排列是传统的文学叙述的特点,这种语言叙述只能是一个字接着一个字,一句话接着一句话的线性排列,叙述技巧再高超的作家,也走不出延时罗列和点线分述的圈子;那么,网络文学语言表达最独特的地方在于,它可以充分发挥多媒体的优势,将声音、图片、音响融合到语言文字的叙述中,在影视艺术的帮助下,大大拓展了语言文字的表现力。文学作品的叙述方式甚至可以成为一个多种可能的超媒体连接系统。例如在网络的支持下创造出来的新文学形式"连载互动式小说",这种小说不再是一个像传统文学文本那样的独立封闭的系统,作者可设置多种环节,这些环节又可以再选网络文学语言来塑造艺术形象。[①]

　　我们可以看到,网络上语言独特的作品,往往能迅速受到大家的欢迎。所以,要完整地领略网络文学的风貌,是离不开对网络文学语言的观照的。

一、网络文学的语言是网络语言

　　网络语言是伴随网络的出现应运而生的,它作为普通语言的一种语

[①] 梅红等. 网络文学[M]. 成都:西南交通大学出版社,2010.

言变体而逐渐显示出自己独特的发展方向。成为语言学家、文化研究者、文学创作者等诸多领域关注的对象。

网络语言有狭义与广义之分。狭义是指网民们在网络交流这种新兴文化中所使用的新的语言,即在聊天室等网络交流中常常使用的某些含有特定意义的词语和符号形成的一种特殊形式的语言,同时也包括网络小说及一些网络文章中使用这些特殊词语和符号的文学语言,还包括利用这些特定网络术语进行报道传播的网络媒体语言。广义的网络语言还包括与网络有关的专业术语或者是特别用语,如互联网、鼠标、软件、硬件等。网络语言大致可以分为以下三类:一是与网络有关的专业术语,如硬件、软件、病毒、防火墙、局域网等;二是与网络有关的特别用语,如网虫、网民、黑客、上线等;三是网民在聊天室上的常用词语和符号,如美眉、大虾、斑竹等。网络语言在词汇、语法、修辞上都出现了一些鲜明的特征,这些特征在网络交际语言、网络文化语言中体现出来。

网络文学是运用电脑"书写"并首先在网络上发表和传播的文学作品。网络文学语言则是用来塑造艺术形象、借以反映社会生活、表达思想感情的语言。网络文学的幼芽萌发于聊天和论坛的讨论中,相当数量的作品将网络上的语言,不加任何改动地照搬到了作品中,包括网络聊天室的对话记录、用电子邮件写作的情书以及上传的只言片语,呈现出生活原生态的状态,在语言上最大限度地体现了随意性、未完成性和偶然性等特征。它们是地地道道的网络语言。

网络文学在语言风格中口语化倾向非常明显。很多创作者就是在BBS论坛中即兴写作,抱着游戏心理、码字的要求,以及对屏写作的空间特点,减轻读者阅读的困难。还有众多网络写手自身文学底蕴的缺失,使他们多采用口语进行创作。用直白的语言构造情节,用直白的对话代替环境、场景描写,甚至人物形象的塑造。伴随着大量网络文学作品的出版,网络语言的传播范围更为宽广了。

从另一个角度来说,网络文学语言是一种传递信息、唤起审美感受的艺术符号。由于网络文学以技术(电子数码)和机器(联网电脑)为载体,以追求高点击率为生命线,这就使得网络文学语言除了使用传统文学语言所使用的语言符号本身之外,还包括使用数字语言(图像和声音等),从而塑造出平易的文学面貌,以吸引各个阶层的读者来获得高点击率。多媒体技术给网络文学语言带来了更丰富的表现手段,一篇文学作品可同时出现文字版、动画版、漫画版,描写声音就配上一段逼真的声音,描写景物就附上一幅优美的风景画,抒发情感就配着格调相同的音乐,营造出使人身临其境的氛围。网络文学作品中的超文本链接和多媒体制作的作品就是最好的例证。比如《若玫文集》这部作品,内容是诗文配上古色古香的图片和缠绵温柔的背景音乐,是诗、画、音乐的综合展示,但是又简单易懂。

二、网络文学语言的特征

一般而言,优美的网络文学语言与传统文学语言一样,具有形象性、情感性、音乐性等显性审美特征和情境性、自指性、陌生化、隐喻性等隐性审美特征,此外,它还具有一些自己独有的特征。

(一)新颖幽默

大多数网络作品的语言都比较新奇、独特,具有较强的游戏色彩和戏谑风格,甚至附加图片和声音等数字语言。这种语言表达方式,拉近了网络交流者之间的距离,吸引了读者的眼球,增加了读者的阅读兴趣,从而也增加了作品的点击率。例如网络玄幻小说《诛仙》中的一处对话:

通天峰上,青云弟子的住处向来是四人一间,此时在房间里打了三个地铺,好歹也挤了下来,不过拥挤不堪那是免不了的。此刻,便只听到有人大声抱怨:"真是的,整天说长门如何如何好,现在居然要我们七个人挤一间房,真是小气!"

"老六,你别抱怨了,若是被长门的师兄弟听见,那就不好了。"

"二师兄,你睡在床上,自然舒服得很,怎么也不看看师弟我躺在冰凉的地上,不如我们换个床铺吧。"

"呼呼呼呼"

"……不是吧,一下子你就睡着了,还打呼噜?"

"呼呼呼呼"

"哼哼,啊,四师兄,你一向英俊潇洒风流倜傥天资过人才华横溢……"

"呼呼呼呼"

"搞什么嘛,现在很流行瞬间入睡吗?大师兄你一向心地善良,怎么会看着师弟我……"

对话中,每当老六说出奉承某位师兄的话想获取其好感以换睡处时,那位师兄就以显而易见装出来的"呼呼呼呼……"的呼噜声回应,戏谑的成分很强,轻松幽默。《诛仙》整本书本来比较沉重,但当我们读到这样的语言时,却有了短暂的喘息机会。而书中不时会在沉重的叙事之后来一段这样的文字。这种用语风格应该也是该书大受读者追捧的一个原因。

(二)去理性化

传统文学以纸本的形式呈现,其文字组织形式是线性排列的,且是逻辑严密的,这就促进了思维的逻辑化、理性化。与传统文学相比,网络文学的呈现方式发生了根本的变化,其语言的组织形式则变为,语言符号线性长度趋短,还不时夹杂着影像和声音,体现出去理性化的特点。因为这样的组织形式一方面使人感同身受,另一方面却是让人在"不动多少脑筋"的情况下就实现了对文本的理解。我们很难看到一部网络文学作品"长句子"特别多,也没有哪一部作品具有复杂的情节结构、纷繁丰富的人物关系,当然更没有一部网络文学作品去追寻形而上的问题或者思考人的生存问题。①

(三)有意识异化语言符号

有的文学作品有时有意识地不使用正规的文字符号,而用图形符号、中英文谐音、中英文缩写等异化了的语言符号来替代,突显语言本身的陌生感和距离感,从而达到特殊的审美效果。

三、网络文学语言的言语形式

如果把文学作品比作一座建筑,那么词语就好比是砖块一样,是这座建筑最基本的材料。词语按照一定的组合规则构成句子,句子与句子

---

① 梅红等. 网络文学[M]. 成都:西南交通大学出版社,2010.

第七章 文学发展与网络文学

组合构成语段,最终构成一篇作品。下面我们从网络文学的词语选择、句子构成、语段构成和语篇构成角度来看它的言语形式。

(1)词语形式多元化。网络文学作品的词语形式是多元的,是规范的和不规范的汉语词、数字、符号、中文拼音及其缩写、英文及其缩写和方言、别字联想等的大拼盘。例如 JulianWang 的《水蓝蓝 BBS 站杀人事件》中的一处对话:

Kevin 将磁片插入电脑 B 槽中,Type 出某个档案。
Edward 说:
"干什么?"
"这是 Boming 的日记,从哪儿弄来的?少盖了。"
"哈,今天上午去他家 Co 来的,他家里没人懂电脑。我留一个空铁盒子在他家,说是 28800 超高速数据机,价值 12 万元,没人敢顶嘴。"
"厉害,不过有些缺德。"
"好说好说,哈哈,我又没有向他们收钱,只是 Co 了一些东东而已嘛。"

上面所引的文字,除了规范的汉语词以外,还用到英文词 Type,英文词 Copy 的缩写 Co,不规范的汉语词"东东",方言词"盖"(闽方言词,"胡扯""乱说"的意思)等,显示了用词的多元化。

(2)词与词超常搭配构成句子。网络文学作品中,有的词不按照正常的搭配关系构成句子。比如痞子蔡的《第一次的亲密接触》:

我以前的昵称,诸如:"爱你一万年""深情的 Jack""浪漫是我的绰号""敢笑杨过不痴情""你敢 jump 我就 jump"不也性格得一塌糊涂?

在汉语句子里,名词性成分一般不带补语,可是例子中的名词"性格"却带了补语"一塌糊涂",算是一个超常搭配。

(3)多用短句、散句构成语段。短句一般指形体较短、结构比较简单的句子。散句则是指句子的结构方式各不相同,句形长短不一,语气各异的一组句子,短句表意明快生动;散句灵活自然,在表达效果上具有变化美。例如《诛仙》中对上古世纪的一段描写:

自太古以来,人类眼见周遭世界,诸般奇异之事,电闪雷鸣,狂风暴雨,又有天灾人祸,伤亡无数,哀鸿遍野,绝非人力所能为,所能抵挡。遂以为九天之上,有诸般神灵,九幽之下,亦是阴魂归处,阎罗殿堂。

　　简单的文字,长短不一,但总体简短的句子生动地营造出上古世纪荒蛮原野的神秘莫测,读后令人心生畏惧。

　　(4)按句分段构成语篇。这一言语形式在网络诗歌方面体现特别明显。而在长篇的网络小说中也比较常见。比如蔡智恒的《夜玫瑰》中有一个情节即是如此:

"干吗急着想挂电话?"
"喔?还有事吗?"
"你怎么不问我,为什么今晚不行?"
"好,为什么不行呢?"
"因为今晚我有事。"
"喔。"
"你怎么不问我,今晚有什么事呢?"
"好,你有什么事呢?"
"今晚有人约了我吃饭。"
"喔。"
"你怎么不问我,今晚是谁约了我呢?"
"好,是谁约你呢?"
"我爸爸。"
"喔。"我很怕她又要向我发问,只好先问她:
"你爸爸为什么约你吃饭呢?"
"这种问题就不必问了。"
"是。"
"总之,今天我会晚点回去了。"
"好。"

四、网络文学语言与传统文学语言的比较

　　与传统文学相比,网络文学语言已出现了一些"不同"。这些"不同",形成了网络文学不同于传统文学的鲜明风格。相对于传统文学而言,这种不同可以认为是网络文学自身的规定性、自律性,是一种新型的

第七章 文学发展与网络文学

表达方式。

从文学作品语言来看,网络语言具有口语性的特点,较之传统文学语言,它更直接地表达了思想的倾向。一般日常用语的运用,就已经带有主观的意向,产生于一定的语境,来表达一定的思想,而在文学语言中,更是渗透着作者的意识、意绪和意向,因而塑造的形象并不是现实生活中的纯然本色,而是带有意向性。传统文学语言的表达大多都是一丝不苟,遣词造句都是精益求精,严格按照各种体裁的语体要求写作。传统文学的小说、散文等语言精练细致,寓意深刻,采用比喻、比拟、连珠、双关等多种修辞手法,表达主题大意,承上启下,浑然一体。网络文学的语言,简单明了,不矫揉造作,不跌宕起伏,平铺直叙。这是网络文学语言的一个重要表现形式。

拼贴的零散组句、新颖的词汇加上独特的构思,是网络文学语言有别于传统文学语言的又一个特点。比如《悟空传》中:"巨大的雪片在天外涌出的火光映照下像凝血的冰晶,整个天界被这飞扬的红色充满,冰雪折射着火焰,像红宝石般的在空中闪耀,这些红亮的星辰在宇宙间飞旋,以无可阻挡的气势和极美的姿态冲毁它们面前的一切物体,诸神的宫殿在这狂潮中支离破碎,分崩瓦解。"这种环境描写不同于传统的文学环境描写,在糅合了传统文学的古典意蕴而又加入了很多流行元素。在这之后又有"生我何有?不能欢笑;灭我何用?不减狂骄。从何而来?同生世上;齐乐时歌,行遍大道。万里千里,总找不到;不如与我,相逢一笑。芒鞋竹杖千年走,万古长空一朝游。踏歌而行者,物我两忘间"。这一段既有中国传统文化中空、虚出世的美学特点,又在语言上既模仿古典诗歌的形式,又运用现代打油诗的通俗语言。这样组合拼贴语言形式在网络上比比皆是。在古典与现代,在中国与异国,在传统语言与后现代片段之间自由转换,达到出其不意的效果。[1]

---

[1] 梅红等. 网络文学[M]. 成都:西南交通大学出版社,2010.

参考文献

[1][法]埃斯卡皮(Escarpit,R.)著;王美华,于沛译.文学社会学[M].合肥:安徽文艺出版社,1987.

[2][荷兰]佛克马,易布思著;林书武等译.二十世纪文学理论[M].北京:生活·读书·新知三联书店,1988.

[3][美]保罗·H.弗莱著;吕黎译.耶鲁大学公开课文学理论[M].北京联合出版公司,2017.

[4][美]勒内·韦勒克,[美]奥斯汀·沃伦著.文学理论[M].北京:文化艺术出版社,2010.

[5]柏定国.网络传播与文学[M].北京:中国文史出版社,2007.

[6]畅广元,李西建.文学理论研读[M].西安:陕西师范大学出版总社有限公司,2013.

[7]畅广元.文学文化学[M].沈阳:辽宁人民出版社,2000.

[8]陈汝倩.中西方文学理论研究与实践[M].长春:吉林出版集团股份有限公司,2020.

[9]陈文忠.文学理论[M].合肥:安徽大学出版社,2002.

[10]成远镜,佘向军.文学理论[M].长沙:湖南教育出版社,2006.

[11]褚凤桐.文学理论纲要[M].沈阳:辽宁教育出版社,1989.

[12]董小玉.文学创作与审美心理[M].成都:四川教育出版社,1992

[13]黄发有.中国网络文学理论评论年选[M].福州:海峡文艺出版社,2020.

[14]黄心群.文学理论与英美文学教学研究[M].北京:北京工业大学出版社,2018.

[15]黄展人.文学理论[M].广州:暨南大学出版社,1990.

[16]金惠敏.没有文学的文学理论[M].成都:四川大学出版社,2021.

[17]李丛中.文学与社会心理[M].昆明:云南教育出版社,1990.

[18]李西建.文学理论教程[M].西安:陕西师范大学出版社,2017.

[19]李衍柱等.文学理论基础知识[M].济南:山东人民出版社,1981.

[20]李衍柱.文学理论思辨与对话[M].上海:复旦大学出版社,2016.

[21]刘建国.中外文学理论研究[M].陕西师范大学出版总社,2017.

[22]吕超.西方比较文学与文学理论名篇选读与实践[M].天津:南开大学出版社,2018.

[23]马慧娜.文学理论的转型1984—1987[M].长春:吉林大学出版社,2016.

[24]梅红等.网络文学[M].成都:西南交通大学出版社,2010.

[25]童庆炳,李春青,王一川,程正民.文学艺术与社会心理[M].北京:高等教育出版社,1997.

[26]王确.文学理论研究[M].长春:东北师范大学出版社,2015.

[27]王伟.文学理论的重构[M].上海:上海三联书店,2017.

[28]王一川.文学理论[M].成都:四川人民出版社,2003.

[29]魏慧娟.幼儿文学理论研究[M].长春:吉林人民出版社,2020.

[30]阎嘉.文学理论基础[M].重庆:重庆大学出版社,2014.

[31]阎雪君.当代金融文学精选·文学理论与评论卷[M].长沙:湖南大学出版社,2019.

[32]于可训.文学理论[M].武汉:长江文艺出版社,2018.

[33]庾伟.中国古代文学理论与典型主题研究[M].天津:天津人民出版社,2021.

[34]张晓婉.审美秩序的重塑:1950—1970台湾文学理论批评研究[M].北京:九州出版社,2020.

[35]张永刚.文学理论的实践视域[M].昆明:云南大学出版社,2016.

[36]赵利民.中外文学理论问题研究[M].太原:北岳文艺出版社,2019.